푸른바다거북

실천문학사

푸른바다거북

김경 단편소설집

청미, 돌아오다

오늘은 괜찮을까? 승강기에서 내리자 이내 몸이 오싹해진다. 도리가 없다. 그저 부딪쳐 볼 수밖에. 애써 마음을 다잡고 발을 떼어 현관문 앞에 선다. 도어록의 번호를 누르고 현관문 손잡이를 잡아당긴다. 역시 서늘한 기운이 대번에 감지된다. 나를 쏘아보는 정체불명의 매서운 눈초리……. 정말 누군가가 벽 속에 숨어 있기라도 하는가. 일순간 양손을 맞잡고 마음을 다지다가 그만 소파에 털썩 주저앉는다. 얇은 스펀지 쿠션이 밀리면서 원목 소파의 질감이 여실히 드러난다. 엉덩이가 얼얼하다.

사그라져 가는 햇빛이 거실 한쪽으로 내몰리기 시작한다. 환했던 자리가 음영으로 잠식되어간다. 나는 무심히 음영을 좇다가 흠칫, 시선을 고정한다. 인디언 흉상이다. 벌써부터 나를 지켜보았던 것도 같은데, 그 안광에 절로 기가 질린다. 아니 으스스 한기가 돈다. 한 차례 얼음바람이 민낯을 때린다.

인디언 흉상은 휴대폰 크기의 섬세한 목각 공예품이다. 굵고 깊게 패인 주름투성이 안면에 높은 콧날과 또렷한 이목구비를 갖추었다. 하지만 자세는 비딱하게 왼쪽으로 돌아간 채 표정마저 차갑게 일그러져 있다. 여태 보지 못했던 어떤 결이 눈에 잡힌다. 생경하다. 굵다란 목에 도드라진 두 가닥의 직선, 힘줄이다. 나는 또다시 기가 질린다. 나도 모르게 힘줄에서 사내 특유의 강인한 에너지를 느낀다. 강인함은 서서히 잔인함으로 연결된다. 나는 벌떡 일어나 한걸음에 인디언 흉상을 움켜잡는다. 딱딱하고 우둘투둘한 목각의 감촉이 손바닥을 자극한다. 인디언 흉상은 원래 청미의 소유물이다. 지난해 여름, 위스콘신에서 내가 청미에게 선물한 것이었다.

일주일 전, 점심시간이었다. 뜻밖에 청미의 남자 친구인 호가 나를 찾아왔다. 학교 근처의 커피숍에 와있다는 그의 목소리에 반신반의했다. 청미의 남자 친구라니? 미국이 아닌 한국이라니? 청미를 만났던 일이 불과 바로 몇 달 전 여름이었는데도 흐리마리했다. 거짓말처럼 내 머릿속에서 지워져 있었다.

엊그제 귀국했습니다. 잘 지내셨지요?

여전히 말총머리를 하고 있는 호를 한눈에 알아보았다. 어색한 시간이 짧고도 길게 흘렀다. 호가 먼저 침묵을 깨뜨렸다.

이거, 청미가 전해달래서요.

호는 자그마한 쇼핑백을 탁자 위에 올려놓았다. 나는 쇼핑백 안으로 슬며시 손을 넣었다. 선물은 그 자리에서 봐야 한다는 생각 때문이 아니었다. 예법보다도 어색함을 떨쳐내기 위해서였는데, 호가 황급히 손사래를 쳤다.

선생님! 별것 아닙니다. 집에서 찬찬히 꺼내 보시면 좋겠네요. 제가 금방 일어서야 해서 말입니다.

나는 약간 민망해 슬며시 손을 빼냈다. 테이블 위에 놓인 진동 벨이 파란불을 깜박거리며 부르르 떨었다. 호가 재바르게 진동 벨을 들고 일어났다. 아메리카노 두 잔이 테이블에 놓였다. 은은한 커피 향을 맡으며 홀짝이다 보니 어느새 분위기가 여유로워졌다. 호가 주로 얘기하고 나는 듣는 쪽이었다. 청미와 호는 미국 생활을 접기로 하고, 이곳 사정을 알아보기 위해 일단 선발자로 호가 먼저 나온 거였다. 그날, 쇼핑백 안에 들었던 것이 바로 이 인디언 흉상이다. 왜 청미가 내게 그 흉상을 보낸 것인지는 지금도 알쏭달쏭하다. 그뿐이 아니다. 집에 돌아와 흉상을 꺼내 보던 순간의 아찔함이라니. 순간적으로 주저앉아 한참을 웅크리고 있었다. 가까스로 정신을 수습한 뒤에야 흉상을 요리조리 뜯어보았다. 가늘고 길게 찢어진 눈, 높고도 비뚤어진 콧날, 처진 입꼬리에 꽉 다문 입술……. 제아무리 살가운 눈을 떠도 험상궂기 짝이 없었다. 보면 볼수록 느낌이 좋지 않는 상(像)으로 어딘가 음흉스럽고 음침해 보였다. 그런 흉상을 왜 내가 떠맡아야 하는지 모를 일이었다.

그즈음 나는 가뜩이나 학교 일로 골머리를 앓고 있었다. 기존의 학업성취도 평가 방법 때문이다. 며칠째 전체 교사들이 도서관에 모여 열띤 토론을 벌였으나 해결책을 찾지 못했다. 개선책이 쉽지 않았다. 찻집에서 호와 만난 그날 오후에도 토론이 이어졌다. 역시 의견만 분분하다가 결론은 얻지 못하고 끝났다. 퇴근 후, 집에 돌아와 바로 침대에 드러누워 버렸다. 뒷목이 뻐근하고 미열이 났다. 타이레놀과 비타민 C를 챙겨 먹고 잠을 청했지만 허사였다. 밤이 깊어갈수록 눈만 더 말똥 거렸다. 문득 명료한 한 장의 삽화가 머릿속에 떠돌았다. 위스콘신에서 만났던 청미와 인디언 흉상이 중첩된 무채색 삽화였다.

나는 당시에 미국 현지 연수 중이었다. 프로그램에 위스콘신 인디언 마을 축제 투어가 있었다. 위스콘신은 중심부에 흐르는 강과 델톤 호수만으로도 충분히 아름다운 도시였다. 해가 하늘에서 미끄러져 나가려던 해넘이 시각이었다. 300여 명을 태운 대형 유람선은 위스콘신 강물을 따라 북쪽으로 출발했다. 우리 일행 스물여섯 명은 1층 중간쯤에 자리를 잡았다. 유람선이 나뭇잎 배처럼 수면 위로 가벼이 떠가면서 이국적인 풍광이 파노라마처럼 펼쳐졌다. 울창한 밀림지대에, 초록 양탄자 수초의 늪지대에…… 그 묘미의 절정은 시루떡처럼 켜켜이 쌓인 온새미로 절벽이었다. 현실의 자연인지 환상의 그림인지 그 경계가 모호했다. 시간은 흐르는 게 아니고 쌓인다는 말에 딱 들어맞는 정경이었다. 나는 나도 모르게 까치발을 하고 절벽에 한 발을 내딛었다. 층층 절벽은 허공에 걸린 탄탄한 사다리로 손색이 없었다. 대학 엠티(MT) 때가 떠올랐다. 설악산의 십이폭포를 향한 오르막에서 4학년 선배가 한껏 목소리를 높였다.

이태백의 낭만적인 말이 생각나네요. 폭포를 하늘로 올라가는 강물이라고 했죠?

나는 한 줄기 폭포수가 되어 사다리를 타고 올라가기 시작했다. 저 높은 하늘을 향한 낭만적인 시도였다.

인디언 마을은 땅보다 하늘에 근접해 있었다. 깊은 계곡을 끼고 허공에 둥실 떠 있는 형상이랄까. 우리 일행은 선착장을 빠져나와 곧바로 층계를 밟아갔다. 층계 끝이 인디언 마을 들머리였다. 단단한 암벽 울타리에 둘러싸인 마을 광장은 관광객들로 북적거렸다. 안내 방송이 나왔다. 관광객들은 썰물처럼 계단식 관람석으로 밀려나갔다. 우리 일행은 좀 뒤쪽에 앉앉는데, 관람석의 경사가 심해 앞으로 쏠릴까 봐 불안했다. 하늘을 올려다보았다. 풍성한 둥근 달을 중심으로 깨알처럼 박힌 무수한 별들이 톡톡 눈을 떴다.

축제의 막이 올랐다. 인디언들이 줄줄이 등장하면서 분위기를 띄웠다. 단연 그들의 차림새가 초강력 레이저였다. 어깨에서부터 겹겹이 늘어뜨린 화려한 원색 의상, 매끈한 깃털로 치장한 머리, 손에 든 횃불 등등. 활활 타오르는 횃불의 그림자가 암벽에 일렁거렸다.

하얀 깃털 모자를 쓴 추장이 단상에 올라섰다. 일순간 정적이 흐르면서 분위기가 숙연해졌다. 추장의 육중한 풍채와 당당한 자태가 주위를 압도했다. 추장이 기도문을 읊으면서 본격적인 축제의 포문이 열렸다. 추장의 목소리가 쩌렁쩌렁 울리고 북과 피리가 끈끈하게 밀고 당기기 시작했다. 금세 폭발적인 음향이 천지를 진동했다. 마침내 춤판이 벌어졌다. 인디언들의 춤사위는 유연하면서도 강렬했다. 수양버들처럼 흐느적흐느적 곡선을 그리는가 하면, 내리치는 폭포수처럼 일직선을 그렸다. 관람석의 백인들이 하나둘씩 몸을 일으켰다. 그들은 상체를 흔들거리며 인디언들 사이로 끼어들었다. 광장의 바다에서 관람객들과 인디언들이 한배에 올라 파도를 탔다.

저 여자, 우리나라 사람 아냐?

옆자리의 오 선생이 팔을 내뻗으며 소리쳤다. 긴 머리칼로 잘록한 허리를 휘감으며 가슴을 내민 채 고개를 비스듬히 젖힌 자그마한 여체. 그녀의 춤사위는 물고기의 유영을 꼭 닮았다. 어렴풋이 보이는 여인의 얼굴에서 모딜리아니의 누드화가 연상되었다. 그림 속의 여인이 튀어나온 듯 무표정한 표정이 인상적이었다. 순식간에 횃불들이 여인을 에워쌌다. 건장한 인디언 소년이 둥그런 깃털 모자를 여인의 머리에 씌웠다. 와와, 곳곳에서 환호성이 터지고 여인은 불빛과 그림자 사이를 넘나들며 빙글빙글 돌았다. 한순간 불빛이 여인의 얼굴에 무더기로 쏟아졌다. 청미야! 나는 벌떡 일어나 정신없이 관람석에서 내려왔다.

악기 소리가 서서히 잦아들면서 춤판도 스러져갔다. 뜨거운 열기가 식은 광장은 한적한 공원처럼 안온한 분위기였다. 나는 청미의 손을 잡고 기념품 가게로 들어갔다. 청미가 눈을 번뜩이더니 불쑥 인디언 흉상을 들어 올렸다. 바로 늙은 인디언 흉상이었다. 목각 진열대에는 각양각색의 인디언 흉상이 즐비했다. 앳되고 청순한 소년 소녀, 단아하고 아리따운 여인, 건장한 근육질의 청년, 품위 있는 장년, 포근한 눈웃음의 노파 등등. 왜 하필 청미는 험악한 인상의 흉상에 마음이 갔을까. 이 선물 고마워요, 선생님. 청미는 늙은 인디언 흉상을 가슴에 꼭 안았다. 나는 청미의 그 모습에 마음이 언짢았다.

마치 청미와 늙은 인디언이 어떤 특별한 관계이기나 한 것처럼 신경이 곤두섰다. 터무니없는 비약으로, 늙은 인디언 흉상이 흉상을 가장한 실제 인물로 여겨졌다. 청미가 미국에 거주하는 데에도 혹 흉상의 어떤 기(氣)라도 받은 듯해 영 께름칙했다. 한때 무성하던 소문이 새삼 머릿속을 맴돌았다. 기막히게 신점을 친다는 유명세를 탄 청미. 미국, 일본, 중국 등지의 교민들이 서로 모시려고 각축전을 벌인 청미. 소문을 증명하듯 청미는 한국을 떠나 미국으로 갔었다.

유람선은 자정이 지나서야 귀로에 올랐다. 청미와 나는 나란히 앉았지만, 이렇다 할 얘기를 나누지는 못했다. 이내 목소리가 잦아들던 청미가 스르르 눈이 감긴 탓이다. 그래도 짤막한 대화에서 청미의 사정을 대충 눈치챘다. 청미는 자신만만 2년 전에 시카고에 왔으나 별 호응을 얻지 못하고 있는 듯했다. 나는 지금도 또렷이 기억하고 있다. 청미가 유람선에서 언뜻언뜻 내비치던 초조한 기색과 막막한 눈길을. 원래 청미는 청승맞은 데가 있었다. 그 옛날 수업시간에도 걸핏하면 몽롱하고 나른한 눈빛을 띠곤 했다. 비라도 주룩주룩 내리는 날이면 영락없이 동공이 풀리면서 우중충한 분위기를 연출했다. 나는 여태 활짝 웃는 청미의 모습을 본 적이 없다. 청미의 웃음이라면 그저 웃는지 마는지 하는, 야릇한 웃음이 전부였다.

청미는 흔히들 신이 들렸다고 하는, 신들린 아이였다. 나는 청미가 신이 들린 고등학교 3학년 때 그녀의 담임이었다. 지금 와서 냉정히 되돌아보면, 내가 청미에게 좀 무책임했었다. 청미가 졸업을 앞두고 자퇴를 한 사실이 그 증거다. 그 일로 나는 한동안 괴로웠다. 나는 청미보다는 청미에게 내린 신에게 더 관심을 두었다. 관심은 결국 내 머릿속에 팽배한 신에 대한 불만의 표시였다. 어린 청미를 꼬드긴 신은 얄밉고 두렵다 못해 잔혹하다는 생각이었다. 청미는 복잡한 가족 관계만으로도 충분히 버거운 삶을 사는 아이였다. 아버지의 병사, 의붓아버지의 딸과 친오빠의 열애, 어머니의 급사…… 낙엽이 쌓인 야산에 어머니를 흩뿌린 청미는 상처투성이 아기 새였다. 청미 곁에는 단 한 사람, 외할머니만 남았다.

청미는 친구 한 명 없는 외톨이였으나 그렇게 두드러져 보이지는 않았다. 까무잡잡한 피부에 흐릿한 윤곽, 작고 마른 몸매에 조용한 성격이었다. 문제는 잦은 결석이었다. 면담을 하고 보니, 의외로 날카로운 가시가 숨어 있었다. 그 가시는 눈빛을 통해 감지되었다. 깊은 궁리에 빠진 듯한 강한 집념이 보이는가 하면, 살벌한 기운도 번져났다. 한마디로 청미는 갈강갈강했다.

2학기가 시작되고 한 달이 훌쩍 지나갔다. 청미는 숫제 남들이 출석하듯 결석하기에 바빴다. 몇 차례나 전화를 해도 받지 않아 나는 교문을 나섰다. 청미네 집은 재래시장에 근접한, 점포 딸린 주택이었다. 먼지로 뿌연 점포 유리문에 점포 세를 알리는 문구가 다닥다닥 붙어 있었다. 닫힌 유리문을 밀자, 삐걱거리는 소리가 나면서 안이 들여다보였다. 콘크리트 바닥의 실내는 휑했다. 집기라곤 두 줄씩 마주 놓인 벤치형의 나무 의자들뿐으로, 여자들이 모든 의자를 차지하고 있었다. 여자들의 눈길이 일제히 내게 떨어졌다. 나는 엉거주춤 뒷줄 귀퉁이 자리에 엉덩이를 디밀었다. 대각선으로 마주한 중년 여인과 눈이 마주쳤다. 칙칙한 맨 얼굴에 짧고 뽀글뽀글한 파마머리가 한눈에 들어왔다. 전형적인 아줌마 스타일이었다. 그 옆의 여인도 나이나 스타일이 흡사했는데, 의자에 올라앉은 폼이 유별났다. 말려 올라간 치마 틈으로 도톰한 허벅지가 내다보였다. 건너편의 비쩍 마른 여인은 고개를 꺾고 졸음 삼매경이었다. 하나같이 추레하고 고달픈 모습이었다. 방문이 열리면서 허리가 구부정한 노파가 나왔다. 의자에 올라앉았던 여인이 벌떡 몸을 일으켰다. 불현듯 내 머리가 곤추섰다.

저, 여기가 청미네 집 아닌가요? 여고생 장청미라고…….

글쎄, 저 애가 학생이라곤 하던데…….

여인이 턱으로 닫힌 방문을 가리켰다. 저 애라니? 나는 당혹감으로 잠시 할 말을 잊었다. 여인이 말을 이어갔다.

소문 듣고 왔나 보네? 나도 처음인데, 진짜 족집게래요. 시험지를 받으면 교실 천장에 답이 보인대나 어쩐대나.

나는 어리벙벙했다. 언제 청미가 만점을 받은 적이 있었던 가. 내 눈동자는 차례를 기다리는 여인들에게 두루두루 돌아 갔다. 그렇다면 저들은 모두 청미의 손님들이라는 얘기였다. 언젠가 티브이 드라마에서 중늙은이 가장이 내지르던 소리 가 귓전을 때렸다. 거울만 제대로 들여다봐도 될 제 밑구멍이 며 꼬락서니들을 물어보겠다는 심사여? 이 어리석은 인간아! 머릿속이 혼란스러웠다. 뭐가 뭔지 도무지 갈피를 잡을 수 없 었다. 청미의 결석 사유가 명백히 수면 위로 올라왔다. 완전 히 딴 세상에 들어선 기분이었다. 우주정거장, 인공지능 로 봇, 4차 산업 따위의 용어들이 무색했다. 나도 모르게 발딱 일 어났다.

종이 안 가져왔나 보네?

옆의 여인이 A4용지 한 장을 쓱 내밀었다. 나는 엉겁결에 A4용지를 받아들었다. 그제야 내 눈에 여인들마다 들고 있는 A4용지가 들어왔다. 서른여섯에 난생처음으로 소위 점괘를 기다리는 처지가 되었다.

방문을 열고 조심조심 발을 들여놓았다. 고개를 든 청미의 눈초리가 움찔했다. 하지만 이내 예의 그 웃음을 흘리며 어림 새 없이 새초롬한 표정을 지었다. 얼핏 봐도 청미의 얼굴은 몰라보게 까칠했다.

이름과 생년월일을 써주세요.

청미는 담담하게 말했다. 나는 한낱 손님에 불과했다. 청미는 내 이름과 생년월일이 적힌 A4용지를 방바닥에 놓고, 선을 그어댔다. 글자와 직선이 무질서하게 교차했다.

결혼 운은 6년 전에 지나갔어. 그걸로 끝이야. 직장 운은 괜찮네. 어? 이상타. 아기가 있어. 톡톡히 효도까지 받겠는데?

시종일관 반말로 지껄였으나 불쾌하지 않았다. 오히려 친근한 느낌이 들면서 귀가 솔깃했다. 아니 목구멍이 근질근질했다. 청미에게 무슨 말이라도 건네고 싶어 안달이 났다. 나는 실제로 예식장까지 예약한 신부 시절이 있었다. 청미의 말대로 정확히 6년 전이었다.

K는 처음 전근 간 학교의 동료였던 H의 오빠다. H와 나는 동갑인 데다 대학 동문이어서 친구처럼 지냈다. 나는 유난히 살가운 H에게 이끌려 종종 그녀의 집에 드나들었다. 사파리의 야생 동물을 보살피고 싶어 수의사가 됐다는 K는 모태 솔로였다. K는 H와 달리 좀 무뚝뚝한 성격이었다. 왔니? 나를 볼 때마다 딱 한마디만 하면 그만이었다.

야, 울 오빠 좀 잘 봐주라. 꽤 서근서근한 남잔데, 너만 보면 괜히 차갑게 구네.

걱정 마. 반드시 접선하고 지도해서 솔로 탈출시킬 테니까.

H가 부추기지 않아도 나는 은근히 K에게 끌리고 있었다. 말 많은 남자들보다 과묵한 K에게 호감이 갔다. 더구나 나는

한때 문학소녀였는데, K는 대학 시절 '시 사랑' 동아리 회원으로 동인시집까지 냈다는 것이 더욱 그에게 끌린 이유였다. 하지만 만만치 않았다. 한 해가 훌쩍 넘어가도 K와의 연애는 전혀 진도가 나가지 않았다. 기다림에 지친 나는 결국 어느 날 저녁, 동물병원 셔터를 내리고 나오는 K의 면전에 대고 다짜고짜 프러포즈를 했다. 그 순간 나는 깨달았다. K와 내가 얼마나 연애에 관해선 하수인지를. 사랑도 표현할 때 이루어지는 감정이었다. 일사천리로 결혼 청사진이 나왔다. 결혼식을 며칠 앞둔 한밤중이었다. H의 떨리는 목소리가 휴대전화 속에서 윙윙거렸다. 나는 한달음에 병원 응급실에 당도했으나 K는 벌써 흰 천에 덮여 있었다. 뉴욕 케네디 공항을 출발한 비행기는 아직 영종도 하늘에 떠 있었다. K는 비행기를 탄 고모를 마중 나갔다. 가을비가 한여름 소나기처럼 퍼붓는 4차선 도로에서 제 속도로 달리고 있었다. 왜 하필 그때, 폭주족의 질주가 4차선 도로로 미끄러졌던가. 청미의 결혼 운운에 그날의 고통스러운 기억이 되살아났다.

나는 도리머리를 하면서 청미를 응시했다. 청미는 말없이 고개를 주억거렸다. 이윽고 청미가 목소리를 한껏 낮추었다.

궁금한 것이 있으면 물어 봐.

내 앞날은 어떨까? 학교를 관두고 글이나 써 보고 싶은데…… 밥벌이는 되려나?

생각지도 않은 말이 툭 튀어나왔다. 무의식 속에 잠재한 간절한 내 소망이었을까. 사실 나는 K가 떠난 뒤에 주저 없이 휴직계를 냈다. K는 훌훌 떠나갔지만, 나는 결코 K를 보내지 못했다. K의 부재는 내 삶의 의미에 대한 부재였다. K는 내 삶을 통째로 앗아간 거였다. 그것은 곧 세상과의 단절을 초래했다. 내 행동반경은 고작 좁디좁은 방 한 칸이 전부였다. 눈부신 햇빛이 유리창을 두드려도 내 가슴에선 바람이 불고 주룩주룩 비가 내렸다. 빌리 홀리데이의 슬픈 음색만이 방안을 그득 채웠다. K를 반추하는 시간만이 삶의 끈이었다. 나는 K의 시가 게재된 동인시집을 펼쳐 놓고 K의 시를 차곡차곡 내 가슴에 쓸어 담았다. K가 남긴 시어들은 시들어가는 내 영혼을 달래주는 감로수였다. 지금도 또렷이 기억하는 구절이 있다.

게으름은 길고 시절은 짧다

너와 나의 한때도 저렇게 순간이어서

미처 지우지 못한 아린 냄새가 마음의 수로를 거슬러 오른다

[1]

나는 느릿느릿 일상으로 되돌아왔다. 그런데 어쭙잖은 욕심이 꿈틀거렸다. 시 쓰는 일이 삶의 나침반이지. 동인시집을 건

---

1)   최연수의 시 '산벚 등고선' 중에서

네주며 K가 했던 말이 내 삶의 나침반이 된 것이다. 당연히 문학소녀는 대학에서 영문학을 전공하고 등단은 하지 못했지만, 문학에 대한 열망은 아직 식지 않았다. 학교에 출근하면서 닥치는 대로 읽고 쓰기 시작했다. 책은 장르를 가리지 않았으나 소설가가 되고 싶었다. 투고는 번번이 낙선이었다.

학교를 등지면 안 돼. 글쟁이 운은 애초에 없어.

청미의 눈동자가 번득였다. 상대방을 제압하는 당찬 어투에 나도 모르게 주눅이 들어갔다. 청미가 만신이라면 나는 만신의 점괘에 따라 흔들리는 일개 문복(問卜)하는 사람일 뿐이었다. 수치심과 야릇한 쾌감이 온몸을 휘감았다. 지난날에 연연할 필요가 없었다. 불투명한 미래의 내 모습이 불안하면서도 기대되었다. 과연 내 아이가 존재하게 될까?

*

1교시부터 시작된 모의고사가 드디어 끝났다. 여전히 창밖에서는 추적추적 비가 내린다. 시험지와 답안지를 챙겨 들고 교무실에 들어선다. 박영주 선생님! 교감의 성마른 부름에 나는 제자리에 우뚝 선다. 교감 책상 앞에 서 있는 문 선생과 시선이 마주친다.

빨리 파출소로 가보세요. 박 선생 반 말썽꾼이 사고를 쳤답니다. 문 선생 반 두 놈과 똘똘 뭉쳐서요. 두 분 선생님! 나란히 손잡고 지금 바로 출두하세요. 왜 보라는 시험은 안 보고 땡땡이를 쳐가지곤…….

나는 교무실을 나오자마자 다짜고짜 문 선생에게 묻는다.

어느 역에서 그랬대요?

그새 멀리도 갔더라니깐. 수색이에요, 수색.

도대체 무슨 일이래요?

글쎄, 노인들하고 한 판 붙었나 봐요. 아우, 골 때려.

대선배인 문 선생은 슬리퍼를 질질 끌면서 신경질적으로 내뱉는다. 오늘따라 문 선생의 옷차림이 예사롭지 않다. 청바지에 올리브색 남방을 걸친 내 차림과는 대조적이다. 자주색 주름 스커트에 하얀 블라우스의 우아함이라니. 파출소에 출입할 옷차림이 아니다. 나는 문 선생을 채근하며 걸음을 서두른다. 요즘 아이들에 비하면 그래도 청미 또래들은 순한 양이었다. 지난주 소지품 점검 시간에도 은미 패거리들의 가방에서 별의별 물건이 다 쏟아졌다. 향수, 선글라스, 가발, 맥심 잡지, 던힐까지는 애교로 봐줄 수 있었다. 듀오 콘돔을 손에 들고 나는 얼마나 망연자실했던가.

세 명의 노인들은 다들 얼굴이 불그죽죽하다. 미처 깨지 못한 술기운에 화까지 보태진 모양이다. 은미는 잔뜩 인상을 구긴 채 고개를 빳빳이 쳐들고 있다. 한 대 쥐어박고 싶게 밉상인데, 어울리지 않게 긴 머리는 찰랑찰랑 윤이 난다. 중절모를 쓴 노인이 은미 코앞으로 종주먹을 들이댄다. 은미가 눈을 치뜨고 노인을 쩨려본다. 나는 은미의 등을 떠밀어 밖으로 끌고 나와 기어이 머리를 쥐어박는다. 휴대폰이 진동한다. 청미의 남자 친구 호다. 갑자기 모레 출국한다는 말에 만나기로 약속한다. 흉상을 받은 지 벌써 2주일이 지났다. 왜 청미가 내게 흉상을 보냈는지는 아직도 미지수다. 그동안 호는 살 집도 알아보고 일자리를 구했을까.

어둠이 한 겹 두 겹 쌓아가는 시각이다. 카페 '파라오'는 호의 설명대로 강남역 근처 지하 1층에 위치해 있다. '파라오'에 들어서자 비트 있는 요란한 음악이 귀를 때린다. 안쪽 깊숙한 자리에 앉아 있던 호가 먼저 나를 알아본다.

실내 인테리어가 참 유별나다. 벽면 전체를 화선지로 처리해 독특한 분위기를 연출했다. 그림 하나하나가 모두 카페 상호와 연관되어 있다. 아니 파라오의 무덤 벽화가 고스란히 복사된 느낌이다. 스커트 차림에 단발머리를 한 이집트인들의 일상이 고스란히 펼쳐진다. 농사짓고, 고기 잡고, 포도주 빚고, 빵 굽고, 머리 깎고, 면도를 한다. 노예는 양손으로 음식을 나르고, 무용수는 뛰어난 각선미를 뽐내며 춤을 춘다. 한결같이 표정이 밝고 평온하다. 이집트인들은 짧은 현생보다는 죽음 뒤에 오는 영원한 삶을 믿는다고 했다. 그들의 낙천적인 삶이 생생하게 엿보인다.

　나는 호와 마주 앉고서도 그림에서 눈을 떼지 못한다. 계속 그림에 몰두한다. 돌연 뿌연 안개가 밀려오면서 눈앞이 뿌옇다. 그림들은 단연코 무덤 안에 부착된 벽화가 아니던가. 나는 무덤의 안과 밖을 넘나든다. 지금 여기가 지하 1층이니, 지상이 아닌 땅속이다. 호와 나는 어찌 이곳에 머무르고 있는가. 여기저기 테이블을 차지한 손님들과 서빙하는 종업원들은 대체 누구인가. 저 사람들 모두가 무덤 안에서 노닥거리는 한낱 귀신들인가. 그렇다. 저렇듯 활동적인 종업원들은 부지런히 묘도(墓道)를 확보하는 것이다. 나는 느긋한 마음으로 등받이에 등을 기댄다. 테이블에는 선홍색 '스크루 드라이버'가 놓여 있다. 호가 주문한 칵테일이다. 색감이 핏빛에 버금가라면 서러울 정도로 붉다.

　호가 게슴츠레한 눈으로 잔을 들어 올린다. 나는 자연스럽게 잔을 부딪친다. 살짝 한 모금을 입안에 머금고서 혀를 굴린다. 호는 갈급증이라도 난 듯 꿀꺽꿀꺽 넘긴다. 막 뽑아낸 신선한 혈액이 호의 몸 안으로 황급히 스며든다. 귀신 놀음의 막이 올랐다. 나는 테이블 모서리에 부착된 벨을 누른다. 고슴도치 머리의 귀신이 휘청거리며 묘도를 걸어온다. 호와 나는 동시에 서로의 눈을 주시한다. 일순간 호의 기색이 초조해 보인다.

사실은 청미가 많이 아픕니다.

아프다뇨? 어디가요?

그게…… 잘 모르긴 해도 두통이 너무 심합니다. 예전엔 두통으로 정신을 잃은 적도 있죠. MRI도 찍어봤지만 별 이상 소견은 없고…… 그게 더 문제더라고요. 그대로 방치하기에는 청미의 고통이…… 아니 방치한다면 그저 죽기를 바라는 꼴이죠. 그날도 두통을 못 이겨 벌벌 떨다가 느닷없이 한국으로 돌아가자고……. 지금 그 일념 하나로 버티고 있는데, 갑자기 상태가 악화된 것 같습니다.

언제부터 그랬어요? 워낙 혈색이 없던 애라, 위스콘신에선 전혀 몰랐네요.

좀 됐습니다. 그런 와중에 청미가 잡지에서 인디언 축제 기사를 봤죠. 위스콘신에 가기 한 달 전쯤이었을 겁니다. 일순간 청미 얼굴에 화색이 확 돌더라고요.

인디언 마을 광장에서 청미는 무아경에 빠진 듯 몸을 놀렸다. 어딘가 남다른 현란한 몸짓이긴 해도, 그냥 흥에 겨워 분출하는 단순한 몸놀림인 줄 알았다. 행여 어떤 의도가 숨어 있었던 건 아닐까. 스스로를 치유하기 위한 방편이랄까. 나는 그 옛날, 병마에 붙잡힌 여자애를 위해 청미가 춤을 추던 현장을 목격한 적이 있다. 당시에 나는 아이 문제로 고민 중이었다. 입양을 할까, 말까. 순전히 K의 동생 H의 영향이었다.

H는 결혼 4년이 지나도록 불임 때문에 애를 태우다가 결국 남편이 무정자증이라는 진단을 받았다. H 부부는 서슴없이 돌배기를 입양했다. 뽀얀 피부에 달콤한 살 내음. 아기가 무럭무럭 커가는 H의 가정은 더없이 구순했다.

정말 네 사전에 결혼은 없단 말이지? 더 늦기 전에 예쁜 아이와 인연을 맺어 봐.

H가 끈질기게 부추겼다. 아기가 있네? 새삼 청미가 뇌까리던 말을 상기했다. 소위 점쟁이 청미의 예언을 받아들이느냐 마느냐의 갈등에서 허우적거렸다. 아멜리 노통브의 '느빌 백작의 범죄'에서 느빌이 우연히 만난 점쟁이가 떠올랐다. 점쟁이는 느빌에게 예언한다. 느빌이 자기가 여는 파티에서 초대 손님 한 명을 죽이게 될 거라는 것이다. 그 섬뜩한 예언에 비하면 청미는 참 깜찍한 예언을 남겼다. 나는 청미의 그 말을 재확인하고 싶어 집을 나섰다. 청미의 평판은 심심찮게 들려왔다. 그동안 청미는 외갓집 동네 너머의 산동네로 거처를 옮겼다.

산동네의 첫인상은 고즈넉했다. 들머리에 선 느티나무의 정취 때문인지도 몰랐다. 꼬불꼬불한 골목길을 세 번이나 꺾어 들어갔다. 기와나 슬레이트 지붕의 집들은 하나같이 누추하고 후미졌다. 필요에 따라 그때그때 손을 본 어설픈 티가 났다. 오르막길 막바지에서 흰 깃발이 나풀거렸다. 빼꼼히 열린 대문 사이로 하얀 꽃잎이 말라붙은 옥잠화가 내다보였다. 마루 끝에 걸터앉았던 초로의 여인이 왼쪽 방으로 안내했다. 꽤 널찍한 방이었다. 윗목 제단에 금불상이 안치되고, 좌우 벽면은 긴 오방색 헝겊이 빼곡하게 도배되어 있었다. 두 여인이 바로 문 옆의 벽에 기대앉았는데, 나는 까치발로 그들 가까이 다가갔다.

내가 들어온 맞은편 문이 소리 없이 열렸다. 양손에 긴 칼을 든 우람한 풍채의 중년 여인이 앞서고, 청미 또래의 아가씨가 뒤를 따랐다. 아가씨의 자태가 좀 수상했다. 초췌하고 부스스한 얼굴, 헝클어진 머리, 흐트러진 옷매무새. 청미가 들어오는데, 의외로 차림새가 유별났다. 어깨에서부터 허리를 감싸고 내려온 색색이 얇은 갑사라니. 청미는 시선을 천장에 고정한 채 방 한가운데에 우뚝 섰다. 역력하게 정신을 집중하는 자세였다. 중년 여인이 청미의 양손에 칼을 건넸다. 칼날이 매섭게 번득이면서 파르스름한 빛을 내뿜었다. 선득한 기운이 방 안에 감돌았다. 나는 전신이 오싹거리다 못해 혀 밑에 침이 고였다. 중년 여인은 신당의 무당이었다. 무당은 아가씨를 아랫목에 반듯하게 눕히고, 그 발치에 반가부좌 자세로 앉았다. 폭풍 직전의 고요라고나 할까. 적요가 밀려들었다.

휘-이익, 꼿꼿이 앉은 무당의 입에서 휘파람이 나왔다. 무당은 어깨를 한 차례 흔들었다. 휘-이익, 휘-이익, 휘파람 소리가 시나브로 빠른 템포로 이어졌다. 무당의 어깨도 그에 맞춰 빠른 속도로 떨렸다. 쨍, 불현듯 두 개의 칼날이 허공에서 날카롭게 맞부딪쳤다. 동시에 휘파람 소리가 뚝 멎었다. 살짝 벌어진 청미의 입술 사이로 가냘픈 신음이 새어나왔다. 청미가 제자리에서 빙글빙글 돌기 시작했다. 칼은 청미의 손목을 따라 허공을 선회하고, 아니 칼이 저 혼자 놀았다. 상하좌우, 대각선으로 종횡무진 노닐었다. 숨이 턱 막혔다. 얼마나 지났을까. 아스라이 휘파람 소리가 들려왔다. 칼 놀림과 휘파람 소리가 한 치의 틈도 없이 완급을 거듭했다. 무당의 어깨 진동이 가라앉으면서 청미도 제자리에서 호흡을 골랐다. 나도 한 차례 숨을 골랐다. 그때였다. 느닷없이 청미의 두 팔이 앞으로 쭉 뻗쳤다. 칼끝이 아가씨의 코끝에 바투 멈추었다. 칼 두 자루가 얼굴 중앙에 수직으로 세워진 것이다. 설마 칼끝이 콧등에 닿았을까. 나는 심장이 얼어붙는 것 같았다. 그만 밖으로 뛰쳐나가고 싶은 충동이 일었다. 청미의 땀방울이 아가씨의 이마로 뚝 떨어졌다. 쨍, 칼날이 힘차게 맞부딪치면서 청미의 손은 한껏 위로 솟구쳤다. 나도 모르게 벌떡 일어섰다. 청미가 추는 춤판이 아니었다. 청미의 탈을 쓴 신이 밀고 당기는 춤판이었다. 아니 모를 일이었다. 청미가 신을 대변하고 있는지, 신이 청미를 대변하고 있는지. 나는 청미를 찾아온 이유조차 망각한 채 대문을 빠져나오기 급급했다. 다리가 후들거렸다.

참, 청미가 그러더군요. 선생님께 빚을 졌다고요.

호의 말소리에 정신이 번쩍 든다. 뜬금없이 빚이라니, 무슨 빚? 나는 되물으려다 말고 일단 지난날을 돌아본다. 아무리 기억을 곱씹어도 도통 캄캄하다. 나는 고개를 갸우뚱거리며 호를 바라본다. 혹시 단호하게 내뱉은 내 점괘를 두고 한 말인가. 점괘를 알아봐 준 사람이 어디 한둘인가. 그렇다면 그들 모두에게도 빚을 졌다고 해야 마땅하다.

선생님, 그 빚이라는 게…… 점괘라고 들려준 얘기를 빗대어 한 말은 아닐까요?

호는 독심술에 능통했는지, 내 의중을 정확히 간파하고 있다.

청미가 잠자리에서 몇 번이나 가위에 눌렸는지 모릅니다. 그때마다 고통스럽게 눈을 뜨곤 하는데…… 초점 잃은 눈에 번지던 공포의 그림자가 지금도 눈에 선합니다. 그 순간에 청미가 그런 말을 했죠. 사람들에게 진 빚이 무섭다고요.

점괘, 점괘……. 갑자기 머릿속이 휑하다. 뇌세포가 바삭바삭 타들어가는 느낌이다. 정말 점괘를 두고 한 말일까? 나는 혼잣말을 하면서 칵테일 잔을 움켜잡는다. 간신히 유리잔 바닥을 적시고 있는 '스크루 드라이버'를 마지막 한 방울까지 혀에 떨친다. 나는 급히 종업원을 불러 발렌타인 12년산을 주문한다. 호가 눈을 치뜨지만, 아랑곳하지 않는다. 청미가 말한 '빛'이 자꾸 가시가 되어 목에 걸린다. 빚은 빚을 진 사람이 갚아야 하는 법이다. 과연 그 누가 청미의 빚을 탕감해 줄 수 있는가. 우선 나부터 시작해 볼까. 모를 일이다. '빚'의 정확한 정체부터가 의문이다. 애오라지 청미만 알고 있을 뿐이다.

선생님, 무슨 생각을 그리 골똘히 하시죠? 얼굴 좀 펴세요. 이 술은 선생님 것입니다. 자, 받으세요.

호가 발렌타인을 치켜든다. 어느 틈에 테이블 위에는 앙증맞은 스트레이트 잔이 놓여 있다. 호와 나는 잔을 맞부딪치고서 똑같이 한입에 털어 넣는다. 단숨에 취기가 올라온다. 호의 어깨 너머로 벽면이 잘려 보인다. 깜박 잊고 있었다. 지금 이곳이 고대 이집트의 무덤 안이라는 것을. 귀신들의 세계, 술통에 빠진 귀신들의 시간 속에 내가 존재한다. 낯익은 음악이 흐른다. 카미유 생상스의 관현악 곡인 '죽음의 무도'다. 묵직하게 울리는 종소리에 이어 죽음의 신이 바이올린을 연주하고, 해골들이 꿈틀꿈틀 괴이한 몸짓으로 춤을 춘다. 나는 점점 더 음악에 침잠한다. 홀연히 짙은 운무가 나타나 시야를 가린다. 그냥 이대로 운무 속에 푹 갇히고 싶다. 지금 이 시간이 바깥 세상과 절연할 수 있는 절호의 기회가 아니런가. 경찰서와 은미 그리고 청미, 모두모두 그대로 바깥세상에 놓아버리고 싶다. 지상에는 허물을 벗고 파닥거리는 매미가 있다면, 지하에는 인연을 끊고 침잠하는 내가 있다. 호가 불쑥 잔을 들이민다. 잔은 내 콧날이라도 스칠 듯하다. 나는 술병 입을 호의 잔에 찰싹 붙인다. 호도 질세라 재바르게 내 잔에 술을 따른다. 지체 없이 목을 지나간 알코올이 가슴에 고인다. 가슴이 화끈거리다 못해 실핏줄까지 요량 없이 달군다. 팔다리가 간질거린다. 나는 봄바람에 살랑거리는 한 마리 나비가 된다. 솜털처럼 가볍고 부드럽게 온몸이 흐느적거린다. 마시자. 취하자. 일순간 명료한 정신 상태를 감지하지만, 무시한다. 관심 밖으로 내던진다. 잔을 들어 거푸 입술을 축인다. 입술에 맞닿는 유리잔의 감촉마저 불덩이다. 느닷없이 심장이 벌렁거리고 호흡이 가쁘다. 내가 무사히 무덤 밖으로 나갈 수 있는가. 불안감이 엄습한다. 호의 눈에 핏발이 섰다. 나는 호의 눈을 피해 손목시계를 흘끔거린다. 시간이 꽤 많이 흘렀다.

어, 벌써 자정이 돼가네? 이제 그만 귀가해야 할 것 같은데……. 자, 우리 일어나요.

자정이 뭐 어떻다는 겁니까? 왜요? 이제는 우리가 헤어질 시간이란 말씀입니까?

호가 눈살을 찌푸리며 시비조로 뇌까린다. 혀가 상당히 꼬였다. 나는 불현듯 불쾌감이 치밀어 올라 입이 떨어지지 않는다. 호의 고개가 푹 꺾인다. 나는 할 말을 찾아 마음을 공글리는데, 호가 턱을 추켜들며 침묵을 깨뜨린다.

아, 아닙니다. 가, 가야죠. 참, 하마터면 잊을 뻔했습니다. 여기…….

호가 옆 자리에 둔 가방 안에서 자그마한 종이 상자를 꺼낸다.

청미 수첩입니다. 실은 이것도 선생님께 꼭 전하라고 했는데……. 괜히 제 맘대로 안 드리려고 궁리하다가…… 심부름꾼 주제에……. 읽어보시고, 청미의 얘길 쓰시든지 말든지……. 아닙니다. 꼭 쓰십시오. 쓰셔야 합니다. 선생님이 자기 얘길 써야만 빚을 갚는대나 뭐래나…….

나도 모르게 눈이 번쩍 뜨인다. 술이 확 깬다. 상자를 와락 끌어당겨 뚜껑을 연다. 검은 색 표지의 동일한 크기 수첩들이 가지런히 정돈되어 있다. 별안간 호가 상자를 끌어당겨 테이블 한쪽으로 밀쳐버린다.

집에 가서나 실컷 보시라고요. 제기랄, 지가 무슨…… 좀 웃기지 않습니까? 자서전이나 수기도 아니고……. 뭘 쓰라는 건지 통 모르겠다는 말입니다.

호의 고개가 또다시 꺾인다. 글을 써달라는 말은 청미가 벌써 위스콘신에서도 했다.

선생님, 쓰고 싶은 글 많이 쓰셨어요?

청미는 인디언 흉상을 품에 안고 나를 빤히 바라보았다. 조명과 그림자 탓이었던가. 청미는 황량한 사막 바람을 맞으며 홀로 서 있는 것 같았다. 쓸쓸함과 애잔함에 뭔지 모를 갈망이

배어 있는 눈빛이 지금도 내 마음에 감돈다. 나는 그 순간, 덥석 청미를 안을 뻔했다. 그러나 그 감정은 찰나에 불과했다. 금세 울화가 치밀어 올랐다.

글이라니? 설마 네가 글쓰기를 유도한 걸로 착각하고 있니?

나는 혀에 가시라도 돋은 듯 더욱더 예민해졌다.

아니에요 선생님. 수업 시간에 선생님이 대학 시절 소설 써서 투고했단 말씀이 생각나서요.

그걸 알면서 왜 신이라도 된 듯 반말지거리로 함부로 내던졌어? 그 무자비한 네 말을 기억 속에서 지웠어?

심사가 마구 뒤틀렸다. 솔직히 글로는 밥벌이도 못한다는 말은 충격이었다. 나는 어리석었다. 쓸데없는 오기가 발동해 걸핏하면 컴퓨터 앞에 앉아 자판을 두드렸다. 그때마다 으레 청미의 얼굴이 모니터에 어른거려 시야를 가렸다. 나는 하릴없이 나락으로 떨어져 갔다. 어쨌든 나는 위스콘신에서 청미의 물음에 코대답조차 하지 않았다. 땀에 젖어 축축한 청미의 머리칼을 보며 마른 침을 삼켰을 뿐이다. 그리고 원인 모를 자신감에 넘쳐서 청미를 응시했다.

왜? 다시 한번 지껄이지 그래? 지금 이 순간, 내 점괘는 뭐야? 시든 소설이든 다 쓸 수 있겠니?

나는 쏟아지려는 말을 입 안에 가두느라 숨이 차올랐다. 청미는 저답지 않게 눈을 찡긋하면서 애교를 부렸다.

선생님이 제 애길 써주세요. 제가 좀 남다르긴 하잖아요? 선생님은 분명 좋은 글을 쓸 수 있을 거예요. 그 작품이 자식이 돼 효도도 받을 거고요.

나는 한 손으로 무릎을 친다. 청미는 그때, 새로운 점괘를 찾았는지도 모를 일이다. 취미로나 써보라던 지난날의 점괘를 파기하고 글을 본업으로 하라는 듬직한 점괘. 차마 점괘라고 말하지 못한 구원의 손길을 내가 지나쳐버렸는지도 몰랐다. 그렇다면 궁극적으로 내게 한 발짝 다가온 청미의 제스처를 내가 무시한 셈이었다. 글을 쓰려면 널 속속들이 알아야 하잖아? 이참에 홀딱 벗어볼 거야? 나는 이런 식으로나마 청미의 말을 받아내야 했다. 머릿속이 옹송망송하다. 여태까지 단 한 번도 담담하게 청미를 대하지 못했다. 우리 사이에 도로의 중앙선 같은 샛노란 줄을 그어놓고 멀찍이 서 있었다. 신과 동거하는 청미의 삶, 그 혼의 세계에 도사린 삶의 외경이 버거웠던 것인가. 송곳 같은 눈빛은 눈빛대로, 푸석푸석한 얼굴에서 발산되는 으스스한 기운과 침침한 빛은 빛대로, 나는 모든 게 다 두려웠는지도 몰랐다.

선생님, 꼭 부탁드립니다. 제발, 청미의 요청을 거절하지 마세요. 그런 의미에서 마지막 잔을 따르겠습니다.

호는 취기가 도는 얼굴로 목례까지 해댄다. 그래, 못할 것도 없다. 얼마든지 청미를 마음껏 엮어낼 수 있다. 나는 청미가 살아온 세계라도 깨친 사람처럼 호기롭게 술잔을 내민다.

청미는 강신무라고 할 수 있다. 신이 내렸으나 굿을 못하면 점쟁이다. 청미는 점쟁이를 거친 무녀다. 청미의 결석 사유는 무병 때문이다. 그런데 과연 신내림을 받은 후부터 지금까지 청미가 충실한 무녀였는지는 모를 일이다. 만일 아니라면, 그동안 어떻게 자기 의지나 신념을 조율하며 지내왔던가. 또한 그 이전에 청미가 내림굿을 거부했다면, 어찌 되었을까. 무병을 무사히 극복하고 평범한 인간으로 안착할 수 있었을까. 무병을 참아낸다는 것은 목숨을 담보한 지극히 위험한 행위다. 나는 단지 목숨을 보존하려고 내림굿을 받은 여인을 알고 있다. 그 여인은 끝내 자식과 남편을 버리고 작두까지 탔다. 신을 영접해야 하는 운명은 신에게 잡힌 그 순간부터 자신을 내던져버려야 하는 가혹한 운명이다. 당연히 스스로의 과거나 미래에 관한 어떤 궁리도 할 수 없다. 타인의 과거나 미래에만 천착할 뿐이다. 호와의 동거도 언제 파기될는지 모르는 불완전한 만남이다. 새삼 청미의 고통의 몸부림이 벼린 칼이 되어 온몸을 헤집는다.

호가 냉수를 벌컥벌컥 들이켜고 난 뒤에 나지막한 목소리로 입을 연다. 힘이 느껴진다.

참 아리송합니다. 청미를 만난 게 우연인지 필연인지……

이따금씩 생각해 보곤 합니다. 부모님의 옷가게에서 빈둥대던 나날이었죠. 그날, 어머니가 당집에 간다기에 별 생각 없이 따라 나선 겁니다. 막연한 호기심은 있었지만요. 교민들이 청미를 데려왔다는 풍문이 한창 돌았거든요. 우린 첫눈에 서로에게 끌렸었지요…….

호는 입을 앙다물고 검지로 술잔만 자꾸 쓸어내린다. 나는 호의 말에 긍정도 부정도 할 수 없어 답답하다. 무심코 호의 앞에 놓인 종이 상자를 끌어당긴다. 수첩에 기록된 내용이 갑갑궁금하기만 하다. 청미가 차마 표출하지 못한 진정한 내면의 소리가 차곡차곡 기록되어 있지 싶다. 나는 기어코 종이 상자를 다시 연다. 수첩마다 표지 위쪽에 금색으로 연도가 쓰여 있다.

선뜻 청미가 자퇴한 해의 수첩을 찾아낸다. 매일매일 쓴 짤막한 메모가 보인다. 얇은 종이를 덧붙여 쓴, 제법 긴 글이 나온다. 5월 첫 금요일이다.

머리가 운다. 불면 불안 공포 두통. 생명체 기생, 뇌세포를 갉아댐. 귀가 운다. 매미 울음소리. 큰 파도 소리. 장청미! 둔탁한 목소리의 외침. 문밖이다. 마음은 밖, 몸은 방 안. 마음과 몸의 분리. 마음을 따라야, 나를 찾는 이와 대면해야 두통 해소? 한기에 깸. 괴이하다. 마루에서 잠이 들었다.

나는 수첩을 덮고 의자 등받이에 등을 기댄다. 머리가 지끈거린다. 헤어밴드 라인을 따라 두통이 차츰차츰 번져 난다. 청미의 두통이 내게라도 전염되었는가. 한 생각이 뇌리를 스친다. 청미의 현재 병마와 옛날의 두통은 어떤 연계성이 있는 건 아닐까. 두통은 일종의 신호다. 처음 두통이 시작된 그때가 청미 삶에서의 대전환, 변곡점의 시기일 수 있다. 현재 청미의 병마 뿌리가 바로 두통이다. 접신할 때에 무병을 앓듯, 신이 나갈 때도 병고를 치르는 것인가. 아니면 새 신이 기웃거리는가. 수첩의 기록들을 샅샅이 훑어보고 싶은 충동에 사로잡힌다. 아니 반드시 읽어야 할 의무감에 사로잡힌다. 나는 서슴없이 올해의 수첩을 양손으로 움켜잡는다. 저절로 종이를 덧붙인 쪽이 활짝 펴진다. 4월 30일이다.

한동안 지나온 몽롱한 세계, 말끔하다. 다시 밀려오는 몽롱함. 뚜렷한 시공간 인식. 호는 내일 귀가 예정. 간밤에 혼자 숙면. 새벽녘 경악. 아랫배에 불쾌한 통증. 이물감. 몸부림. 늙은이의 괴성. 돌출한 광대뼈. 험상궂은 표정. 현실과 꿈의 경계. 모호함. 백지에 적다. 장청미 1991년 4월 30일.

나는 하마터면 비명을 지를 뻔했다. 이름과 출생일이 뚜렷이 적혀 있다. 스스로의 점괘를 찾겠다는 뜻이다. 점쟁이는 절대로 자기의 점은 보지 않는다고 했다. 자기의 미래를 알고 나면 한시도 살아갈 수 없기 때문이다. 결국 청미는 한계에 이르렀는가. 대모험을 각오한 것이라면 그것은 마땅히 신에 대한 배반이요, 도전이다. 그리고 그 도전의 근간이 바로 늙은이다. 험상궂은 표정의 늙은이라니! 문득 인디언 흉상이 떠오르면서 온몸에 소름이 돋는다. 섬뜩하다. 손에서 수첩이 툭 떨어진다. 나는 주춤주춤 빈손을 마주 잡으며 고개를 든다.

지금 꼭 그렇게 보셔야 합니까?

말소리가 무뚝뚝하면서도 불퉁스럽다 못해 사뭇 불쾌한 표정이다. 나는 호의 태도에서 청미의 고통을 본다. 청미가 본연의 자리로 되돌아오고자 한 데는 분명히 호가 존재한다. 나는 호의 눈길을 피해 조급하게 수첩을 넘긴다. 청미가 기록을 남긴 마지막 쪽이다. 글자는 없고 그림이 나온다. 크고 작은 여러 개의 원이 산만하게 흩어져 있다. 무슨 의미인가. 나는 눈을 질끈 감았다가 홉뜬다. 그림이 미세하게 움직인다. 원들이 하나둘 꿈틀거린다. 직선이 정지라면 원은 율동의 속성을 지녔다. 움직임에 차츰차츰 속도가 붙는다. 움직임은 가시적이 되고, 속도가 빨라지면서 그 원형이 사실적인 형상으로 변모한다. 머리, 가슴, 다리…… 여체다. 여체는 리드미컬하게 걸쭉한 춤사위를 그린다.

춤이에요, 청미의 춤이에요.

나는 두 손으로 얼굴을 감싼 채 목청을 돋운다.

축제의 장이다. 청미는 날이 번뜩이는 칼을 쥐고 허공으로 솟구친다. 얼굴은 땀에 반들거리는데, 몸은 새털처럼 가볍다. 나는 가슴에 손을 모으고 청미가 웃던 웃음을 넌지시 흘려본다. 선생님! 나는 귀를 활짝 열지만, 목소리의 주인공이 청미인지 호인지 모호하다. 나는 애써 웃음을 억제하고 정신을 집중한다. 글을 쓰고 싶다. 청미의 이야기를 쓰고 싶은 욕구가 인다.

심한 갈증으로 눈을 떴다. 머리맡의 야광 시계 바늘이 번쩍거리고, 그 옆에 청미의 수첩이 놓여 있다. 새벽의 길목이다. 몸이 묵지근해 꿈쩍도 할 수 없다. 간신히 몸을 일으켜 형광등 스위치를 올린다. 방 안이 난장판이다. 어찌 된 상황인지 머리가 어지럽다. 모든 물건들이 뒤죽박죽 뒤엉켰다. 스타킹, 스커트, 블라우스, 까만 수첩, 핸드백, 지갑, 휴대폰, 손수건, 립스틱 그리고 늙은 인디언 흉상. 인디언 흉상이 바닥에 코를 처박고 엎어져 있다. 가슴이 두근거린다. 나는 가슴을 부여잡고 조심조심 한 발짝 앞으로 다가선다. 누가 저 흉상을 집어 던졌는가. 언제? 왜? 흉상을 제자리에 올려놓고 뒷걸음질을 한다. 휴대폰이 울린다.

선생님, 방금 어머니 전화를 받았어요. 청미가 떠났습니다. 갔다고요! 청미가 죽었단 말입니다! 하지만 꼭 청미를 데려오겠습니다. 청미는 꼭 돌아올 겁니다.

나는 휴대폰을 귀에 붙인 채 제자리에 붙박이고 만다. 휴대폰에서는 계속 알아들을 수 없는 기계음이 터진다. 혹 아직도 호는 그 카페에 앉아 있는가. 술에서 깨어나지 못한 상태로 횡설수설하는가. 나는 다시 흉상을 양손으로 거머쥔다. 청미의 얼굴이 흉상에 겹치며 클로즈업된다. 어렴풋이 알 것 같으면서도 모르겠다. 아니 단순하게 생각하면 될 일이다. 흉상마저도 내게 진 빚이라고 생각하면 그만이다.

청미가 그립다. 신이 청미에게 들고나던 것처럼, 이제 청미가 신에게서 들고날지도 모르겠다. 죽음 뒤에 오는 영원한 삶……. 어쩌면 청미는 이집트인처럼 사후에 더 안락함을 누릴 수도 있지 않을까. 나는 주섬주섬 옷가지들부터 치운다. 아무리 생각해도 지난밤, 어떻게 집에까지 왔는지 오리무중이다. 확실한 것은 무사히 그 묘도를 빠져 나왔다는 사실이다.

나는 청미의 수첩을 주워든다. 하얀 백지 위에서 춤을 추는 청미의 모습과 그 모습을 진지하게 글로 옮기는 내 모습을 상상하면서.

할아버지의
임서기(林棲期)

생각보다 숲이 울창하다. 할아버지가 자주 오르내렸다는 뒷산은 듬성듬성 소나무가 끼어 있긴 해도 온통 참나무 일색이다. 갈참, 굴참, 상수리나무 들이 한데 뒤섞여 있다. 나뭇가지에 붙어 있는 이파리들은 손만 스쳐도 바스러질 것처럼 바싹 말랐다.

성급한 마음에 정신없이 올라왔다. 밑에서 올려다볼 때와는 달리 산세가 깊고 가파르다. 올라오는 길에 마른 나뭇가지나 썩어 넘어진 나무 둥치는 그래도 요령껏 피해올 수 있었다. 지천으로 얼크러진 칡넝쿨과 다리를 휘감는 거친 풀이 여간 거치적거리는 게 아니었다. 심지어 키가 큰 억새는 마구 얼굴을 후려쳤다. 양손으로 뻣뻣한 억새를 젖혀가며 어렵사리 산 중턱까지 올라온 것이다.

　나는 잠시 제자리에 선다. 심호흡을 하며 사위를 휘둘러보다가 깜짝 놀란다. 갑자기 길이 사라져버렸다. 길 비슷한 흔적도 없다. 분명 산길을 따라 앞만 보고 올라왔는데, 도대체 어디쯤에서 사라졌는가. 입 안이 바짝 마른다. 어떡하든 이 산에서 할아버지를 찾아야 한다. 사실 할아버지가 이 산으로 들어갔다는 명백한 증거는 없다. 막연한 내 예감만으로 뿔뿔이 흩어져 산속을 뒤져보자고 독려했다. 예감은 이런 바탕에서 나왔다. 할아버지는 유난히 산행을 좋아한다. 특히 툭하면 무조건 뒷산에 오른다. 그리고 결정적인 말이 있다. 민준아, 할애비는 산에 들어와서 눈을 감을 거다. 아카시나무 꽃이 만발한 일요일, 이 뒷산에서 주먹밥을 먹던 중에 나는 똑똑히 들었다. 하지만 모를 일이다. 예감이고 뭐고 내가 잘못 판단했으면 어떡하나. 여태까지 할아버지에 관한 그 어떤 자취 한 점도 발견하지 못했다. 그저 나무와 덤불과 씨름하느라 여념이 없다가 설상가상으로 이제 길까지 잃어버렸다. 자칫하면 할아버지를 찾기도 전에 내가 먼저 거꾸러질 판이다. 어쨌거나 여기 외에는 할아버지가 갈 만한 산이 전혀 떠오르지 않는다. 분명 이 산속 어딘가에 할아버지의 은밀한 터가 있을 것이다.

　나는 앙가슴을 쓸어내리며 할아버지가 남긴 쪽지를 곱씹어

본다.

'나는 임서기를 맞아 떠난다.'

할아버지의 책상 위에는 유일한 단서인 쪽지 하나만 놓여 있었다. 선명한 흘림체 글씨는 틀림없는 할아버지의 필체였다. 나는 '임서기'라는 글자를 보자마자 가슴이 철렁했다. 기어이 그날이 오고야 말았다는, 그날을 막지 못했다는 자괴감으로 마음이 착잡했다. 온몸의 맥이 탁 풀려 방바닥에 주저앉고 말았다.

할아버지는 두 해 전, 임서기에 관한 얘기를 차근차근 들려주었다. '임서기'는 난생처음 듣는 말이었다. 무슨 의미지? 나는 호기심으로 귀가 쫑긋거렸다. 시종일관 할아버지의 목소리는 신념에 차 있었다. 목소리에 담긴 기운으로 봐 작정하고 하는 얘기라는 느낌을 받았다. 할아버지의 말이 길어질수록 왠지 분위기가 착 가라앉으면서 심장이 두근두근했다. 나도 모르게 긴장감이 밀려들었다. 한 마디라도 놓치지 않으려는 조바심에 불안감이 증폭되어갔다. 말을 마친 할아버지의 눈빛은 고요한 심해처럼 잔잔했다. 나는 침묵하면서 애써 진중하게 생각을 가다듬었다. 왠지 모를 아련한 슬픔이 가슴을 헤집었다. '임서기'는 그렇게 나에게 왔다. 삶을 마감하는 할아버지 나름의 방식이었다. 할아버지의 마지막 행보가 깃든 일종의 암시였다. 슬픔이 한 가닥 한 가닥 빠져나간 가슴 속으로 어떤 울림이 번져 났다. 나는 숙연해졌다. 어쩌면 '임서기'는 할아버지의 마지막 꿈을 펼치는 유일한 시간이라고 생각했다. 미래는 그 무엇도 예측할 수 없다는 말이 떠올랐다. 그렇다 해도 '임서기'가 이렇듯 빨리 내게 다가올 줄은 몰랐다.

나는 쪽지를 움켜쥔 채로 서성거리며 방 안을 휘둘러보았다. 아무래도 낌새가 이상했다. 지금까지 드나들던 친근한 공간이 아니었다. 낯선 느낌이 감돌았다. 우선 공기부터 달랐다. 뜬금없이 할아버지가 아닌, 증조할아버지가 소환되었다. 알게 모르게 증조할아버지의 체취가 풍기는가 하면, 보일 듯 말 듯 증조할아버지의 손때가 묻어나왔다. 기억 속에도 부재한, 내가 세 살 때에 돌아가신 증조할아버지. 순간 서늘한 시선이 뒷목을 잡아당겼다. 선뜻 고개를 돌렸다. 벽에 걸린 사각 사진틀 안에서 증조할아버지의 새까만 눈썹이 꿈틀거렸다. 증조할아버지의 눈과 내 눈이 부딪쳤다. 나는 두 눈을 깜박거리며 고개를 좌우로 흔들었다. 순백의 천장이 눈에 들어왔다. 할아버지가 손수 도배한 천장은 하얗다 못해 푸르스름한 빛이 감돌았다. 그랬다. 증조할아버지가 아닌, 할아버지의 흔적에 집중할 때였다. 방 안은 먼지 한 톨 없이 말끔했다. 책한 권, 볼펜 한 개, 양말 한 짝이 눈에 띄지 않았다. 무엇 하나남아 있지 않은 것이 할아버지의 흔적이라면 흔적이었다. 워낙 할아버지는 깐깐했다. 행여 누군가가 뒷갈망이라도 할까 봐 철저하게 손을 쓴 거였다. 나는 출근길에 당숙의 연락을 받은 그 순간처럼 머리가 하얘졌다.

어서 빨리 내려와야겠다. 꼭 뭔 큰일이라도 치를 것 같단 말이다!

당숙의 목소리가 탁하게 갈라졌다.

엄마! 일단 옷부터 단단히 챙겨 입어요.

나는 회사에 결근하겠다는 전화를 하고서 우왕좌왕하는 어머니에게 두툼한 패딩 코트를 건넸다. 냉정하게, 덤벙대지 말고 침착하게, 정신 차려야 해. 나는 혼잣말을 했다. 시간에 쫓기던 사회부 수습기자 시절, 취재하러 갈 때마다 주문처럼 외던 말이었다.

네가 좀 운전해라. 난 자꾸 가슴이 벌렁거려서…….

어머니는 말끝을 흐리며 아예 뒷좌석에 털썩 등을 기대고 앉았다. 아버지는 수술실에서 대기 중이라 연락이 닿지 않았다. 외과의인 아버지의 일상은 늘 짜인 각본에 따라 이루어진다. 병원의 수술 스케줄에 맞추어 움직일 뿐, 사생활은 어차피 뒷전이다. 외할아버지의 임종을 지켜보지 못한 것도 위암 수술 때문이었다. 설령 할아버지가 돌아가셨다 한들 환자를 내팽개치고 달려올 아버지가 아니다. 때맞춰 환자가 수술을 거부하는 변수가 일어난다면 모를까. 물론 그 변수의 확

률은 제로에 가깝다. 할아버지처럼 애당초 수술을 거부한 환자라면 몰라도. 아, 협심증 환자인 할아버지는 수술이 아니라 시술을 거부했다. 만약 시술을 받았다면 할아버지는 '임서기'라는 얘기를 꺼내지도 않았을 터다. 당연히 오늘의 이 사태도 일어날 리가 없다.

BC(Before Corona) 1년 8월, 숨이 턱턱 막히는 한여름이었다. 에어컨을 켜놓고도 나는 아예 냉동실에서 얼음을 꺼내 아작아작 깨물었다. 할아버지와 나는 소파에 앉아 티브이를 시청했다. 카메라 앵글은 집중적으로 16세 소녀 그레타 툰베리를 따라 다녔다. 그녀는 대서양을 건너서 뉴욕에 가려고 태양광 요트에 오르는 중이었다. 그녀에게 호응하는, 태양열보다 더 뜨겁게 달아오른 사람들의 환호와 열기……. 의외로 정작 주인공인 그녀의 얼굴은 무표정했다. 나는 한참 뒤에야 그녀가 '아스퍼거' 증후군을 앓고 있다는 사실을 깨달았다. 새삼 그녀가 더 돋보였다. 지구의 온난화에 절규하던 그녀의 목소리가 생생하게 되살아났다. 현재 급부상하고 있는 지구촌의 팬데믹 현상도 기후의 온난화와 깊은 연관이 있다. 암튼 나는 툰베리를 보면서 잠깐 성찰의 시간을 얻기도 했다. 과연 나는 저 나이에 무엇에 방점을 찍고 살았던가. 더군다나 사회적인 일에는 어느 한 군데 눈을 돌린 적이 없다. 초라한 내 청소년 시절에 절로 기가 죽었다. 갈증이 났다. 텅 빈 얼음 통을 들고 엉덩이를 들썩이는데, 할아버지가 입을 열었다.

나이도 어린 게 참말로 야무지네. 작년이지? 지구가 불타고 있다고 외쳤던 때가……. 그때처럼 큰 이슈를 일으키는구나. 이론만 앞세우고 나불대는 환경운동가들보다 백배 천배 뛰어난 아이다. 참 민준아, 할애비는 내일 그만 조치원으로 내려가련다.

네? 안 돼요, 할아버지! 시술 안 받으시겠단 거잖아요? 이대로 그냥 가시면 진짜로 큰일난다구요.

큰일은 무슨…… 호들갑 떨지 마라. 이 할애비 마음 굳힌 건, 기정사실 아니더냐? 난, 살 만큼 산 사람이고…… 진작부터 이 할애비는 죽음을 예비해오고 있었다.

할아버지는 고개를 가로저으며 내 어깨를 토닥거렸다. 나는 그만 울컥해 얼굴이 달아올랐다. 다름 아닌, '살 만큼 산 사람'이라는 말 때문이었다. 그 대목에서 갑자기 할아버지의 목소리가 움츠러든 것도 같았다. 실은 모든 말이 다 목에 걸렸다. 가슴이 먹먹했다. 스스로에게 못 박는 일종의 다짐일 테지만, 왠지 유언장의 서두 같은 느낌이었다. 나는 어느새 갈증을 잊고 티브이로 눈을 돌렸다. 아직도 요트는 수면에 떠 있고, 툰베리는 여전히 사람들에게 에워싸인 모습이었다. 그날은 할아버지가 병원에서 우리 집으로 온 지 일주일쯤 되던 날이었다.

늦은 장맛비가 그치고 하늘이 청명하던 토요일, 비상이 걸렸다. 텃밭에서 풋고추를 따다가 정신을 잃고 쓰러진 할아버지. 마침 한동네에 사는 당숙이 들른 게 천운이었다. 당숙의 목소리는 화급하고, 휴대폰을 쥔 어머니의 손은 바들바들 떨렸다.

읍내 병원 응급실은 농번기의 마을 노인정처럼 한적했다. 어머니와 내 발소리가 응급실의 고요를 깨뜨렸다. 할아버지의 얼굴은 첫눈에도 핏기 한 점 없이 창백했다. 심장으로 피를 나르는 관상동맥 중 하나가 상당히 막힌 상태였다. 나는 힘없이 늘어진 까칠하고 검게 탄 할아버지의 손을 어루만졌다. 아버지와 응급실 의사 그리고 나, 세 사람은 스피커폰으로 할아버지의 상황을 정리했다. 고도의 초조감, 긴장감 속에서 구급차는 서울로 출발했다. 목적지는 아버지가 근무하는 대학병원이었다.

아버지! 한 가지 방법밖에 없다니까요. 절대로 복잡하고 큰 수술이 아닙니다. 손목 요골동맥을 통해서 가느다란 그물망만 넣어주는, 아주 간단한 시술이에요. 한 숨 푹 주무시고 나면 끝납니다. 아버지! 걱정 마시고, 우리 의사들을 믿으세요.

알아, 알겠다고, 무슨 말인지. 이런저런 선택의 여지가 없다는 걸……. 내 나이가 몇이냐. 팔십하고도 넷이다. 내 생각도 좀 존중해 주면 안 되겠냐? 어쨌거나 하고 싶지 않다. 간단하든 복잡하든. 이젠 누가 뭐래도 내 소신껏 살고 싶단 말이다. 아무리 애비가 늙었기로 자식이랍시고 억지 부리면 안 돼! 넌 네 식대로, 난 내 식대로 살자.

할아버지는 단호했다. 당당하게 시술을 거부하고 나선 것이었다. 할아버지의 눈빛은 어딘가 달라 보였다. 상대방을 쳐다보는 것도 힘들어하던 눈빛이 아니었다. 삶을 포기하거나 절망에 빠진 흐릿한 눈빛도 아니었다. 오히려 밤하늘에 빛나는 개밥바라기처럼 형형한 빛이 흘렀다.

억지는 아버지죠. 시술은 저보다 더 뛰어난 의사가 하고, 전 처음부터 끝까지 곁에서 지켜볼 겁니다. 제가 누굽니까. 아버지의 아들인 저를 못 믿으시겠어요? 100세 인생을 주장하는 게 아니란 말입니다. 의사로서 말씀드립니다. 제발, 고집 좀 그만 부리세요!

그만해. 더는 기운 빼지 말자. 아무리 실랑이 해봤자 그 말이 그 말이다. 내가 의사는 아닐지언정 알 건 다 안다고 했잖냐. 앞으로 통증도 심해질 테고, 당장 심장마비가 올 수도 있겠지. 넌 자식으로서 의사로서 황당하겠지만, 나는 나대로 황당하단 말이다!

잔뜩 구겨진 아버지의 얼굴이 붉으락푸르락했다. 아버지의 윽박지르다시피 내뱉는 간청과 주치의의 정중한 종용도 한

낮 휴지조각이었다. 할아버지는 그 누구에게도 흔들리지 않고 꿋꿋하게 버텼다. 거센 태풍에도 끄떡없는 고목이었다. 아버지가 나간 병실에서 할아버지는 깊은 잠에 빠져들었다. 나른한 오후의 햇살이 길게 누운 할아버지의 전신을 덮었다. 창밖의 갈맷빛 나뭇잎들을 바라보던 나도 스르르 잠이 들었다.

할아버지가 환자복 차림으로 급히 1층 로비를 가로질러 달렸다. 회전 출입문이 바로 코앞이었다. 나는 어떤 일이 있어도 할아버지를 붙잡아야 했다. 할아버지와 내가 동시에 회전문 안으로 들어섰다. 나는 양팔로 할아버지의 허리를 단단히 끌어안았다. 회전문이 빙그르르 돌아 제자리로 돌아왔다. 막 숨을 돌리는데, 누군가가 내 어깨를 툭툭 쳤다. 나는 화들짝 놀라 눈을 번쩍 떴다. 꿈이었다. 할아버지는 미소를 머금고서 비스듬히 앉아 있었다. 내 어깨에 얹힌 할아버지의 손은 한 장의 낙엽처럼 무게감이 없었다.

내가 고집불통 할애비 같지?

맞아요, 고집불통 할아버지.

아이고, 우리 민준인 참 솔직해서 좋다. 이 할애비에게 아쉬운 지난날이 있어서……. 그때 고집을 못 부린 게 가슴에 맺혀서…….

할아버지는 지그시 눈을 감았다가 떴다.

너도 알지? 이 할애비도 한때는 너처럼 신문쟁이였다는

걸. 기자가 되어 빨빨거리고 다닐 때가 엊그제 같구나. 난 지금도 그때를 떠올리면 가슴이 방망이질을 친다. 네 증조할아버지만 아니었다면, 난 평생 그 길을 걸었을 거다. 네가 태어나기도 전, 까마득한 옛날이지만 그땐 참 치열한 시대였지.

할아버지는 마치 그 시절로 되돌아간 듯 주먹을 불끈 쥐었다. 얼굴에도 혈색이 돌았다.

지금 너처럼 한창 혈기 왕성한 때였다. 반유신운동이 시작되었지. 73년 10월, 처음 가두시위가 벌어지고 개헌 청원 100만인 서명운동이 일어나고……. 정치인은 물론 언론인, 교수, 문인, 일반 시민들의 참여가 들불처럼 번져나갔다. 다급한 유신 정부가 긴급조치 1, 2호를 발표하면서 긴조시대에 돌입했어. 긴조란 긴급조치 준말이다. 이 할애비도 서명을 했지만, 발을 빼는 구차스런 짓을 했지 뭐냐. 네 증조할아버지가 아예 서울로 올라와 그림자처럼 날 쫓아다녔으니……. 이 할애비가 아래로 줄줄이 동생이 다섯이라는, 그 잘난 장남이란 걸 주구장창 되뇌면서 어찌나 압박을 하던지. 발목을 잡힌 거지. 별 수 없었다. 난 기자도 때려치우고 세 해나 빈둥대면서 허송세월을 보냈다. 네 증조할아버지에 대한 반발치곤 너무 어리석었지. 결국 마음을 다잡고 학교로 들어가긴 했다만…….

할아버지의 가슴에 켜켜이 쌓인 묵은 사연이었다. 할아버지는 특히 할머니를 회상하는 순간순간 자꾸 말이 끊기곤 했다. 상상할 수 없는 할머니의 고난 시대, 그 주범은 할아버지였다. 김밥을 말아 작은 고모를 업고 새벽시장에 내다 팔고, 할아버지를 찾아 경찰서를 배회하다 유산을 하고……. 그뿐이 아니었다. 정부가 바뀌고 가정이 안정되면서 할아버지는 집 밖으로 나돌았다. 소위 여자 문제로 이혼까지 갈 뻔했던 것이다.

긴 얘기를 마친 할아버지의 얼굴에는 복합된 감정이 얽혀 있었다. 강인한가 하면 약하고, 담담한가 하면 쓸쓸해 보였다. 어쩌면 내가 감성에 치우쳐 있었는지도 모른다. 울적했다. 내 마음 깊숙이 파고든 할아버지의 애틋한 회한. 새삼 할아버지에게 아버지보다 더한 친밀감이 일었다. 나는 슬그머니 시술 얘기를 꺼냈다. 역시 할아버지는 완강했다. 끝내 정밀 검사를 받은 것으로 만족하고 퇴원을 서둘렀다. 나는 시술에 대한 미련을 떨치지 못했으나 퇴원 수속을 밟았다. 퇴원후, 티브이 영상으로 툰베리를 보던 할아버지가 '임서기'라는 말을 끄집어낸 것이다.

고대 인도에서 브라만들이 보내는 4단계 인생 설계도라고 보면 되겠구나. 학습기(學習期), 가주기(家住期), 임서기(林棲期), 유행기(遊行期)가 있는데, 지금 할애비 처지가 바로 임서기라고 할 수 있단다. 물론 물리적인 나이는 별 의미가 없는 것이고……. 당시엔 원래 손자가 태어나면 집을 나와 숲으로 들어갔지. 인생의 마지막 시간을 홀로 보내기 위해서……. 노년 출가라고 하면 이해가 더 빠를까?

노년 출가라는 말에 금세 나는 고개를 주억거렸다. 그리고 노년 출가를 은퇴자 출가로 가벼이 치환했다.

신문사의 신입 사원으로 으쓱하던 어깨가 슬슬 내려앉던 때였다. 밖에서 바라보던 사정과 내부자의 눈에 비치는 사정은 영 딴판이었다. 흔히 말하듯 기대가 큰 만큼 실망이 컸다. 취재 기자는 활자를 다루기에 앞서 다리품을 팔아대는 노동자에 불과했다. 초파일을 맞아 조계사 취재를 나갔다. 그해에 처음으로 은퇴자 출가 제도가 시행되었다는 것을 알았다. 기존의 출가 나이 50세를 허물고 51세부터 65세까지로 늦춘 것이었다. 노년을 불가에서 보내려는 은퇴자들이 그렇게도 많은가? 그런 은퇴자가 존재한다는 현실만으로도 나는 충격을 받았다.

할아버지도 은퇴자 출가와 일맥상통한 점이 있었다. 아니 거의 같은 맥락이었다. 얼핏 석가모니의 고행상이 떠올랐다. 고행이 뭐라는 것을 단적으로 보여주는, 뼈만 남은 앙상한 몰골의 고행상. 고행은 마음의 평정을 찾아가는 길이요, 마음의 평정은 곧 깨달음을 뜻한다. 그런데도 나는 고행상을 머리에 그리면 마음이 불편했다. 일순간 나는 할아버지를 흘끔거리며 할아버지와 고행상을 결부시키는 그림을 그렸다. 할아버지는 언제 '임서기'를 들먹거렸냐는 듯 담담한 표정으로 티브이를 보고 있었다. 삶의 일탈이나 고뇌에 찬 모습과는 동떨어진, 지극히 일상적인 모습이었다. 문득 인도 북부에 위치한 '라다크'가 떠올랐다. 라다크는 인도 땅이 아닌 것 같은 특별한 지역이다.

나는 제대하고 복학을 앞둔 시점에 인도 여행을 꿈꾸었다. 먼저 준비 차원에서 인도의 곳곳을 샅샅이 살펴 가며 계획을 세웠다. 비록 여행은 무산되었지만, 컴퓨터 영상을 통해 요모조모 충분히 눈요기를 했다.

라다크는 1년 중 8개월이 겨울이었다. 그 자연환경이 첫 번째로 내 눈길을 끌었다. 다음은 인구의 절반을 차지하는, 터번을 쓰는 시크교도들의 삶이었다. 나는 그들의 삶에 은근히 빠져들었다. 그들은 오로지 가진 것을 나누면서 성실히 살아가는 데에서 최대의 행복을 누렸다. 문명을 추구하지 않고 자연의 숨결을 좇아가는 삶, 자연인의 삶이었다. 흔히들 라다크를 이 시대의 마지막 샹그릴라라고 부르는 이유가 거기에 있었다.

나는 할아버지의 노년 출가를 석가모니의 고행상에서 시크교도들로 자리바꿈해 보았다. 나도 모르게 마음이 안온해졌다. 그러면서도 머릿속이 명쾌하게 정리되지는 않았다. 한 가지 확신은 나름대로 '임서기'에 대한 이해를 어느 정도 했다는 것이었다. 할아버지의 임서기는 유행기까지 포함한 임서기였다. 할아버지 홀로 죽음을 맞는, 인생의 마지막 길이었다. 죽음에 대비한 할아버지의 결기였다. 어쩌면 현재의 삶을 떠나 먼 옛날로 회귀하려는 갈망이었다. 그렇다 해도 할아버지를 산으로 올라가게 해서는 안 되었다. 나는 허수아비였다. 할아버지의 말을 묵묵히 귀에 담기만 한 어리석은 손주였다. 어쩔 수 없었다. 내 빈곤한 인생관이나 철학으로는 도저히 감당할 수 없었다. 할아버지의 임서기를.

나는 한동안 그날 그 긴장의 끈을 꼭 붙잡고 놓지 않았다. 할아버지에게 제법 날카로운 촉수를 들이대고 살폈다. 할아버지는 의외로 별다른 내색 없이 무탈한 나날을 이어갔다. 그렇게 두 번째 여름이 지나자 '임서기'는 내 의식 속에서 시나브로 희석되었다.

고개를 들어 하늘을 올려다본다. 나뭇잎 사이사이로 언뜻언뜻 조각난 하늘이 보인다. 푸른빛이 사라진 잿빛이다. 해가 짧아진 나날이긴 해도 아직 어둠발이 묻어올 시간대는 아니다. 구름이다. 그것도 먹구름이다. 먹구름이 점점 더 내려온다면 사위는 금세 어두워질 것이다. 조짐이 좋지 않다. 할아버지를 찾을 수 있을는지, 자신감이 급격히 떨어진다. 조바심이 끓어오른다. 휴대폰마저 잠잠한 걸 보면 그 누구도 아직

할아버지를 찾지 못했다. 무턱대고 이 산만 뒤질 일이 아니었다. 좀 더 신중하게 모색하고 행동해야 하지 않았을까. 아니다. 먼저 경찰에 실종 신고를 내고 수색을 요청해야 했다. 모든 정황이 다 후회막급이다. 쪽지를 남기고 떠난 시간도 이틀 전인지 하루 전인지 알쏭달쏭하다. 아무래도 내가 물불 못 가리고 덤벙대었다. 거기에는 심상찮은 추위가 부채질을 한 점도 있다. 나는 할아버지가 산에서 밤을 지새운다는 데에만 사로잡혔다.

어제, 갑자기 기온이 뚝 떨어졌다. 10월의 한파 특보에 설마, 했는데 들어맞았다. 아침 최저 기온이 1.3도로 64년 만의 최저 기온이라는 보도였다. 어제의 연장선으로 오늘도 꽤 쌀쌀하다. 며칠 전만 해도 '가을 실종'이라는 말이 나돌 정도로 반팔 티셔츠를 입고 다녔다. 퇴근길이었다. 빙 둘러진 아파트 화단 울타리에서 붉은빛이 터져 나왔다. 예쁘기로 정평이 난 화살나무의 단풍이었다. 놀랍게도 이 더위에 꽃피운 단풍이라니, 정말 고왔다. 이제 화살나무의 단풍은 그것으로 끝나기 십상이다. 가을 한파도 '가을 실종'이다. 하필이면 이 시기에 할아버지도 실종되었다.

나는 지금도 할아버지의 실종 사태를 죽음과 직결시킬 수밖에 없다. 할아버지의 삶의 방식과 죽음의 방식, 그 도표를 이미 나는 명백하게 그렸다. 할아버지는 죽음을 준비한 사람이다. 준비 없이 떠난 할머니도 할아버지의 준비에 일조를 한 셈이다.

할머니가 세상을 뜬 지도 벌써 4년여가 훌쩍 지났다. 정월 대보름날이 되면 지금도 가슴이 아린다. 보름달이나 오곡밥 이나 쥐불놀이가 아닌, 할머니에 대한 절절한 그리움의 날이 정월 대보름이다.

노인정은 아침부터 시끌벅적 부산스러웠다. 그날은 온 마을 잔칫날로 손색이 없었다. 찹쌀 차수수 차좁쌀 붉은팥 검정콩 으로 오곡밥을 짓고, 말린 나물 위주로 보름나물을 차렸다. 도 라지 고사리 호박을 기본으로 한 아홉 가지 나물에 우거지 된 장국과 감자전, 귀밝이술이 보태졌다. 내남없이 머리를 맞대 며 점심을 먹고, 땅콩 호두 밤으로 부럼까지 깼다. 동전을 내 놓고 실컷 화투 놀이를 하고 나서야 모두들 뿔뿔이 헤어졌다.

며칠 전부터 날이 풀리더니, 그날은 종일 비가 주룩주룩 내 렸다. 상쾌한 봄비라고 모두들 희희낙락했는데, 운명을 가르 는 비였다. 집을 눈앞에 두고 할머니는 빗길에 미끄러져 나동 그라졌다. 뇌출혈로 인한 돌연사였다. 차라리 며칠 전까지 지 속되던 눈길이었으면 어땠을까. 액운을 쫓아내고 행복을 기 원했던 한나절이 마냥 허무했다. 내가 난생처음 바라본 죽음 이었다. 처음 경험하는 슬픔에 절망감과 공포심이 회오리바 람처럼 몰아쳤다. 육신은 무엇이며 영혼은 또 무엇인가. 의문에 시달리면서 나는 몹시 흔들렸다.

동살이 잡히기도 전에 영안실을 나와 화장장으로 향했다. 발걸음이 버거웠다. 썰렁하고 암울한 화장장, 시신이 불구덩이에 들어가는 끔찍한 시간과 직면했다. 나는 삶과 죽음의 심연에 빠져 들어갔다. 거센 불길에 손발이 화끈거리면 가슴은 얼음덩이로 굳어갔다. 수없이 열기와 냉기를 넘나들었다. 나와 달리 모두가 무심한 표정이었다. 아버지와 어머니, 심지어 할아버지조차도. 그때는 몰랐다. 울음에는 속울음도 있다는 것을. 부모님과 할아버지의 웅숭깊은 삶에서 나는 한참 비껴나 있었던 것이다.

10여 년 전, 할아버지와 할머니는 서울 살림을 정리하고 조치원으로 내려갔다. 나는 자대배치를 받은 화천에서 할아버지의 편지를 받았다. 할머니가 흔쾌히 동의해서 이곳으로 왔구나. 첫 문장이었다. 한 집은 아니지만, 줄곧 함께 서울에서 살아온 터였다. 그저 이별이라는 생각에 섭섭했다.

귀향은 할아버지의 오랜 로망이었다. 퇴직 후 몇 년 뒤에 귀향을 결심했으나 할머니의 반대로 또 몇 년 늦춰진 거였다. 할머니는 우선 먼 거리에 최하점수를 매겼다. 할머니에게 조치원의 체감 거리는 전라도 해남 땅끝 마을이나 진배없었다. 할아버지는 혼자서 묵묵히 증조부모의 고향집과 서울 집을 오르내렸다. 묵힌 텃밭은 날이 가고 해를 넘길수록 틀이 잡혀 갔다. 1년 내내 싱싱한 채소가 종류를 바꿔가며 넘실거렸다. 부추, 파, 상추, 케일, 깻잎, 근대, 오이, 가지, 고추, 호박 등등. 할아버지는 난데없이 채식 예찬론자가 되었다. 초록 빨강 노랑 자주 등의 화려한 색깔로 우리 집 식단의 색깔까지 바꿔놓았다. 채소에 질식할 지경이었다. 나는 양 손바닥을 펼쳐 바리케이드를 치고 아우성을 치기도 했다.

할머니의 귀향을 부추긴 최대 공로자는 연밭이었다. 원래는 텃밭 한 귀퉁이를 차지한 물웅덩이였는데, 할아버지의 노력이 맺은 결실이었다.

할머니가 돌아가시기 전, 그해 여름은 내게 좀 힘든 시기였다. 입사한 지 2년째인데도 여전히 내 글은 윗선의 삭제와 첨가를 거쳤다. 객관성을 유지해야 한다는 원론과는 별개의 문제였다. 언제까지 그렇게 묵살당하면서 버텨야 하는가. 이론과 실제의 괴리로만 치부하기에도 지쳐갔다.

모 대학의 학내 분규 기사였다. 이사장과 교수 학생들 간의 첨예한 대립 상황을 취재했다. 몇 날 며칠 밤잠까지 설쳐가며 덤벼들었는데, 헛일이었다. 완전히 난도질을 당한 첨삭으로 글의 주제가 흐려지면서 엉뚱한 글이 되고 말았다. 내가 가장 꺼리는 쓰나마나한 기사로 전락한 것이다. 독자적인 글, 쓰지 않으면 안 될 글, 날카롭고 재치 있는 글 따위는 죽음이었다.

내 이름을 달고 엉터리로 편집된 기사에 더는 눈감을 수 없었다. 하지만 편집장의 독선에 반기를 든다는 것도 죽음이었다. 자연스러운 퇴사를 담보하는 반기였다. 다 과정이라니깐. 진득하게 참아, 꿀꺽 삼켜. 이깟 게 고비라면 난 진작 죽은 목숨이다. 조만간 강 기자 목소리가 쩡쩡 울릴 테니 두고 봐! 제발, 선배 말 좀 들으셔. 눈 딱 감고 국으로 엎드려 있어. 이런저런 말들이 난무했다. 일단 사표는 책상 서랍에 넣어둔 채 사무실을 박차고 나왔다.

8월의 거리는 숨이 막힐 정도로 뜨거웠다. 어디로 가야 하는가. 나는 정처 없이 시청 쪽으로 걷다가 덕수궁 안으로 들어갔다. 생각지 않은 행운이 따랐다. 초록이었다. 키 큰 은행나무의 초록이 첫눈에 들어왔다. 순간적으로 가슴에 고인 분노가 한 줌 흘러내렸다. 중화전 앞과 석조전의 소나무는 또다른 청정함으로 나를 달랬다. 문득 연밭이 떠올랐다. 나는 주저 없이 서울역으로 향했다.

연밭은 아름다움의 절정이었다. 어떤 화가의 고아한 붓질이 더해졌는가. 쭉쭉 뻗은 줄기에, 넉넉한 이파리에…… 새침한 꽃봉오리에서 반개하고 만개한 꽃송이들. 할머니와 나는 연꽃을 바라보며 도란도란 얘기를 나누었다.

할머니, 백련을 누가 솎아냈어요? 완전히 홍련 일색이네요.

그렇지? 첨부터 홍련이 많긴 했었지.

할머니는 빙긋 웃으며 말했다. 백련밭에 홍련이 한두 송이만 들어와도 백련은 사라지고 홍련만 무성해진다는 것이었다. 정말 그럴까? 마치 먼먼 전설 같은 옛날이야기처럼 들렸다. 할머니는 거짓말이 아니라고 강조했다. 홍련과 백련의 속성이 참으로 야릇했다. 어떤 오묘한 자연의 법칙이 숨어 있지 싶었다. 얼핏 우리 사회의 한 단면이 뇌리를 스쳤다.

이제 맘이 좀 편해졌냐? 꽃을 들여다보고 있으면 머리도 다 개운해지지.

할머니의 미소 속에서 한 송이 연꽃이 피어나는 것 같았다. 어디에선가 읽은 '고운 마음은 꽃이 된다.'는 글귀가 기억났다. 편집장 덕에 누린 감미로운 시간이었다. 당연히 서랍 속의 사표는 무용지물이 되었다.

나는 내내 화장장 휴게실에서 서성거렸다. 유리벽 너머 음지에 희끗희끗 잔설이 보였다.

아무런 준비 없이 먼저 갔구나. 그래서 우리 나이가 되면 어쨌거나 준비가 필요한 법이지.

할아버지의 말소리에 퍼뜩 정신이 들었다.

할머니를 다시는 뵐 수 없다는 게 영 실감이 안 나요. 금방이라도 할머니가 민준아, 하고 부를 것만 같아요.

그래그래, 왜 안 그러겠냐. 그리 건강하던 네 할미가 하루

아침에 갈 줄이야. 죽음을 준비한다…… 우리 나이엔 꼭 명심해야 할 일이지. 인생길이란 생로병사가 명백한 길이다. 태어났으니 가는 것이고, 갔으니 다시 태어나는 것이고…….

할아버지는 어느 틈에 윤회를 언급했다. 나는 조마조마했다. 할아버지도 돌연, 아니 준비 없이 할머니를 따라갈 수 있었다. 나도 모르게 할아버지와 눈을 맞추었다. 어디선가 황량한 바람이 몰아쳤다. 해 떨어진 광활한 벌판에 누군가가 홀로 서 있었다. 할아버지였다. 할아버지는 빈손을 앞뒤로 흔들며 허청허청 걸어갔다. 나는 물끄러미 할아버지의 뒷모습을 바라보다가 고개를 꺾었다. 눈이 시려왔다. 과연 얼마나 더 할아버지와 함께할 수 있는가. 측정할 수 없는 시간을 측정했다. 나는 오른손으로 할아버지의 왼손을 감싸듯 덮었다. 할아버지의 체온이 내 손으로 스며들었다. 할아버지가 내 손을 움켜잡았다.

민준아, 사람도 다 자연의 이치대로 살아가는 거란다. 주어진 삶을 열심히 살다가 때가 오면 떠나가는 게 인생이지. 할머니가 가신 것도 다 그런 이치다. 절대로 자연에 역행해서가 아니니, 너무 슬퍼하지 마라. 사람 수명이란 게…….

할아버지는 마치 예전의 교사로 돌아간 듯 또박또박 말을 덧붙였다.

'동의보감'을 편찬한 허준 알지? 허준은 인간 수명을 120

세로, 사상의학을 정립한 이제마는 128세까지 봤다. 미국 앨버트 아인슈타인 의대 연구자들은 125세, 하버드대 어떤 교수는 '노화의 종말'인가 하는 책에서 150세도 문제없다고 하고……. 남미의 어느 나라에선 인간은 세 번 죽는다고 하더라. 심장이 멈출 때, 땅 속에 묻힐 때, 그리고 모든 사람의 기억에서 사라질 때.

할아버지는 마른세수를 하듯 얼굴을 쓸어내렸다. 모든 숫자들이 120세를 통과하고 있었다. 할머니는 겨우 일흔일곱에 수명을 다했으니, 그야말로 공허한 숫자였다.

민준아, 너 혹시 '살레카나'라고 들어봤어?

살레카나라구요? 자이나교 수도승들이 하는 수행법 아닌가요?

그래, 우리 민준이가 알고 있구나. 죽음을 앞두고 하는 수행법이지. 단계적으로 음식을 끊어 죽음을 맞는 단식법이라고 할 수 있다. 단순한 행동이라 볼 수 있으나 실은 그 안에 명상이 깃들어 있단다. 스스로 신체와 욕망을 올바르게 소멸시켜 영혼의 자유를 도모하려는 것이다. 성스러운 종교적 의식이지.

언젠가 자이나교 영상을 본 적이 있었다. 천 조각 한 점 걸치지 않은 알몸으로 끝없이 걷고 또 걷던 노승들의 모습. 어떤 수행승은 불과 팔십이 코앞인데도 집을 나와 수행 중이었다. 그것도 평생 이룬 재물과 결혼한 자식들과 아내를 두고 홀쩍 떠나온 혼자만의 길이었다. 무엇보다도 수행승들의 평온한 얼굴이 더없이 인상적이었다.

할아버지의 그날 얘기는 거기에서 끝났다. 저 멀리 전광판이 눈에 들어왔다. 할머니의 화장은 계속 진행 중이었다.

양손으로 이마를 쓸어내린다. 언제 찬바람을 맞았는지 모를 정도로 땀이 났다. 목덜미는 물론 어깨나 등이 끈적거린다. 꽤나 올라왔다. 종아리도 파근하고 은근히 성화가 난다. 어서 빨리 할아버지를 찾아야 하는데, 자신감이 점점 더 떨어지는 탓이다. 이럴 때는 심호흡이 약이다. 숨을 깊이 마셨다가 내뿜는 순간 번쩍, 하늘에서 빛이 터진다. 날카로운 번갯불이 울창한 나뭇잎을 가르고 달아난다. 우르릉 우르릉, 쾅쾅! 온 산을 뒤흔들며 천둥이 울린다. 콰쾅쾅! 쾅쾅! 부르고 화답하는 모양새로 처음보다 훨씬 더 폭발적인 굉음이 뒤를 따른다. 이 정도 굉음이라면 분명 어디엔가 불덩이가 떨어졌을 것이다. 번쩍! 번쩍! 차례를 기다렸다는 듯 또 다시 번개가 하늘을 가른다. 나는 점점 심장 박동이 빨라지는 것을 느낀다. 근처에 피뢰침이 있을 리는 없다. 산 정상에 있는 암벽이나 키 큰 나무 밑이 가장 위험하다. 더는 위쪽으로 올라가면 안 된다. 일단 적당히 몸을 기댈 만한 곳을 찾아보는 거다.

나는 눈에 힘을 주면서 사방을 두리번거린다. 엉거주춤 무릎을 구부려 자세를 낮추고 한 발 한 발 발을 뗀다. 몇 발짝이나 움직였는가. 시나브로 천둥소리가 잦아들기 시작하더니 어느새 뚝 그친다. 적막감이 감돈다. 문득 온몸에 소름이 돋는다. 적막감이 천둥소리보다 더 무섭다. 웬지 조짐이 좋지 않다. 비라도 쏟아지려나? 험한 산길에 날씨마저 훼방을 놓고 있다. 하늘이 어디쯤인가. 턱을 추켜들고 하늘이라도 뚫고 나갈 듯 초점을 모은다. 차라리 이쯤에서 그만 포기하고 내려갈까. 아니다. 할아버지도 산 속 어딘가에서 천둥소리와 번갯불에 당황하고 있을지도 모른다. 만일 폭우라도 쏟아지면…….
나는 아랫배에 단단히 힘을 주면서 허리를 편다. 오른쪽으로 돌아 조금만 더 올라가보자. 끝까지 가보는 거다. 나는 한 손으로 굴참나무 곁가지를 붙든다. 몸의 균형을 잡고 나서 비스듬히 발목을 튼다. 그만 발가락이 삐끗하면서 나뭇가지를 놓쳐버린다. 나는 그만 균형을 잃고 빙그르르 한 바퀴를 돌다가 그대로 곤두박질친다. 간신히 네 발로 기어 나무 둥치에 등을 기댄다. 무릎을 세우고 앉는데, 종아리가 후들거리고 손이 떨린다.

바로 눈앞에 석벽이 떡하니 버티고 있다. 기이하게도 석벽 사이사이에 실핏줄처럼 가느다란 나무뿌리가 어지러이 박혀 있다. 바위조차 뚫고 뻗어나간 생명력이다. 나무뿌리를 따라 점점 더 위쪽으로 더듬더듬 눈을 뜬다. 석벽 위에 한 그루 소나무가 당당하게 서 있다. 일순간 쌩한 찬바람이 얼굴을 할퀴고 달아난다. 얼굴을 감쌀 사이도 없이 귀가 시끄럽다. 후드득 후드득, 무엇인가가 나뭇잎에 떨어진다. 투명한 얼음알갱이, 우박이다. 일순간 우박 떨어지는 소리가 거세지면서 머리에도 어깨에도 사정없이 우박이 내리친다. 나는 우박을 피해 패딩을 벗어 머리부터 뒤덮고, 무릎을 양손으로 끌어당기며 상체를 만다. 몸이 왜소해지는 것은 좋은데, 심장이 마른 대추처럼 쪼글쪼글 작아지는 느낌이다. 두렵다. 으스스하다. 지금 이 깊은 산 속에 나 혼자 있다는 것을 새삼 깨닫는다. 할아버지는 두렵지 않은 것인가. 누구나 가야하는 길, 그 길을 홀로 맞이하겠다고 표표히 떠난 할아버지. 나는 임서기가 두렵다. 할아버지는 유행기를 포함한 임서기를 택했으나 나는 못한다. 절대로 못할 것이다. 만약 내가 할아버지의 처지에 이르다면, 혹 임서기를 건너뛰고 유행기로 직행할 수는 있을까.

할, 아, 버, 지, 한 음절 한 음절씩 끊어 불러본다. 그만 코끝이 찡하면서 목이 멘다. 시야까지 뿌예진다.

나는 산자락을 올려다보며 허겁지겁 걸음을 재촉한다. 언제 어떻게 몸을 일으켰는가. 모든 게 꿈속처럼 아득하다. 발밑에 우박이 수북하다. 우박을 주시하며 조심히 내딛는다는 게 한순간 우박에 미끄러지고 만다. 이제부터 산세는 더욱 가

파르다. 돌부리에 걸려 넘어지는 것도 다 이유가 있다고 했다. 걸음이 너무 빨랐거나 길을 잘못 들어섰거나, 둘 중의 하나다. 미끄러진 데에도 원인이 있을 것이다. 나는 바로 곁에 서 있는 잣나무 둥치를 껴안고 잠시 숨을 고른다. 신선한 잣나무 향이 목을 간질인다. 재채기가 터진다. 멈출 듯 말 듯 재채기가 멈출 줄을 모른다. 나는 목을 가다듬다가 숨을 멈춘다. 고개를 돌려본다. 왼쪽, 오른쪽 그리고 등 뒤로. 아무도 없다. 인기척이 아니었던가? 나는 나도 모르게 손나팔을 하고 온 힘을 다해 목청껏 외친다.

할아버지!

할아버지이~

메아리가 기다렸다는 듯 제 목소리를 따라 한다. 나는 마음을 가다듬고 가슴 가장 깊은 곳에서 소리를 끌어올린다.

할아버지!

할아버지이~

역시 메아리만 들려온다.

나는 혹시 할아버지의 대답이 들려올 것 같아 귀를 쫑긋한다. 어디선가 할아버지의 목소리가 바람결에 묻혀 들려오는 것도 같다. 나는 먼 산마루를 뚫어져라 응시한다. 저 멀리 하얀 실루엣이 보이는 것도 같다. 나는 허겁지겁 그곳을 향해 내달리기 시작한다.

밤길

심야의 지하철은 유난히 소음이 심하다. 이렇듯 소란스러운 경우는 대개 땅속을 달리고 있을 때다. 사내는 귀퉁이 자리에 처박혀 깜박깜박 졸다가 눈을 번쩍 뜬다. 칙칙한 낯빛과 에부수수한 머리, 취기에 찬 눈빛이 심야의 지하철과 딱 어울리는 모양새다. 사내는 입이 찢어져라 하품을 하고서 미간을 찌푸린다. 밀폐된 실내 공기는 텁텁한데다 시지근한 냄새까지 풍긴다. 사내는 눈을 끔벅이며 좌석에 질편히 앉아 있는 승객들을 훑어본다. 하나같이 술을 한 잔씩 걸친 기색이 역력하다. 추레하고 꾀죄죄한 군상들이다. 사내는 고개를 절레절레 흔들며 손잡이를 잡고 서 있는 승객들 쪽으로 눈길을 돌린다. 역시 청춘들이다. 풀어헤친 점퍼 자락, 찢어진 청바지, 노랑머리, 빡빡머리에 두건을 쓴 모습……. 피로에 찌든 모습일망정 구석구석 개성과 풋풋함이 엿보인다. 열정이 살아 있다. 사내의 입가에 잠시 미소가 어린다.

여자는 비척비척 지하철 밖으로 나온다. 승강장이 평소와 다르게 휑뎅그렁하다. 잠시 어물쩍거리다가 발을 옮긴다. 참 생소한 퇴근길 풍경이다. 발 빠른 발소리에 어깨가 부딪칠 듯 말 듯 스치며 북적이던 사람들은 다 어디로 갔는가. 여자는 두리번거리며 통로를 빠져나와 에스컬레이터에 오른다. 에스컬레이터조차도 한적하긴 마찬가지다. 편하게 발을 딛고 서는데, 자꾸 상체가 기우뚱거린다. 종아리에 힘을 주고 양손으로 손잡이를 단단히 움켜잡는다. 순간 스르르 두 발이 중력을 잃고 에스컬레이터 바닥을 이탈한다. 여자는 저절로 부유한다. 저만치 아스라이 푹신푹신한 솜구름을 향해 미끄러지듯 나아간다. 상큼한 연둣빛 풀 향기가 코끝에 감돈다. 하, 바람이다. 지하철 역사를 벗어난 여자는 제자리에 서서 한껏 심호흡을 한다. 달달한 소주 냄새가 숨결마다 뿜어져 나온다.

사내는 신병 훈련소의 신병처럼 앞뒤로 팔을 내저으며 걷는다. 이리저리 사방으로 터진 거리가 한눈에 들어온다. 왠지 가슴이 탁 트이도록 시원하다. 오늘따라 연구실이 답답해 온

종일 숨이 막혔다. 지하철을 타고 보니 또 다시 그 증세가 시작되었다. 목덜미나 겨드랑이가 내내 끈끈하고, 역마다 지하철 문이 열리기만 하면 그대로 뛰쳐나가고 싶은 충동이 일었다. 잠깐잠깐 졸긴 했어도 눈만 뜨면 폐쇄된 공간이라는 의식뿐이었다. 사내는 일부러 가슴을 쑥 내밀며 성큼성큼 걸어간다. 기분이 점점 풀리는가 싶은데, 어깨에 멘 가방이 땅바닥에 툭 떨어진다. 일순 자기도 모르게 볼이 화끈 달아오르며 자라목이 된다. 무슨 실수라도 한 사람처럼 주위를 힐끔거리며 가방을 다시 둘러맨다. 사내를 눈여겨보는 사람은 아무도 없다. 사내는 한 손으로 가방을 붙잡고 앞을 주시한다. 새삼 어깨를 짓누르는 가방의 무게감에 슬며시 가방 밑을 손바닥으로 받쳐 본다.

거리가 텅 비었다. 사람의 그림자 한 점 찾아볼 수 없다. 자동차 불빛과 빌딩의 네온사인만이 교신하듯 반짝일 뿐이다. 사내는 혼자 남은 거리에서 문득 기형도가 그립다. 그가 쓴 '흔해 빠진 독서'의 한 구절이 절로 떠오른다. 평소에도 사내는 걸핏하면 그 시를 읊조리곤 했다. 사내의 가슴에는 항상 그 시구가 떠돌았다.

몇 개의 도회지를 방랑하며 청춘을 탕진한 작가는
엎질러진 것이 가난뿐인 거리에서 일자리를 찾는 중이다

사내는 무대에 오른 낭송가라도 되는 양, 저 멀리 허공을 응시하며 한 구절을 낭송한다. 방랑, 탕진, 가난 등의 시어를 발음할 때 어김없이 힘이 실린다. 기형도, 참 멋진 놈이었다. 사내는 씩, 웃는다. 그런데 웃음이 채 가시기도 전에 혀끝이 떨려온다. 다음 시구가 무엇이지? 시구를 떠올리기도 전에 목이 잠긴다. 만약 그가 살아 지금 이 자리에 있다면 어떤 새로운 시구를 읊을지 궁금하다. 60년생인 그는 스물아홉에 총총히 이 세상을 등지고 말았다. 흔히들 아홉 고개가 고비라는데, 이십 대 청춘에게도 아홉은 어찌할 수 없는 고비였던 모양이다. 사내는 고개를 주억거린다. 기형도는 다르다. 아홉이고 뭐고 다 부질없다. 기형도는 뜨거운 피가 끓는 영원한 이십 대다. 갓 사십을 넘어선 사내는 이십 대의 젊음에 은근히 기가 죽는다. 사내는 한 차례 마른세수를 하며 비척거린다.

　야, 인마! 걸음이라도 똑바로 걸어!

　어디선가 명령조의 말이 거침없이 날아든다.

　누구야!

　사내는 눈을 부라리며 다짜고짜 받아친다. 혹 기형도인가? 사내는 움찔한다. 그럴 수도 있고 아닐 수도 있다. 만약 아니라면, 누구인가? 의문의 목소리는 더는 뒷말을 잇지 않는다. 누구냐고…… 어떤 놈이냐고…… 얼굴을 내밀라고……. 사내는 내려앉는 눈꺼풀을 애써 밀어 올리며 주절거린다. 비칠비칠 정면을 주시한다. 이 대로를 벗어나면 분명히 소로가 기다리고 있을 거였다. 빼곡한 빌라촌으로 사내를 인도하기 위한 소로가 기다리고…… 기다림이라……. 사내는 입맛을 다시며 마른 침을 삼킨다. 목에서 쓴 물이 불쾌하게 올라온다. 기다림이 얼마나 미친 짓인가를 오늘에야 비로소 터득했다.

재단 쪽 사람임이 틀림없어. 다 운이야, 운! 이왕 이리된 거, 쫌만 더 기다려보자고. 알았지? 암튼 기회란 기다리면 언젠가 다 오게 돼 있어. 기회는 기다리는 자의 몫이니까 말이야.

지도 교수는 기다리자는 말을 그저 심드렁하게 내뱉고, 직접 그 자리에서 맥주와 소주를 배합한 소맥을 내밀었다. 사내는 순간적으로 현기증이 일었다. 꿈속에서나 들음직한 말이었다. 투명한 소맥이 막걸리처럼 뿌예 보였다. 지도 교수가 쏟아낸, 지극히 비현실적인 요상한 말을 소화할 재간이 없었다. 내가 무슨 치명적인 잘못이라도 했는가? 사내는 굳은 얼굴로 눈을 내리깔았다. 조교를 박차고 나간 Y형, 중소기업에 입사한 P형과 L형이 차례차례 뇌리를 스쳤다. 모두가 기다리다 지쳐 학교를 떠나 버린 선배들이었다.

지난해, 학기가 막 시작된 3월 초였다. 사내를 교수실로 부른 지도 교수는 엄지 척을 하면서 의미심장한 웃음을 날렸다.

미리 축하해 둬도 괜찮을 것 같은데? 딱 일 년만 기다리면 돼.

그동안 얼마나 애태우며 학수고대하던 전임 자리던가. 온몸의 실핏줄이 팽팽하게 당기는 듯 짜릿했다. 아니 겨드랑이가 간질거렸다. 금세라도 날개가 돋아 저 푸른 하늘에라도 날아오를 것만 같았다. 한편으론 자칫 속내가 삐져나와 웃음보라도 터질까 봐 조마조마했다. 인생은 고진감래라는 명언은 허언이 아니었다. 불평 한마디 못한 채 견뎌온 비굴하고 힘겨운 시간들이 다 약이었다. 행복한 앞날을 위한 초석이요, 발판이었다. 지도 교수가 학술지에 발표한 논문들마다 사내의 손을 거치지 않은 게 없었다. 심지어 책을 발간할 때에도 공동 저자로 이름을 올릴 정도로 심혈을 기울였다. 물론 사내의 이름은 올라가지 않았다. 그 모든 시간들을 확실하게 보상받는 기분이었다.

감사합니다, 고맙습니다. 교수님만 믿겠습니다.

사내의 입에서는 차마 존경한다는 말은 나오지 않았다. 하지만 양손을 맞잡고 진심으로 고개를 숙였다. 후배들을 알뜰살뜰 챙기고, 제자들에겐 제 일을 떠넘기지 않는 참 스승이 되자. 보통 사람의 흔한 바람이 사내에게는 열망과 각오와 다짐으로 샘솟았다. 어쨌거나 기다리기만 하면 될 일이었다. 유리창 너머 햇살이 지도 교수의 회전의자를 넘어 사내에게 닿았다. 한없이 보드랍고 달콤했다. 그날따라 퇴근 시간이 얼마나 더디게 흘러가던지 조바심이 났다. 지하철 역사를 빠져나온 사내는 한달음에 집으로 내달렸다. 그녀는 마침 한 발 앞서 퇴근해 현관에서 신발을 벗던 중이었다. 사내는 당당하게 목에 힘을 주었다.

지도 교수가 완전 확신을 주던데? 우리, 딱 일 년만 기다리자. 일 년! 알았지?

진짜? 야호! 기다린 게 얼만데, 까짓 일 년쯤이야 식은 죽 먹기지 뭐.

그녀는 키득거렸다. 눈시울이 젖은 채 사내의 가슴팍에 대고 소곤거렸다.

멋지다, 정말.

유치원 교사인 그녀는 사퇴 압박의 벼랑 끝에 서서 아슬아슬한 발을 지탱하고 있던 참이었다. 원아들의 부실한 급식에 간식 문제까지 불거지면서 유치원이 시끄러웠다. '맘 카페' 운영자들이 그녀에게 도움을 청한 게 발단이었다. 교사들 가운데 경력이나 나이로 봐 부동의 1순위가 그녀였다. 그녀는 과감하게 학부모들 편에 섰다. 터무니없이 거둬들인 간식 비용뿐만이 아니었다. 들여다보면 볼수록 속속들이 문제점이 속출했다. 가장 큰 문제는 문제점을 해결할 수 없다는 것이었다. 제아무리 정의로운 항거일지라도 음흉한 원장의 농간에는 역부족이었다. 그녀는 지쳐가고 있었다. 그날 아침 식탁에서도 그녀는 퀭한 눈을 깜박이며 웅절거렸다.

원장 앞에서 왜 하필 〈올리버 트위스트〉가 떠올랐을까? 왜 어린 주인공이 먹던 멀건 죽을 들먹여 가며 따지고 들었을까? 아냐, 아냐. 그게 아니야. 내 양심의 문제지. 좋은 식재료로 건강하게 자식을 키우려고 발 벗고 나선 엄마들이 그냥 위대해 보였어. 그들을 어떻게 나 몰라라 해? 그건 스스로 자신을 부정하는 거지.

엄마 없이 자란 그녀였다. 그녀에게 문제가 있다면, 어머니에 대한 그리움보다는 유난히 아이들을 좋아하는 데에 있었다. 물론 그들 사이에 벌써 존재해야 할 아이의 부재는 그녀의 성향과는 별개였다. 그녀는 성향에 앞서 철저한 원칙주의자였다. 원칙주의자답게 철통 수비로 자기가 세운 원칙을 고수했다. 그녀는 동거를 시작하면서 나름의 지론을 내세웠다. 마치 시위대가 구호를 외치듯 목소리를 높였다.

동거의 갈무리는 웨딩마치로! 웨딩마치의 완성은 베이비로!

현재 그들은 제1단계인 동거 상태를 5년간이나 지속 중이다. 2단계인 웨딩마치도 아직 울리지 못했으니, 3단계는 그저 요원할 뿐이다. 그럼에도 불구하고 그들은 피가 끓어오르는 선남선녀. 간밤에도 사내는 뻗치는 성욕을 억제하기 힘들었다. 실은 영민하고도 활발한 뇌세포가 욕정보다 먼저 발동했다. 그깟 원칙이 무슨, 중뿔나게⋯⋯. 참아도 너무 오래 참아왔다. 하물며 낼모레 봄이 오면 전임 교수가 될 판이 아닌가. 사내도 얼마든지 지론을 펼칠 자격이 있었다. 이제 내 지론은 베이비가 최우선이다. 사내는 급기야 눈이 부셔 도저히 똑바로 앞을 바라볼 수 없었다. 숫눈보다 더 하얀 웨딩드레스를 입고 삼색 팬지와 노란 만리화가 만발한 공원길에서 그녀가 우아하게 스텝을 밟았다. 사내는 뜨거운 입김을 뿜으며 직진했다. 그녀를 힘차게 끌어안았다. 하지만 용기로 똘똘 뭉친 사내의 일탈은 단숨에 허물어지고 말았다.

왜 이래? 이건 겁탈이야! 지금 내가 배란기란 것도 몰라? 제발 정신 좀 차리셔!

그녀는 쌩하니 돌아누웠다. 사내는 무르춤하다 못해 침대에서 나동그라졌다. 한마디 반박은커녕 침대에 기어오르지도 못하고 실없이 눈을 떴다. 일상화된 일이지만 마음이 쉬이 가라앉지 않았다. 희미한 꼬마전등 빛에 천장의 프랙털 무늬가 부르르 떨었다. 사내도 한 차례 몸을 떨었다. 이내 그녀의 숨소리가 귀를 건드렸다. 잔잔하고 평온한 숨소리에도 사내는 잠을 못 이루어 자꾸 몸을 뒤척였다. 정말 아리송하고 종잡을 수 없었다. 그녀가 약한 여자인지, 강한 여자인지.

아차! 실수다. 한 구간 앞선 역에서 내렸다. 여자는 연거푸 심호흡을 한다. 허리를 곧추세우고 걷다가 그만 우뚝 선다.

뇌세포 한쪽이 망가졌습니다. 정신과 의사가 그 정도 진단을 할 만한 이상 상황이다. 아스스 몸이 떨려온다. 여자는 곱송 그리며 터덜터덜 떼던 발을 재게 놀린다. 아무래도 알코올이 과했다. 정 선생이 위로한답시고 따라주는 술잔을 날름날름 잘도 챙겼다. 그렇다 한들 엉뚱한 곳에서의 하차는 치명적이다. 굳이 원인을 찾자면 쓸데없는 조급증에서 비롯되었는지도 몰랐다. 여자는 언제부턴가 불안정한 심리 상태에 빠지곤 했다. 그렇다고 그 상황을 별로 심각하게 여기지 않았다. 뭔가 스트레스를 받았나? 그런 정도로만 가벼이 치부했다. 오늘만 해도 그렇다. 원아들을 데리고 인근 놀이공원에서 공놀이를 하고 유치원으로 돌아오는 길이었다. 횡단보도의 신호등이 녹색으로 막 바뀌는 찰나, 두 녀석이 불쑥 차도에 발을 내렸다. 심장이 벌렁거렸다.

스톱! 기다려! 초록불이 켜졌다고 바로 가면 어떡해! 한 박자 쉬고 건너가야 한다고 선생님이 말했어 안 했어?

두 녀석의 팔을 와락 그러잡고서 냅다 손등을 쳤다. 원아들을 통솔해 무사히 횡단보도를 건너 출발했다. 유치원이 저만치 보이는 지점에서 휴대폰이 부르르 떨었다. 대번에 원장의 성마른 목소리가 터져 나왔다.

오 선생! 대로에서 손찌검을 했어? 지금 유치원 홈피가 난리 났어. 어떡할 거야? 이번 일은 그냥 못 넘어가겠네. 사직서 받아야겠어.

여자는 휴대폰을 귀에 바투 붙인 채 혀끝만 깨물었다. 함구가 최선이었다. 누가 뭐래도 그가 전임 교수 임명장을 받는 그날까지는 묵묵히 감내해야 했다.

여자의 입 꼬리가 살짝 올라간다. 전임 교수가 된 그는 버젓이 연구실을 갖고, 꼬박꼬박 통장에 월급이 들어오고……. 상상만으로도 그동안의 아픔이나 고통, 분노 따위가 봄눈 녹듯 스르르 스러진다. 고대하던 파릇파릇한 봄꿈이 춤을 춘다. 당연히 최고의 봄꿈은 아이다. 여자는 단잠을 자는 아이의 포동포동한 손발을 어루만져 본다. 아이의 온몸에서 단내가 풀풀 날린다.

여자는 유치원에 다녀야 할 나이에 어머니와 헤어졌다. 어머니는 딸보다 더 키가 큰, 초등학생 아이들이 딸린 남자를 따라갔다. 함께 살 때에도 어머니는 바깥일로 바빠서 딸을 나 몰라라했다. 해 뜨기 전에 대문을 나서고 해가 진 뒤에야 돌아오기 일쑤였다. 주인집 할머니가 딸을 돌봐주었다. 할머니는 영락없는 마귀할멈이었다. 거칠고 뻣뻣한 갈퀴손, 날카로운 매부리코, 뾰족한 목소리……. 어느 날, 밤을 꼬박 새우고 해가 중천에 떠올라도 어머니는 돌아오지 않았다. 몇 날 며칠을 기다려도 감감소식이었다. 딸은 결국 할머니에게서도 버려졌다. 할머니의 갈퀴손에 매달려 땅바닥을 구르며 울던 기억이 지금도 잊히지 않는다. 딸은 그 집을 떠나면 어머니가 자기를 찾지 못할까 봐 무서웠다. 자기를 찾아 애태울 어머니 생각에 가슴이 아렸다.

여자는 때때로 어린 아이로 되돌아간 자신을 본다. 겁먹은 얼굴은 창백하고, 가슴은 새가슴이 되어 팔딱거린다. 여자는 어른의 손길에서 외면당한 어린 시절의 그림자에 갇혀 있다. 그 두려움의 장막을 걷어내지 못한다. 결국 아이를 마음껏 사랑하고 보살피지 못할까 봐, 아니 아이를 버릴 수 있을까 봐 겁이 난다.

집으로 가는 길이 만만찮다. 어딘가 지름길이 있겠으나 밤길이라 한길을 택했다. 을씨년스러운 밤공기를 뚫고 맞바람이 분다. 바람은 여자의 콧등을 사납게 할퀴고 달아난다. 선득하다. 뒤로 몸을 돌리지 않으면 바람을 피할 수 없다. 양손으로 코를 감싸며 조심조심 걷는데, 문득 의구심이 든다. 그가 무사히 발령장을 받을지, 까닭 모를 조바심이 끓어오른다.

여자는 고개를 푹 떨어뜨리고 걸어간다. 길 잃은 낙엽들이 처량하게 나뒹군다. 낙엽들을 비집고 웬 그림자가 일렁인다. 앙상하게 헐벗은 나뭇가지가 그림자로 누웠다. 마치 길 잃은 사람의 형상을 보는 듯하다. 한 차례 일어나는 바람이 낙엽들을 뒤집고 그림자를 흔들어댄다. 워낙 여자는 추위를 타는 체질이라 한기를 참기 힘들다. 상체를 바짝 움츠린다. 곧 다가 올 냉랭한 한파를 떠올리니 더더욱 온몸이 오싹거린다. 하지만 이번 겨울은 기꺼이 충만한 기쁨으로 맞을 준비가 되어 있다. 겨울이라는 징검다리를 건너야만 새 학기의 문이 열리는 봄이 온다. 봄! 말랑말랑한 연둣빛 새순이 돋아나는 봄이면 그의 인생도 물오른 연둣빛으로 활짝 피어날 거였다. 이제 시간강사 시절은 '아듀'다. 영원히 아듀…….

여자는 흐뭇한 미소를 지으며 하늘을 올려다본다. 갑자기 클랙슨의 굉음이 고막을 찢는다. 검은색 승용차가 여자를 스치고 번개처럼 달아난다. 몸이 휘청거린다. 섬뜩하다. 아, 여자는 여태 인도가 아닌 차도에서 활보하고 있었다. 성큼 인도로 올라섰는데도 심장이 뛴다. 천천히 발을 떼어 보지만, 자꾸 다리가 허청허청 불안감이 증폭한다. 뜬금없이 서른아홉이라는 자신의 나이에 겁이 난다. 살아갈 날에 대한 불안감, 아니 불신감에 사로잡힌다. 여자는 아직도 갈팡질팡하면서 오롯한 길에 들어서지 못했다. 겨우 두 살 위인 그를 믿고 계속 걸어도 되는 걸까. 여자는 좀처럼 누군가를 믿고 의지하는 타입이 아니었다. 더군다나 한 남자를 방패삼아 사는 삶이라니. 인도 여행에서 그를 만난 일이 삶의 최대 변곡점이었다.

인도가 요가의 나라라는 데에 초점을 맞추고 떠난 여행이었다. 요가 선생과 비슷한 연배의 반원들이 의기투합해 2년 동안 여행 경비를 모았다. 당시 여자는 요가의 환상에 젖은 요가 마니아였다. 처음 요가반에 등록한 것은 갑자기 발병한 허리 디스크 때문이었다. 1년쯤 지나자, 거짓말처럼 허리 통증과 발 저림 증상이 싹 가셨다. 요가의 근본 바탕에 심취했다. 요가는 원래 자세와 호흡을 가다듬어 정신을 통일 순화하는 수행법이다. 그런데 그 자세의 본보기가 대개 동물들이라는 게 신기했다. 고양이 등 펴기, 엎드린 악어, 앉아 있는 비둘기 등등. 사람과 동물의 미묘한 원초적인 흐름에 골몰했다.

여자는 어깨의 힘을 풀어낸다. 어깨와 귀의 사이가 멀어지도록 가슴을 내밀고 어깨를 툭 떨어뜨리는 요가 준비 자세다. 그 자세로 백팩의 양쪽 끈을 부여잡고 걷는다. 차츰차츰 마음이 풀린다. 여자는 조금 전까지도 그를 불신하고 있었다. 요가 마니아니 뭐니, 죄다 헛일이랄 수밖에. 순화되지 않은 마음에 쌓인 찌꺼기를 씻어낼 길이 없다. 그가 여자의 집으로 들어온 날, 하필이면 장대비가 쏟아졌다. 그것도 이삿짐을 내리던 중에 난데없이 일어난 사고라면 사고였다. 이삿짐이라야 책이 담긴 종이 상자들이 대부분이었다. 이사 트럭이 가고, 런닝 차림으로 쪼그리고 앉아 물 먹은 책들을 펼치던 그의 모습. 그 모습을 지켜보던 순간의 행복감. 저런 남자라면 언제까지라도 믿고 기다릴 수 있다고 확신했다. 남자의 특별한 세계에 자기가 소속되었다는 것만으로도 뿌듯했다. 여자는 새삼스레 그때의 초심이 선명하게 떠오른다.

승용차들은 여전히 꼬리에 꼬리를 물고 한밤의 도로를 질주한다. 한 쌍의 남녀가 여자를 살짝 밀치면서 앞질러 간다. 정답게 포옹한 커플의 뒷모습이 아름답다. 한때는 여자도 저렇듯 그와 나란히 발을 맞추어 거리를 쏘다니곤 했다. 나란히 걷는 것만으로도 서로 호흡을 나누며 포옹하는 기분이었다. 가슴이 쩌릿했다. 여자는 아스라이 멀어져 가는 남녀의 뒷모습을 물끄러미 바라본다. 요즈음 왠지 사랑이 충만한 시절이 자꾸 멀어져 가는 것 같다.

여자는 불쑥 재채기를 해댄다. 물 한 모금만 넘기면 금세 목이 촉촉해지고 재채기가 멈추지 싶다. 벌써 그는 귀가해 냉장고 위 칸에 있는 딸기 야쿠르트를 시원스레 마셨을 것이다. 저녁도 먹고, 지금쯤은 샤워를 하려나. 아니다. 티브이 영상 쪽이다. 보나마나 케이원 경기나 남미의 오지 탐방, 둘 중의 한 프로를 보겠지. 아니다. 집 밖으로 나와 어슬렁어슬렁 담배를 피우고 있기 십상이다.

여자는 그의 동선을 그려보다가 잠깐 착각에 빠진다. 숲속을 산책하고 있는 듯한 느낌. 마음의 여백이라도 찾은 것일까. 아, 마음의 거울이 있었다. 벽에 걸린 거울에는 보이지 않던 모습이 어렴풋이 보이기 시작한다. 세상은 여자에게 공격적이라고만 단정했기에 여자는 방어에만 날을 세웠다. 당연히 늘 머릿속을 부유하는 잡다한 생각들로 어지러웠다. 무엇보다도 머리를 비워야 할 때 오히려 채우려고 안달했다. 유치원이니 전임이니 아이니, 문제마다 가시를 품고 예민하게 굴었다. 무엇보다도 그의 믿음에 회의하는 버릇은 고질병이 되었다. 어젯밤에도 느닷없이 달려들어 힘을 쓰던 그였다. 분명히 상승기류를 타고 있다는 신호다. 전임 교수 발령에 한 치의 오차도 없을 터다. 그래도 초조하다면 안차게 대들지 말고 귓속말하듯 속삭여 보는 거다.

아는 길도 물어 가랬잖아? 신학기엔 틀림없냐구, 그냥 마지막이다 생각하고 교수한테 확인해 본다는 거지. 꼭이다, 꼭. 알았지?

사내는 급격히 자신감이 떨어지고 무력감마저 밀려든다. 위축된 마음을 회복하려고 주먹으로 가슴팍을 두 차례 쳐본다. 휑한 바람이 가슴속을 가른다. 황당한 일이다. 분명히 GS 편의점을 끼고 돌았고, 작은 공원도 지나쳐왔다. 그런데 왜 지금 이 장소가 눈에 설단 말인가. 취기 따위로 일어난 착각이나 착시도 아니다. 진작 술은 말끔히 깼다. 우선 저 층계부터가 생소하기 짝이 없다. 도대체 어느 지점에서 어떻게 엉뚱한 길로 빠져 버렸는가. '길을 잃는다는 것은 곧 길을 알게 된다는 것이다'는 동아프리카 속담이 떠오른다. 이제 길을 찾을 일만 남았다. 사방팔방으로 시선을 돌려가며 꼼꼼하게 점검

해 본다. 클린운동화 빨래방, 천사부동산, 러브애견샵, 한입
김밥 등의 간판이 다닥다닥 붙어있다. 머릿속에 입력된, 집으
로 가는 길의 간판들이 결코 아니다.

사내는 여짓거리다가 층계 쪽으로 몸을 튼다. 층계에 엉덩
이를 내리고, 재킷 주머니에서 담뱃갑을 꺼낸다. 이럴 때 피
우라고 들어 있는 담배를 망각하다니. 역시 담배가 특효약이
다. 흐리멍텅하던 머리가 개운해지면서 불안하던 마음이 시
나브로 진정된다. 사내는 길게 담배를 빨아 한껏 입술을 모아
연기를 내뿜는다. 뿌연 담배 연기가 물에 물감이 번지듯 허공
에 번져난다. 담배 연기를 머금은 허공에서 소리가 울린다.

'가장 가까운 길이 가장 길게 돌아가는 길입니다.' 귀가 번
쩍 뜨인다. 자못 의미심장한 말이다. 사내는 고개를 주억거리
며 암기하는 태도로 진지하게 되뇌어 본다. 일순간 사내는 회
심의 미소를 띤다. 어쩌면 이 길이 길게 돌아가는 길인지도
모르겠다. 길게 돌아간다고 해서 반드시 먼 길이라고 할 수
없다. 더더구나 잘못된 길이라고 단정하는 것은 옳지 않다.
무의식적이든 의식적이든 얼마든지 돌아가는 길을 선택할
수도 있다. 사내는 연기가 스러져가는 허공을 눈에 담는다.
연기가 말끔히 가시자, 연기처럼 허공도 스러져 버린다. 허공
은 어디로 갔는가. 아니 허공이 있었던가. 허공은 실체가 없
는 것인가. 허공의 실체? 허공의 실체라는 말이 괴이쩍기 그

지없는데, 또 다른 색깔의 말이 허공에서 터져 나온다.

'철학은 우주 안에 펼쳐져 있습니다.'

아, 사내는 양손으로 얼굴을 감싸며 전율한다. 교양과정부 시절, 친구 N이 수강하는 물리학 강의실에 드나들다가 우연히 얻어들은 소리가 아니던가. 청춘의 때가 고스란히 묻어나는 추억 한 토막이다.

교수는 타고난 바리톤급 음성으로 달변의 고수였다. 게다가 열의와 자신감이 넘쳤다. 양자역학 없이는 단 하루도 살 수 없다는 전제 아래 포문을 열었다. 고교 시절의 물리 시간과는 현저하게 달랐다. 사내는 토씨 하나하나에도 몰입했다. 한 발 한 발 디디면 디딜수록 번져나는 야릇한 쾌감. 지적인 호기심과 흥미가 분수처럼 치솟았다.

물리의 세계는 착륙할 수 없는 미지의 별나라가 아니었다. 상상이 현실화되는 세계, 아니 현실이 더욱 굳건한 현실이 되는 특별한 세계였다. 사내는 마침내 그동안 별 의구심 없이 무심코 지나쳐온 시간과 공간을 살펴보게 되었다. 금세 자신의 무지가 속속들이 드러나면서 그에 따른 회의적인 사고에 좌절했다. 그런 중에도 강의가 끝나갈 즈음이면 어느 정도 머리가 정리되곤 했다. 마법에라도 걸린 듯 신기한 체험이었다. 물리의 세계에서는 거울을 보듯 모든 게 다 명확하고 투명했다. 불투명한 세계는 아예 존재하지 않았다. 사내는 물리학 강의를 통해 나름대로 학문의 지평을 넓혀나갔다.

그날, N이 결석하는 바람에 사내는 강의실 맨 뒷자리에 혼자 앉았다. 교수는 '우주 안에 철학이 있다'는 마지막 문장으로 두 시간의 강의를 마쳤다. 그 마지막 문장에서 사내는 형언할 수 없는 희열감에 파묻혔다. 불투명한 미래에 대한 불안감에서 탈출한 듯 평온함이 찾아들었다. 인간으로서의 긍지와 자부심까지 느꼈다. 길은 바로 그 문장에 있었다. 사내는 지겨울 정도로 그 문장을 곱씹었다. 참 알 수 없는 게 인생사였다. 어느 한 지점에선가, 사내는 다시 길을 잃고 떠돌이로 전락하고 말았다. 헤매고 또 헤매는 나날에서 다행히 길이 보였다. 그 길도 역시 철학이었다. 철학과의 조우였다. 비록 광활한 우주의 한 귀퉁이에서나마 영혼을 찾는 길에서 철학을 만난 것이다. 철학은 캄캄한 어둠을 밝혀주는 한 줄기 서광이었다.

사내는 마음을 다잡고 무작정 인도 패키지 여행팀에 합류했다. 인도는 철학의 땅이었다. 사내가 갈구하는 무엇인가가 그곳에 존재하지 싶었다.

성스러운 도시 바라나시의 갠지스 강가에 순례자들이 끝도 없이 모여들었다. 주위는 희부연한 새벽빛으로 몽롱하고, 강물은 탁했다. 사내는 이리저리 둘러보다가 시선을 멈추었다. 사람들이 삼삼오오 모여 온몸에 강물을 끼얹고 있었다. 사내는 한눈에 알아챘다. 육신만 씻는 것이 아닌, 영혼의 불순물까지 닦아내는 의식이라는 것을. 그 의식은 사뭇 진지하면서도 지극히 자연스럽고 평온해 보였다. 매캐한 연기가 피어오르는 곳으로 발을 돌렸다. 영혼을 달래려는 방편으로 시신을 불태우는 버닝가트였다. 아직 차례를 기다리는, 천으로 싸맨 시신과 쌓아놓은 장작 무더기가 곳곳에 보였다. 갠지스 강가는 삶과 죽음이 한 점 덧칠 없이 공존하는 사실적인 풍경화였다. 삶과 죽음이라는 극과 극의 마찰이면서 동시에 포옹이었다. 또한 혼돈의 세계였다. 사내는 일순간 시야가 자우룩해지면서 머리가 어질어질했다. 온몸의 피가 역류하는 느낌이었다.

아으, 추워, 살 떨려. 도대체 언제까지 여기 있어야 해? 우릴 벌세우려고 작정한 거야 뭐야?

난데없이 징징대는 목소리가 들려왔다. 내밀한 탑을 쌓아가던 사내의 상념이 와르르 무너져 내렸다. 인천공항에서 처음 만나 한 팀으로 인사를 나눈 일행이었다. 롱 패딩 점퍼에 털모자와 마스크로 중무장을 한 그녀는 눈만 빼꼼히 내보였다. 그때였다. 저 멀리 수평선 위로 주홍빛 해 머리가 살포시 떠올랐다. 해 머리는 시시각각 둥그런 상승곡선을 그려갔다.

사내는 그 자리에 더 머물고 싶었지만, 가이드의 채근에 미적미적 일행들을 따랐다. 그제야 심한 한기가 옷 속을 헤집는데, 바람이 목덜미를 휘감고 달아났다. 저만치 달아나는 바람길에 설핏 어떤 그림자가 출렁거렸다. 그랬다. 사내는 영혼의 그림자라고 생각했다. 생사의 자유를 갈구하는 영혼……

카주라호에 도착했다. 카주라호는 세상의 모든 신들이 모여 있는, 신들의 세상이었다. 하시바와 비슈누신을 모신 신전으로 향했다. 사내는 신전이 가까워질수록 허둥거렸다. 벽면에 빽빽하게 들어찬 부조물. 벌거벗은 남녀 교합의 적나라한 묘사가 온 벽을 뒤덮었다. 욕정의 최대치인 에로틱한 몸의 향연이라고나 할까. 욕정이 꿈틀거렸다. 사내의 심장에서 거센 파도가 요동치는 듯했다.

여자들이 슬슬 뒷걸음질을 쳤다. 그들은 어느 정도의 거리를 두고 돌연 요가 포즈를 잡았다. 그녀도 마찬가지였다. 가슴 앞에 손을 합장하고, 한 다리에 다른 다리를 꼰 채 꼿꼿이 섰다. 한 갈래로 땋아 내린 그녀의 머리칼은 합장한 손 위에 붙어있었다. 갑작스럽고 생뚱맞은 포즈로 무엇을 추구하는지 알쏭달쏭했다. 인간의 본능에서 본능과 영혼의 상호작용이 얼핏 느껴지기도 했다. 사내는 상념에 빠지면 빠질수록 이상하게 더 모호했다. 결국 사내는 미궁에 빠지고 말았다.

여자는 하늘을 올려다본다. 하늘이 어디쯤인지 가늠이 되지 않는다. 막막하다. 별빛 한 점 없는 어둠뿐인 하늘을 머리에 이고 갈 뿐이다.

너무 늦었다. 다리가 파근하긴 해도 부지런히 잰걸음을 한
다. 생각할수록 어처구니없는 짓을 했다. 내심 집을 떠나고
싶었던가. 아니다. 집의 문제가 아니라 깜박 정신이 흔들렸
다. 요즘 그녀는 예기치 않은 구덩이에 빠졌다. 발을 빼기는
커녕 점점 더 깊숙이 끌려가고 있다.

한 보름 전이었다. 서너 살배기 아이의 손을 잡은 애 엄마
가 유치원으로 여자를 찾아왔다. 낯설음을 가장한 익숙한 눈
매를 보는 순간, 여자는 가슴 한쪽에 지독한 통증을 느꼈다.

언니, 엄마가 많이 아파요. 언니를 꼭 보고 싶어 하세요. 언
니…….

동생의 목소리가 금세라도 여자의 손목을 끌어당길 듯 간절
했다. 여자는 애써 뜨악한 표정을 지으며 휑하니 몸을 돌렸다.

언니! 잠깐만, 잠깐만 제 말 좀…….

발을 떼던 여자가 엉거주춤 섰다. 아이가 느닷없이 울음을
터뜨렸다. 동생의 눈에도 눈물이 그렁그렁 차올랐다. 여자는
눈물샘이 막힌 것도 모자라 침샘까지 막혔다. 입 안이 모래알
을 씹는 듯 깔끄럽더니 마른기침이 연거푸 올라왔다. 여자는
동생이 타고 온 흰색 벤츠를 힐끔거리며 매몰차게 동생을 밀
어냈다. 동생을 따라나설 만큼 어설픈 감정 따위는 버린 지
오래였다. 동생은 그날 이후로 매일 유치원을 기웃기웃, 여자
의 주변을 맴돌았다. 동생은 여자와 눈만 부딪치면 비굴할 정

도로 애걸복걸하면서 눈물을 훔쳤다. 여자는 끝내 외면했다. 동생의 모습이 사라진 뒤에도 어머니의 배신감을 삭이지 못해 치를 떨었다. 사흘 동안 보이지 않던 흰색 벤츠가 어제 아침 또 다시 눈에 띄었다.

엄마가 돌아가셨어요. 언니 얼굴 보는 게 마지막 소원이었는데. 언니, 마지막 가시는 길에라도 동행해 줘요. 제발…….

동생이 여자의 손을 끌어당기며 차문을 열었다. 못 이긴 척 차에 올라탔더라면 어땠을까. 차가 소리 없이 미끄러졌다. 여자는 차의 꽁무니에 대고 악다구니를 했다.

안 가, 안 간다구!

여자는 머리를 한 차례 흔들며 앞을 주시한다. 몇 발짝만 가면 바로 내려가는 계단이 나온다. 언젠가 동네를 산책하다가 저 계단을 오르내린 적이 있다. 지금까지 꽤 많이 걸었다. 지름길에 연연하지 않고 무조건 한길로만 걸어왔다. 이제 계단으로 내려가 두 차례만 길을 꺾으면 바로 집이다. 먼 여행으로 오랜 시간 집을 비운 듯 집이 그립다. 어서 빨리 들어가 두 발을 쭉 뻗고 눕고 싶다. 여자는 걸음을 서두르다가 그만 발부리에 돌이 차인다. 릴랙스, 서두르지 말고 천천히…….

여자는 주문이라도 외듯 혼잣말을 뇌까리며 먼 허공을 바라본다. 하늘과 허공의 경계선은 어디쯤일까. 지워진 것인가, 원래 없었던 것인가. 저 멀리 두루뭉술한 실루엣이 여자를 향해 미끄러지듯 내려온다. 어머니, 엄마? 엄마다.

엄마! 엄마!

여자의 외침이 한순간 메아리로 되돌아온다. 여자는 높이 날아오른 나비처럼 두 팔을 벌리고 달려간다. 발이 꼬인다. 여자는 땅바닥에 엎어지고 만다. 차디찬 땅에서 다사로운 훈기가 훅, 끼친다. 여자가 몸을 일으키려는데, 누군가가 여자의 손목을 잡는다. 여자는 양 손을 맡기며 일어선다. 정겨운 어머니의 온기가 전해진다. 그때도 그랬다. 흐리마리하던 어머니의 온기가 되살아났다. 그의 온기가 전해지면서.

여자는 낯선 풍광을 만날 때마다 깜짝깜짝 놀랐다. 그 풍광의 의미를 좇는데, 그 의미가 한결같이 다 아리송했다. 애당초 즐겁고 편안한 여행길을 꿈꾸지는 않았으나 피로가 쌓여갔다. 카주라호에서 긴장감이 최고에 달했다. 그럴 때는 요가가 해결사였다. 명상을 한다는 생각으로 나무 자세를 빌어 몸의 균형을 잡아보았다. 의외로 나무 자세를 유지하면서 서서히 불안감이 가셨다.

봄베이행 기차역으로 걸음을 재촉하다가 뜻밖의 난관에 부딪쳤다. 복병처럼 나타난, 사리로 몸을 감싼 여인들. 하나같이 굶주림의 고통이 밴 자닝스러운 몰골로 비쩍 마른 어린애를 안고 있었다. 겉모습과는 달리 그들은 몸으로 바리케이드를 쳤다.

돈 주지 마세요. 절대로 주면 안 돼요. 다들 조직에 연루된 거지들입니다.

가이드가 단호하게 소리를 내질렀지만, 여자는 대뜸 지갑을 열었다. 갑자기 주위가 술렁거렸다. 거지들이 떼로 몰려들어 순식간에 여자를 에워쌌다. 여자는 급기야 무섬증이 일어 온몸의 맥이 풀렸다. 도와주세요, 도와주세요. 목소리는 그저 입 안에서만 맴돌았다.

비켜, 비켜! 스텝 어사이드!

벽력같은 고함이 여자의 뒤통수를 때렸다. 누군가가 여자의 손을 열쎄게 낚아챘다. 여자는 손을 잡힌 채 상대방의 가슴에 덥석 안겼다. 부드러우면서도 뜨거운 심장 소리가 여자의 가쁜 숨을 삼켰다. 사내였다.

여자는 그만 얼굴이 달아오르며 픽, 웃음이 난다. 인도 여행 중 그 장면은 늘 한 장의 흑백사진으로 남아 있다.

귀국 전야의 밤하늘은 별들의 축제장이었다. 여자는 일행들의 조촐한 맥주 파티에서 빠져나와 호텔 정원을 서성거렸다. 누군가가 터뜨린 폭죽인가. 일순간 하늘에서 별빛 소나기가 쫙 편 부챗살처럼 쏟아졌다. 하늘을 향한 신비감이 용솟음쳤다. 이 우주에서 지구는 하나의 별에 불과한데, 어쩌면 우주는 하나가 아닐 수도 있었다. 여러 개의 우주가 존재한다는 다중우주설이 떠올랐다. 스스로의 존재성이 정말 티끌만도 못했다. 울컥 서글픔이 치받쳤다. 여자는 얼굴을 감싸고 그 자리에 주저앉았다. 그 시각에 여자를 지켜보던 사람이 있었다.

제 영혼을 강수호 씨에게 다 뺏겼다면, 믿겠어요?

믿죠, 믿어요. 저 별빛을 전부 그러모아 오빛나 씨에게 뿌려주겠습니다.

사내는 즉답을 날리며 여자를 와락 끌어안고 입술을 포갰다. 두 사람의 사랑은 그날, 그렇게 별빛을 마시며 별빛으로 영글기 시작했다.

집을 지나쳐 버렸을까. 그렇지 않다. 눈을 감고도 너끈히 찾아갈 수 있는 집을 놓칠 리가 없다. 혹여 무의식적인 의도가 있었다면 모르지만. 솔직히 그녀를 마주할 용기가 없긴 하다. 마음이 한없이 바쁘다. 전임 자리가 날아갔다는 사실을 어떻게 고백해야 하는가. 고해 성사가 따로 없다. 혼자 잘 살아 봐! 최악의 경우, 그녀는 되알지게 쏘아붙이며 당장 집을 나갈지도 모른다. 그녀는 두 번이나 가출한 경험이 있다. 두 번은 언제라도 세 번 네 번이 될 수 있다. 실제로 현재 여기까지 손발을 맞춰온 둘의 삶에서 살림을 책임진 쪽은 그녀다. 사내는 텅 빈, 허울뿐인 통장일지라도 꼭 그녀 앞에 한 번 흔들어 보고 싶었다. 시간강사 급여는 들어오기 바쁘게 흔들어

볼 새도 없이 빠져나갔다.

듬직한 우리 수호씨, 강수호씨를 믿고 믿어요. 알지?

나긋나긋한 그녀의 속삭임이 귓속을 파고든다. 사내는 목을 뒤로 꺾고 하늘을 올려다본다. 마치 먹물을 풀어놓은 듯 새까맣다. 가장 어두운 하늘은 동트기 직전의 하늘이라고 했다. 벌써 동틀 리 없는 시간대인데, 저보다 더 깊은 어둠이 없지 싶다. 어둠이 슬금슬금 사내를 옭아맨다. 초조하다.

사내는 별 하나 없는, 하늘인지 아닌지도 모를 하늘에 눈길을 준다. 별이 그립다. 말없이 참고 기다리면 이름 없는 별 하나가 툭 튀어나올까. 별은 원래 깜깜해야만 반짝이는 법이다. 조금만 더 기다려 보자. 기다리는 것 하나는 자신 있다. 사내는 대단한 각오라도 다지는 양, 빈주먹을 들어 허공을 친다. 겨드랑이 사이로 으스스 한기가 돌면서 온몸에 소름이 돋는다.

사내는 엉거주춤 허리를 편다. 문득 등 뒤에서 인기척이 난다. 숨을 꾹 참으며 도둑고양이처럼 슬며시 고개를 돌려본다. 아무도 없다. 한참 동안 눈동자를 굴려도 개미소리도 들려오지 않는다. 사내는 미련이 남아 선뜻 돌아서지 못한다. 층계 꼭대기로 시선을 향한다. 흐릿한 실루엣이 어른거린다. 그림자인가? 실루엣이어도 괜찮고 그림자여도 문제될 게 없다. 사내는 더욱더 위로 시선을 높인다. 아무래도 이제 별을 보기는 글렀다. 아무리 그리워해도 보이지 않는 별. 사내는 느닷없는 당혹감으로 쩔쩔맨다. 도대체 별을 보아야 할 이유는 무엇인가.

어떡하지? 계단을 올라가야 할지 다시 오던 길로 되돌아가야 할지 난감하다. 사내는 팔짱을 끼고 서성이다가 황급히 눈을 치뜬다. 하루 일과를 마치고 벌써 귀가했을 그녀를 까마득히 잊고 있었다. 사내는 바지 주머니에서 휴대폰을 꺼내 들고 키패드를 연다. 1번에 검지를 올린다. 오빛나, 그녀의 이름이 선명하게 뜨면서 브람스의 자장가가 울린다.

잘 자라 내 아기 내 귀여운 아기

아름다운 장미꽃 너를 둘러 피었네

1절이 다 끝나도 그녀가 응답하지 않는다. 벌써 잠이 들었는가. 사내는 다시 또 1번에 터치한다. 말하는 것도 다 때가 있으니, 내일 아침이면 늦다. 그녀를 까마득히 잊고 있었다는 것을 깨우치기 직전에 깨달은 사실이 있다. 그 어떤 과거가 반짝거려도, 그 어떤 미래가 꽃을 피워도, 지금 걷는 이 길이 가장 소중한 우리들의 길인 것을. 때론 가까운 길이 먼 길이 되고, 때론 잃어버린 길이 찾는 길이 되는 것을.

별은 지상에서도 얼마든지 반짝일 수 있다. 오빛나, 얼마나 소중한 이름인가. 사내의 미소가 터져 나온다. 사내는 한 마리 황소걸음으로 뚜벅뚜벅 걸어간다.

너에게

너는 미쁜 형이고, 나는 사고뭉치 동생이다. 너는 자기가 입양 자식이라는 걸 알고 있으며, 그 사실을 내가 모르고 있는 줄 안다. 네가 알고 있는 이 두 가지 사실에 나는 크게 만족한다. 더불어 나는 내 목숨이 끊어지기 전까지, 너는 물론 그 누구에게도 이러한 정황을 절대로 발설하지 않을 작정이다.

나는 현재 사고를 치고 병원 중환자실에 누워 있다. 아니 정확히 표현한다면, 사고를 당했다는 게 옳다. 차에 받혀 자전거에서 붕 뜬 것까지만 기억이 난다. 의식을 잃는 그 순간, 잠깐 네가 떠올랐다.

어쭈, 이제 아주 대형 사고를 치셨네?

아무렴, 너는 대뜸 인상을 쓰며 빈정거릴 게 뻔했다. 아니

실제로 빈정대는 소리가 아스라이 들려오는 것 같았다. 나는 그 소리를 절대로 놓치고 싶지 않았다. 온힘을 다해 그 소리를 움켜잡으려고 몸부림쳤다. 의식이 조금씩 느릿느릿 돌아왔다. 나는 대형 사고를 쳤다는, 그 말에 함의된 뜻을 찾아보려고 고심했다. 아무려나, 그 말은 비꼼을 가장한 말이었다. 어쩌다 재수 없게 사고를 당하다니…… . 안타까움으로 애면글면하는 네 마음이 숨어 있었다. 나도 모르게 너에 대한 믿음이 끓어오르며 마음의 여유를 찾고 안도했다. 너는 예나 지금이나 자기를 있는 그대로 솔직히 보여주는 데에 젬병이다.

닷새 전 햇살이 다사로운 오후였다. 나는 자전거 페달을 밟으며 은행나무와 단풍나무가 어우러진 한적한 가로수 길을 달렸다. 진녹색에 물든 나뭇잎들이 앞서거니 뒤서거니 찰랑거렸다. 상쾌했다. 마음껏 어깨를 들썩이며 휘파람을 날리다가 그만 뺑소니차에 받히고 말았다. 자전거가 좀 불량한 상태이긴 했다. 변속 시스템이 망가져 기어 조정이 불가능했으니까. 하지만 달리는 데에는 전혀 문제가 없었다. 사고에는 반드시 근본적인 원인이 있다. 운전자가 무면허 고등학생이었다. 나는 응급수술을 받긴 했으나 예후가 별로다. 아니 별로 정도가 아니라 최악이다. 어렴풋이 짐작하는데, 육신이 계속 죽음 쪽으로 치닫고 있다. 영혼도 아차 하면 육신에서 빠져나갈 태세다. 막상 죽는다고 생각하니 정신이 번쩍 든다. 과연 남은 시간이 얼마나 되는가. 그 시간이, 그 순간순간이 너무 소중하다 못해 벽에 맞닿은 느낌이다. 무엇을 어찌 해야 하는가.

너는 사고 난 날부터 하루도 거르지 않고 나를 찾아왔다. 어쩌다 감긴 눈이 살짝 열리면 영락없이 네 모습이 시야를 가렸다. 너는 모질음을 쓰는 나를 껴안고 매양 똑같은 행동을 반복했다. 입을 앙다물고 눈을 깜박거리면서 볼을 비비댔다.

소극장이 문을 닫은 지 3개월에 접어들었다. 우리 소극장뿐만 아니라 인근의 소극장들도 마찬가지였다. 코로나19의 파장이 좀처럼 수그러들지 않으면서 급기야 팬데믹이 오고, 삽시간에 대면 사회가 비대면 사회로 전환되었다. 소극장은 직격탄을 맞았다. 텅 빈 객석도 하루 이틀이지, 더는 버틸 수 없는 한계점에 이르렀다. 소극장 근방의 커피숍이나 빵집, 식당들도 도미노 현상을 일으켰다. 공연으로 들썩거리던 거리는 고요한 침묵 속으로 침잠했다.

소극장에서 내 정식 직책은 홍보 마케터인데, 실은 있으나 마나 한 자리다. 소극장 운영에 있어 꼭 필요한 자리이긴 해도 누구나 할 수 있는 단순 노동 직책에 불과하다. 서른넷에도 빌빌거리는 나를 두 해 전에 R형이 거두어 주었다.

연극 연출가인 R형은 너의 둘도 없는 친구다. 친구라고 해서 다 동급은 아니다. 내 눈에 비친 R형은 확실히 너보다 한 수 위다. 탄탄한 근육질 몸매는 몸매대로, 지식의 창고는 창고대로 빈틈이 없었다. 거기에다 대중을 사로잡는 유창한 말솜씨와 칼날 같은 눈빛이라니. 특히 그 눈빛이 내뿜는 카리스마에 나는 반했다. 지구에 중력이 있듯 R형에게는 마성이 있다.

내가 맡은 일은 소품 구입, 무대 정리, 팸플릿 배분, 간식거리 준비 등 정말 별 볼 일 없는 일이다. 그래서 처음에는 심드렁했다. 그러나 언젠가부터 연극판의 일원이라는 소속감에 자부심까지 생기면서 뭔지 모를 쾌감이 올라왔다. 물론 거기까지 이른 데는 단연 R형의 그늘이 존재했다. 나는 틈만 나면 R형의 주위를 얼쩡거렸는데, 그 시간 속에서 이것저것 제법 쏠쏠하게 귀동냥을 하곤 했다. 대개 이런 식의 얘기였다.

연극은 허구다. 진짜가 아닌 가상적으로 만들어진 얘기다. 우리네 삶은 어떤가. 삶의 현장은 거짓으로 꾸며낸 얘기가 아닌 진짜 세계다. 그렇다고 해서 삶과 연극을 완전히 다른 별개의 영역으로 이분할 수 있는가? 아니다. 흔히 인생을 한판 연극이라고 하는데, 그 말을 음미해 보면 알 수 있다. 연극, 그 허구의 원형은 무엇인가.

연극판에 발을 담그다 보니, 나도 모르게 생각이라는 두뇌활동을 하고 있었다. 헐렁하기만 하던 사고의 체계가 약간 촘촘하게, 밀도가 높아지는 느낌이랄까. 사실 그동안 내게 사고의 체계라고 규명할 만한 세포의 발달이 있었는지 의문이다.

그런 판에 소극장 출근길이 뚝 끊기니 다시 사고의 체계가 무너지기 시작했다. 하루하루가 따분하고 무료할 뿐이었다. 하기야 소극장의 버팀목인 R형이 제일 먼저 흔들렸다. 너는 어디선가 쉴 새 없이 R형의 소식을 물어오곤 했는데, 결국 소극장이 문 닫히고 보름 만에 연락 두절이라는 의미심장한 말을 내뱉었다. 원체 네 오지랖은 일가견이 있으나 나는 네가 더 걱정이었다. 자기 앞가림하기에도 버거운 네 처지를 모른다면 모를까. 너는 R형의 잠적에 안절부절못하며 내게 엄포를 놓았다.

우리 사전엔 가출이란 없다. 알았어? 특히 코로나 시대에 가출은 바로 죽음이야, 죽음!

나는 꿋꿋하게 집에 붙어 있다 못해 소극장 이전의 시절로 발 빠르게 회귀했다. 이리저리 어슬렁거리며 백수 중의 상 백수로 빌빌대기 시작한 것이다.

열흘 전 아침나절이었다. 나는 아침을 먹는 둥 마는 둥하고 집 밖으로 나왔다. 꿈자리가 영 뒤숭숭한 게 아니었다. 패싸움이 나서 한바탕 날뛰었다. 여기저기서 피가 튀고 옷이 찢기고 신발까지 어디론가 날아가 버렸다. 분에 차 숨을 헐떡이는 내 눈에 고꾸라진 R형과 소극장 식구들이 들어왔다. 그 순간 네가 튀어나와 내 손목을 붙잡고 줄행랑을 쳤다. 나는 엉겁결에 네게 끌려 정신없이 달리다가 눈을 떴다. 꿈속의 숨소리를 상기하며 담벼락에 기대어 담뱃갑을 뜯는데, 대문 소리가 났다. 너는 불쑥 봉투를 내밀었다.

인마, 추리닝 차림으로 또 담배야? '두루누비' 사이트나 한번 들어가 봐. 비대면 시대엔 자전거 여행이 대세라더라. 정동진에 가서 햇귀도 보고, 동해안 길이든 어디든 시원하게 바람이나 쐬고 와.

너는 이죽거린 게 아니었다. 흘낏 살핀 표정만으로도 제소리라는 걸 알아챘는데, 괜히 나는 불끈했다. 단번에 손사래를 쳤다. 나는 태도가 항상 문제였다. 순순한 태도로 봉투를 챙겨 자전거를 수리한 다음에 그 길로 여행길에 올라야 했다. 그랬다면 지금쯤 강릉 경포호 길을 씽씽 달리고 있지 않겠는가 말이다. 그놈의 서푼짜리 자존심 때문에 목숨이 경각에 이르고 말았다. 참으로 나는 구제 불능이다. 사고 직전에 무심히 올려다본 하늘이 생각난다. 미세 먼지인지 황사인지, 하늘은 흐릿하다 못해 칙칙했다. 일순간 네 시야를 그려보았다. 혹시 저 정도인가? 문득 네 시력이 어느 정도인지 궁금했다. 뿌연 하늘과 네 시력이 교차되면서 조바심이 일었다. 네가 맞닥뜨려야만 하는 세상, 그 어둠이 오롯이 느껴졌다. 눈이 시렸다.

산소마스크가 점점 더 버겁다. 아무리 눈을 감고 외면하려고 해도 네 모습이 스러지지 않는다. 청색 유니폼에 청색 슬리퍼를 신은 너는 안마 실습생이다. 너는 오늘도 동료들과 함께 데이케어 센터에서 어르신의 팔을 주무르기에 여념이 없다. 1인용 침대다 보니 덩치 큰 네 자세가 불안정하기 짝이 없다. 어르신 옆구리에 바투 다가앉아도 한쪽 엉덩이는 바깥으로 삐져나왔다. 처음 실습을 하고 돌아와 흥분에 젖었던 네 목소리가 지금도 생생하다.

야, 이 손이 보통 손이 아니다. 이 손끝이 바로 내 자부심, 자존심이라고 해야 하나? 마무리 단계로 등 근육을 쓰다듬고 일어서는데, 공중에 부유하는 느낌이 들더라고.

어린애처럼 볼이 발그레해서 한참을 떠벌렸다. 자아도취 상태라고나 할까. 나는 네 분위기에 편승하기는커녕 내내 떨떠름했다. 입 안이 씁쓸하다 못해 목이 탔다. 하마터면 그만 아가리 닥치라고 악다구니라도 지를 뻔했다. 안마를 하는 네 모습을 나는 도저히 수용할 수 없었다. 인정하기 싫었다. 나도 모르는 내가 버젓이 존재하다니……. 나는 모순덩어리였다. 화구를 챙겨 들고 희희낙락 아버지와 함께 집을 나서는 네게 얼마나 이를 갈았는데, 그때와는 전혀 다른 차원의 울화가 치밀었다. 이상하게 네가 진짜 피를 나눈 형으로 생각되면서 현기증이 일었다. 두려웠다. 그 이유는 그대로 네가 영영 붓을 잡지 못하리라는 확신이 들었기 때문이다. 그리고 무서웠다. 안마와 그림의 간격, 그 거리감이……. 아무리 생각해도 그 거리는 측량이 불가한 우주적인 거리였다. 나를 배제한 너와 아버지의 거리는 한 몸처럼 밀착된 최단의 거리였음이 새삼 떠올랐다. 나와 아버지와의 저만치 떨어진 거리에는 사실, 내 발칙한 의지가 숨어 있었다. 나는 아버지와 한 몸처럼 가까워지는 걸 몹시 꺼렸다. 결코 동등할 수 없었다. 가까워지면 가까워질수록 한쪽은 다른 한쪽에 예속되기 십상이었다. 정말이지, 나는 예속된다는 생각만으로도 충분히 끔찍했다.

나는 처음 안마 실습으로 들뜬 너를 제쳐두고, 네가 나붓대고 천착하던 그림의 시대를 그리워했다. 안마 실습생인 너는 애오라지 망망대해에서 표류하는 한 척의 나룻배에 불과했다. 어떻게든 나룻배를 구조해야 하는데 묘책이 서지 않았다. 세상을 등진 아버지가 추억 속에서 출렁거렸다. 아버지라면 분명 자신 있게 어떤 묘책을 강구할 거였다. 어쨌든 너는 지금 이 순간에도 똑바로 안마에 심취해 있다.

네 등은 아까부터 축축해지기 시작했다. 바짝 올라붙은 블라인드 아래 유리창은 꼭 닫혀 있다. 실내 온도계는 22도를 보여준다. 몸이 불편한 어르신들에겐 적당하지만, 보통 사람들은 훗훗함을 느낄 온도다. 너는 이따금씩 유리창 밖으로 눈길을 주는데, 비를 머금은 구름이 낮게 깔려 있다. 대기가 불투명하고 가시거리가 극도로 짧다는 걸 너는 알아챈다. 하지만 시력을 잃어가는 너는 가끔 자신의 시력에 대해 불신하는 경향이 있다. 특히 저런 풍광에 맞닥뜨리면 우선 의구심에 빠진다. 혹시 시야가 급격히 나빠진 것인가?

실내는 먼지 한 점이라도 눈에 잡힐 듯 밝다. 천장에 부착된 엘이디 등은 날씨가 흐릴수록 더 제값을 한다. 대개 어르신들은 환한 불빛 아래에서 안락함을 느낀다. 처음 얼마간 너는 조도를 약간 낮췄으면 했으나 요즈음은 어르신들처럼 밝음을 쫓는 데에 익숙하다. 너는 잠시 심호흡을 하고서 눈동자를 이리저리 굴린다. 과연 네 눈에 어르신의 모습이 얼마나 말끔하게 보이는가. 그래, 넌 당연히 시험 당해 봐야 해. 워낙 곰살궂은 데가 없는 나는 거침없이 입을 놀린다. 어르신 머리칼이 어때? 반백, 완전 화이트, 대머리? 잔머리 굴리지 말고 보이는 대로 정직하게 대답해! 너는 입을 앙다문 채 야멸차게 나를 흘겨본다. 질문과 상관없이 내 말투를 트집 잡으려는 심보가 역력하다. 기껏 나보다 세 살 많은 주제에 저렇듯 형 행세를 못해 안달이다. 더군다나 현재 직면한 그 감감한 상황에서 탈출하려면 그렇게 벼르면 안 된다. 나는 마음 놓고 뇌까린다. 네 망막에 덮친 막을 보란 말이야. 회복 가능성이 제로잖아? 썩은 지푸라기라도 붙잡아야 할 처지가 아니냐구! 하긴 지금 내 처지도 도긴개긴이다. 아니 내가 너보다 훨씬 더 시급하다. 나는 초 단위로 살고 있다. 너는 나처럼 초를 다투지는 않으니, 행운이다.

너도 아마 첨 들어볼 거다. '희귀성 망막색소변성증'이라네?

병명치곤 참 복잡하게 길다. 나를 바라보는 네 눈동자가 흔들리는가 싶더니, 습기까지 번졌다. 3년 전에 첫 진단을 받았는데, 실은 이십 대부터 조짐이 있었다. 내가 제대하던 날, 거리는 진눈깨비로 질척거렸다. 너는 진눈깨비를 온몸에 맞으면서도 입이 귀에 올라붙어 호들갑을 떨었다.

짜식, 사지 귀환을 격하게 환영한다. 이제 킷값 제대로 할 거지? 든든하다, 든든해. 이 세상에 형제라곤 딱 우리 둘뿐이잖아. 우리 둘이 하나가 되면 세상에 무서울 게 없지. 우리처럼 의초로운 형제 있으면 나와 보라고 해!

우리는 두 번이나 자리를 옮겨가며 소주와 맥주를 억병으로 퍼마셨다. 둘 다 비척거렸지만, 네가 훨씬 심했다. 결코 술기운 때문만이 아니라는 걸 그때는 몰랐다. 너는 그날 이후에도 어둑발이 내리면 얼핏 표정이 굳어지곤 했다. 언제부턴가 대놓고 밤길을 꺼렸는데, 야맹증이 아니었다. 망막색소변성증은 결국 시야가 완전히 차단되어 한 치 앞도 볼 수 없는, 화가의 생명에 비수를 꽂는 치명적인 병이다. 현대 최첨단 의술로도 아직은 망막 이식을 못한다.

네가 '희귀성 망막색소변성증' 진단을 받기 전이다. 5월인데도 햇살이 무척 따가운 정오였다. 나는 정동길을 싸돌아다니다가 세월의 무게가 깃든 고목에 시선을 빼앗겼다. 500년쯤 된 회화나무였다. 햇빛에 반짝거리는 자잘한 이파리들이 신선했다. 시선을 들어 회화나무의 우듬지를 더듬다가 끝내 시선을 얹지 못하고 둥치 아래로 내렸다. 지표를 덮은 보랏빛 꽃 무더기가 한눈에 들어왔다. 맥문동이었다. 보랏빛의 화려하고 기품 있는 분위기에 빠져 한동안 서성거렸다. 그러다가 너를 만났다.

너는 다짜고짜 근처의 시립미술관으로 나를 이끌었다. 너는 물론 아버지도 화가였지만, 나는 한사코 그림을 멀리했다. 당연히 미술관도 생소하고 상설 전시실의 천경자도 낯설었다. 물론 당시에 네 시력은 지극히 정상이었다. 너는 초록과 회색 뱀들이 우글대는 그림 '생태' 앞에서 오래 머물렀다. 눈알을 번득이는가 하면 넋이 나간 듯한 표정을 짓기도 했다. 너와 달리 나는 '자살의 미' 앞에서 머뭇거렸다. 환상적이면서도 모호한 분위기에 압도당한 거였다. 그림의 모델은 파스텔 톤 꽃을 배경으로 몸통만 존재하는 나신이었다. 나는 먼저 제목과의 상관관계를 찾아보려고 고심했으나 구체적인 묘사를 떠나 '자살'과 '미'의 의미 연결이 쉽지 않았다. 그 상징성이 가늠되지 않으니 생경함보다는 난해할 뿐이었다. 눈이 뻐근하던 순간, 어렴풋이나마 자살의 고통이 아름다움으로 승화되는 게 느껴졌다. 그때에 네가 내 어깨를 툭 쳤다.

'미인도' 그림, 알아?

내가 그림에 문외한이란 걸 빤히 아는 너의 천연덕스런 물음이었다. 너는 벼린 실력으로 은근히 나를 무시하는 태도를 보였다. 목소리를 낮게 깔면서 '미인도'에 얽힌 얘기를 술술 풀었다. '가짜'와 '진짜'라는 단어를 구구절절 섞어가면서 열변을 토했다.

작가가 가짜라는데, 왜 사람들은 안 믿지? 왜 진짜라고 우기면서 가짜에 탐닉할까?

너는 고개를 갸우뚱거리며 혼잣말인지 질문인지 모를 말로 얘기를 마쳤다. 나는 침묵했다. 대범한 성격이라고 자처하는 내가 논리 정연한 네 말솜씨에 주눅이 든 것은 아니었다. 단지 답변할 소양도 없을뿐더러 네 설명에 그다지 집중도 하지 않은 탓이다. 만약 내가 입을 열었다면 답이 아니라 질문을 던졌을지도 모른다. 열변을 토한 진짜 네 속셈이 뭐냐? 별안간 지금, 그때 그 질문을 또다시 하고 싶다. 덧붙여 이 기회에 아버지에게 못다 한 물음도 하고 싶다. 아버지는 왜 세상과 이별하기 직전까지도 너만 아끼고 사랑했는가를 말이다.

아버지는 '침묵의 암'이라는 췌장암에 더럭 발목을 잡혔다. 발견이 너무 늦었다. 다들 운명이라고 했지만, 나는 지금도 운명론에는 부정적이다. 1킬로그램, 2킬로그램…… 서서히 줄어드는 체중에 모두가 둔감한 것도 불찰인데, 아버지는 오히려 몸이 가벼워지는 걸 즐겼다. 워낙 큰 체구인 까닭에 건

강의 청신호라는 자가 진단이었다. 체중이 현격히 줄어들기까지 석 달이 채 걸리지 않았다.

　아버지! 눈이 이상해요. 아주 노랗다니까요. 얼굴도 그렇고……

　네 손에 이끌려 거울 앞에 선 아버지의 서늘한 몰골이라니. 눈동자가 노르스름하기도 했으나 얼굴 한쪽이 티 나게 찌그러져 보였다. 가슴이 철렁했다. 황달의 주범은 의외로 빨리 잡혔다. 생존율이 매우 낮은 공포의 췌장암 세포는 이미 간세포에까지 전이된 상태였다. 아버지는 6개월 시한부 삶을 이어가면서 당신의 그림 30여 점을 네게 남겼다. 당신이 미처 채우지 못한 세계를 채워주라는 희원의 말과 함께. 아버지가 평생 분신처럼 여기던 유품은 물론 유언도 네 몫이었다. 나는 끝까지 차인 자식이었다. 아버지의 처사는 사실 그러고도 남을 만큼 온당했다. 너는 자랑스러운 미술학도요, 나는 한심한 골칫덩어리였으니까. 나는 누구라도 눈엣가시로 여길 만한 행동을 서슴없이 해댔다. 패거리들을 몰고 학교 담을 무시로 뛰어넘는가 하면, 시험은 무조건 백지 답안지로 대처했다. 고교 자퇴도 모자라 걸핏하면 가출이었다. 날이 갈수록 못된 짓만 콘크리트 바닥처럼 굳어져 갔다. 아버지의 암 투병 중에도 뒷골목 패거리들과 어울려 공원이나 피시방을 전전하며 시간을 좀먹었으니, 더 말할 것도 없다. 그나마 피시방 잠자리를 종 친 것은 오직 네 덕이었다.

그날 너는 난데없이 새벽녘에 들이닥쳐 다짜고짜 내 멱살을 움켜잡았다. 멱살로는 부족한지 꽁지머리까지 거세게 잡아당겼다. 밤새 잠복한 형사가 따로 없었다. 희열에 찬 네 얼굴에 나는 단단히 속이 뒤틀렸다. 하지만 발악하듯 내지르는 네 악다구니에 그만 제압당하고 말았다.

네가 걱정돼서 이러는 줄 알아? 네깐 놈 어떤 구석에 처박혀 있든 말든 관심 없다고! 아버지가 불쌍해서, 아버지 마음 좀 편히 해드릴까 싶어서라고!

아주 잘났어. 너나 잘해, 이 새캬! 난, 아버지 안중에도 없는 자식이란 거 아직도 몰라?

나도 침을 튀겨가며 거칠게 맞섰다. 한 덩치 하는 나지만, 결국 헌걸찬 네게 볼품없이 밀렸다. 사정없이 양 뺨을 연타로 얻어맞고 멱살을 잡힌 채 밖으로 끌려 나왔다. 한순간 너는 도끼눈으로 나를 바라보더니 뜬금없이 으스러져라 포옹했다. 네 몸의 불덩이 같은 열기가 내 가슴을 짓눌렀다. 나는 버둥거리면서도 네가 삼키는 울음소리를 놓치지 않았다. 내 감성이 맥없이 무너졌다.

가자! 집으로.

네 오른손이 내 왼손을 억세게 잡아당겼다. 결코 네 악력 때문은 아니었으나 온몸의 맥이 풀리다 못해 으스스 떨려왔다. 왠지 체체한 네게 꼼짝없이 구속당할 것 같은 불길한 예감이 엄습했다. 아버지에게조차 자유로웠던 내 영혼의 한쪽이 멈칫하는 느낌이 들었다.

현충일인 6월 6일, 슬픈 해넘이 시간대에 아버지는 눈을 감았다. 새하얀 이팝나무 꽃잎을 둘러싸고 때아닌 바람이 불었다. 허공에 날리는 한 폭의 꽃비 그림이 아버지를 배웅했다. 나는 온기가 사라진 아버지의 두 손을 가만히 놓았다. 너는 텅 빈 내 손을 묵묵히 움켜잡았다. 일순간 네가 큰 기둥으로 다가와 하마터면 네 가슴팍에 쓰러질 뻔했다. 나는 종아리에 힘을 주었다. 내 가슴 깊이 뚫린 커다란 동공을 네가 채워줄 리 만무했다. 아버지가 바위라면 네 존재는 모래 한 알에 불과했다. '운명'이란 단어가 새삼스레 떠오르며 네 방 벽면에 걸린 액자가 기억났다. 그 액자에는 네가 시화전에 출품한 유치환의 시 '너에게'가 쓰여 있었다.

물같이 푸른 조석(朝夕)이
밀려가고 밀려오는 거리에서
너는 좋은 이웃과
푸른 하늘과 꽃을 더불어 살라

그 거리를 지키는 고독한 산정(山頂)

나는 밤마다 홀로 걷고 있노니

운명이란 피할 수 없는 것이 아니라

진실로 피할 수 있는 것을

피하지 않음이 운명이니라.

'나는 밤마다 홀로 걷고 있노니'를 떠올리다가 그만 목이 메었다. 병마에 쫓겨 생을 마감한 아버지의 운명이 서글펐다. 온몸에 소름이 돋았다. 선을 넘은 나의 일탈이 아버지의 병을 부르고 죽음을 재촉한 게 틀림없었다. 자책감으로 밤새 뒤척이다가 새벽녘에 얼핏 잠이 들었다. 살려주세요, 살려주세요! 내 목소리는 입을 벌리면 벌릴수록 안으로만 잦아들었다. 검은 실루엣이 펄럭이었다. 나는 누군가에게 목이 눌린 상태였다. 숨이 막히는 찰나, 눈이 번쩍 떠졌다.

지금도 나는 이따금 가위에 눌리곤 한다. 패턴은 매양 똑같다. 벼룻길에서 쫓기고 쫓기다가 꼭 벼랑 끝에 이르러 종아리가 풀려 버린다. 추격자는 미지의 인물이고, 한 발만 나가면 죽음이다. 앞뒤에 도사린 죽음의 공포가 내 꿈의 절정이다. 아버지의 사십구재를 모신 다음 날, 그때도 그 절정의 순간에 화들짝 눈이 떠졌다.

새벽 2시 무렵이었다. 땀으로 흥건한 이마를 훔치고 다시 눈을 감았으나 바깥 공기가 심상찮았다. 우렁찬 천둥소리와 번갯불이 짝을 이루어 번쩍번쩍 날을 세우며 판을 벌렸다. 방 안이 후텁지근해 창문을 열었다. 마른번개가 지나간 어둠 속에서 불빛이 새어 나왔다. 불빛의 진원지는 능소화가 만발한 담장 쪽 별채였다. 아버지의 화실이던 별채는 곧 네 차지가 될 공간이었다. 어머니일까? 막 신발을 신고 내려서는데 후드득, 굵은 빗줄기가 힘차게 쏟아졌다. 한달음에 내달렸으나 금세 머리에서 빗물이 흘러내렸다. 빗물을 털어내면서 화실 문을 밀었다. 일순간 손에 붓을 든 너와 내 눈이 날카롭게 부딪쳤다. 너는 화급히 붓을 내던지며 캔버스를 엎었다. 네 정면에 놓인 한 폭의 풍경화에서 빈 나뭇가지로 쓸쓸한 참나무숲이 튀어나왔다. 도토리와 낙엽들이 이리저리 굴러다니는 숲은 낯익은 동네 풍경이다. 나는 아버지의 작품이라는 것을 한눈에 알아보았다. 너는 아버지의 그림을 등글기, 그러니까 모사하던 중이었다. 나는 가슴이 벌렁거리며 거친 숨이 올라왔으나 이내 걸싸게 돌아섰다.

흥, 그런다고 뭐 달라질 것 같아? 어찌어찌 흉내 낼지는 몰라도, 넌 절대 안 돼! 안 된다구! 왠지 알아? 넌 내가 아니니까. 가짜 아들이니까.

스스럼없이 가짜라는 말이 맴돌았다. 나는 야무지게 야죽거렸다. 비록 입술을 달싹이지는 않았을지언정. 그 옛날 더 오래전에도 입엣말로 한바탕 떠든 적이 있다. 내 기질이 그렇

다. 이모와 어머니의 내밀한 대화를 엿듣고서도 나는 지질구
레하게 발설하거나 따지지 않았다.

언니! 제정신이야? 친자식 남의 자식 왜 뒤섞고 그래? 백
번 양보해서 언니 말대로 정민일 입양했기 때문에 영민이가
임신됐다고 치자. 그렇다고 정민이가 이 집안의 대들보야 뭐
야? 언제까지 정민이, 정민이 하면서 떠받들면 대수냐구! 왜
영민일 남의 자식 취급해?

조용히 해. 너 때문에 정민이가 다 알고 있잖아? 불쌍한 정
민이 더 이상 상처주지 마. 제발 부탁이야.

갓 중학생이 된 나는 아슬아슬 한 해를 넘기면서 아찔한 사
춘기를 체득하던 중이었다. 항로를 이탈하고 향방 없이 엇나
가는 조각배랄까. 담배를 꼬나물고 건들거리는 게 좋았고, 왜
소한 아이들을 상대로 돈을 갈취하는 것도 즐겼다. 교문 안을
벗어나 밖에서 노는 재미가 쏠쏠했다. 이모는 어머니보다 늘
내게 더 살가웠다. 이모가 속사포로 내뱉은 말은 불쏘시개에
기름을 부은 격이었다. 단번에 밑그림이 그려졌다. 내가 한결
같이 부모님에게 밉상으로 찍힌 데에는 네 존재가 도사리고
있었던 것이다. 나는 일목요연하게 너와 나를 구분했다. 나는
진짜 자식이고, 너는 가짜 자식이다. 너와 나는 절대로 일직
선이 될 수 없다. 부모님도 싫었지만, 네 존재야말로 흔적 없
이 사라져야 마땅할 눈엣가시였다.

식물의 세계에도 가짜가 존재하는 것 같았다. 나는 네가 그린 꽃 그림을 보다가 깜짝 놀랐다. 너는 순결한 백목련과 같은 순백의 산딸나무 꽃이 실제로는 꽃이 아닌 꽃받침이라고 설명했다.

가운데 폭죽 터진 것처럼 보이는, 꽃 같지 않은 것이 진짜 꽃이다. 산수국 꽃도 그래. 꽃받침이 마치 꽃잎인 것처럼 크고 아름답지. 진짜 꽃들은 중앙에 자잘하게 옹기종기 모여 있는데, 꽃받침은 벌과 나비를 쉽게 유인하려는 꽃의 술책이야. 가짜는 아무리 크고 아름다워도 진짜를 위해 존재한다고 보면 돼.

아, 모르겠다. 머리가 지끈거린다. 진짜니 가짜니 운운하는 것이 무슨 소용인지 모를 일이다. 지금의 내 처지에서 한심하기 그지없는 작태다. 삶의 완전한 밑바닥까지 추락해 버린 주제에. 나는 지금 눈꺼풀 한 번도 제대로 까닥하지 못하는 상태가 아닌가. 그러면서도 안달복달한다. 목숨을 포기할 수밖에 없는 절박한 시점에서 오로지 너만을 애타게 기다린다. 너는 내 목숨의 유일한 끈이다. 하지만 너는 아직도 그곳에서 어제처럼 열심히 안마 실습 중이다.

너는 이제 등받이 없는 의자에 앉아 어르신의 종아리를 주무른다. 복숭아 뼈 주위를 엄지로 가만가만 누르고 나서 경락을 꼼꼼하게 짚어간다. 종아리의 뭉친 근육을 풀어주는 것이다. 근육이 거의 빠져나간 어르신의 종아리는 민망할 정도로 흐물거린다.

어젯밤에 자다가 종아리 마비가 왔다네. 그냥 죽을 뻔했지. 이러다가 저승사자에게 끌려가는 건 아닌가 하고, 겁이 덜컥 나지 뭔가.

오늘은 걱정 마시고 푹 주무세요. 이렇게 다 풀어드리면 괜찮을 겁니다.

너는 사람 좋은 미소를 지으며 땀이 밴 이마를 수건으로 훔친다. 너보다 땀직한 실습생이 또 있으려나. 노년기에 든 어르신들은 해가 갈수록 어린애로 돌아간다는 말이 맞다. 어르신은 종아리 안마를 받을 때마다 마비로 힘들다는 말을 꼭 늘어놓곤 한다. 일종의 어리광이다. 너는 손끝에 힘을 주는 틈틈이 어르신의 뒷목을 물끄러미 바라본다. 눈부신 엘이디 불빛 아래 네 눈동자는 초점을 모으려고 안간힘을 쓴다. 너는 초조하다. 초조함을 지우려고 눈을 수시로 깜박인다. 날이면 날마다 시나브로 초점이 스러져가는 걸 감지하는 게 여간 고통스럽지 않다. 시야가 깜깜한 밤하늘보다 더 지독한 암흑으로 떨어지는 걸 때때로 상상한다. 만일 초점이 전혀 잡히지 않는다면 너는 불필요한 두 눈을 감추고 싶을 것이다. 그러려면 안경 아닌 안경이 필요하다. 멍텅구리 눈알에 걸칠 가짜 색안경이!

아버지의 눈은 근시에 난시가 겹친 탓에 안경이 필요했다. 반짝거리는 금속테 안경을 쓴 아버지의 모습은 참 근사해 보였다. 너는 유별나게 아버지의 안경을 탐했다. 아버지가 안경을 벗어놓기만 하면 잽싸게 그 안경을 쓰고 거울 앞에 서서 포즈를 잡았다. 한 번은 아버지의 안경을 쓰고 까불다가 문지방에 걸려 거꾸러졌다. 다행히 이마에 혹이 났을 뿐 말짱했으나 안경이 좀 망가졌다. 테가 심하게 휘어지면서 빠져나간 렌즈에 금이 갔다. 너는 이때다 싶었는지, 눈물 콧물로 얼룩진 얼굴을 들이대며 생떼를 썼다.

나도 아빠처럼 안경 쓰면 안 돼? 칠판 글씨가 흐릿흐릿 잘 안 보인단 말이야!

다음날 우리 가족은 버스 정류장 근처 4층에 위치한 안과에 갔다. 검진 소견은 네 사람 다 각각이었다. 아버지는 태생적으로 문제가 있는 나쁜 눈이고, 너는 정반대로 좋은 눈을 타고났다고 했다. 나는 근시가 올 확률이 크고, 어머니는 난시가 약간 있었다. 너만 유일하게 건강한 유전자를 보유한 셈이었다. 지금 생각하니, 순 엉터리 돌팔이 의사였다. 도대체 그 건강한 유전자가 언제 어디로 자취를 감췄기에 네가 그런 무서운 병에 붙잡혔단 말인가. 어쨌거나 병원을 나온 우리 가족은 아버지의 안경을 수선하려고 안경점으로 직행했다.

니들, 공갈 안경 써 볼래?

아버지가 씩 웃으며 뜬금없는 제안을 했다. 진열대에는 너와 내게 맞춤한 안경이 수두룩했다. 아니 안경이 아니라 안경테, 각양각색의 안경테가 질서정연하게 진열되어 있었다. 너는 들뜬 표정으로 두리번거리다가 초록 뿔테를 집어 들었다. 나는 노란색을 골랐다.

우리 둘이 난생처음 뿔테안경을 쓰고 폼을 잡던 역사적인 그날, 너는 초록 뿔테안경을 쓰고 안경점을 나서면서 자꾸 입술을 오물거렸다. 기분이 최고 좋다는 표현 방식, 네 버릇이다. 우스꽝스럽고 가소로운 모습이었다. 나는 일곱 살일지라도 너처럼 감성이 얄팍하지 않았다. 아니 올되었다. 도수 없는 안경은 그저 장난감에 불과하다는 걸 나는 알았다. 가짜는 내 취향이 아니었다. 초록 뿔테안경은 그때부터 네가 중학생이 될 때까지 언제 어디서나 네 그림자 역할을 톡톡히 했다. 한여름 오후, 우리의 쌈박질이 없었다면 지금까지 너는 그 안경을 애지중지 보관했을 것이다.

해가 쨍쨍한 공터에서 열넷인 너와 열하나인 내가 육박전을 벌였다. 각자 야구 글러브를 끼고 공을 주고받다가 일어난 일이다. 시작은 내 글러브가 공을 놓친 데에서 출발했다. 나는 급히 몸을 돌려 힘껏 달렸지만, 저만치 떨어진 공은 가속도가 붙어 순식간에 시야에서 사라졌다. 나는 그만 공 따라잡기를 포기하고 우뚝 섰다.

뭐해? 빨랑 공 주워 오지 않고!

왜 나야? 속도 조절도 못하고 제멋대로 던진 사람이 누군데?

야, 이게 어따 대고 헛소리야? 입 다물고 어서 주워 오지 않으면 가만 안 둬!

가만 안 두면 어쩔 건데?

나는 글러브를 벗어 땅바닥에 내팽개치고 집으로 향했다. 이 자식이! 네 오른발이 갑자기 내 정강이를 걷어찼다. 왜 때려! 나는 단번에 네 가슴팍에 주먹을 날렸다. 이게 어따 대고 주먹질이야! 너는 내 손목을 잡았으나 나는 금세 다시 주먹을 퍼부었다. 우리는 한데 엉켜 나뒹굴었다. 공은 이미 안중에도 없었다. 나는 글러브까지 내버려 둔 채 집으로 돌아왔다. 네 성깔을 그때 확실히 알아봤다. 공은 그렇다 해도 내 글러브는 들고 올 줄 알았는데……. 뒤늦게 나가봤으나 공과 야구 글러브는 행방불명이었다. 우리 둘의 종아리에는 아버지의 회초리가 그린 가로줄이 한동안 선명하게 남아 있었다.

그날 밤, 네가 잠에 곯아떨어진 뒤에도 내 머리는 또랑또랑했다. 도둑고양이 눈으로 네 책상 서랍을 뒤졌다. 맨 아래 서랍에서 초록 뿔테안경을 찾아냈다. 심장이 쿵쿵거렸다. 심장 박동 소리를 들으면서 초록 뿔테안경을 내 책가방에 쑤셔 넣었다. 다음날 학교에서 가뿐하게 네 안경을 처리했다. 플라스

틱 분리수거 함에 깊숙이 처박힘으로써 초록 뿔테안경은 한낱 쓰레기로 전락하고 말았다.

지난해에 연극 소품으로 색색의 뿔테 패션 안경이 대여섯 개 필요했다. 종로 2가 대로변에 자리한 안경점은 평일 오후인데도 사람들로 북적거렸다. 나는 뿔테안경이 즐비한 진열대 앞에서 그만 숨이 멎는 듯했다. 아니 내 눈을 의심했다. 보석처럼 반짝거리는 초록 뿔테안경이라니. 내가 그 시절, 쓰레기로 취급한 것과 똑같은 초록 뿔테안경이 버젓이 한 자리를 지키고 있었다. 사뭇 가슴이 떨렸다. 초록 뿔테안경을 챙긴 다음에야 소품 안경들을 집어 들었다. 귀가 시간이 왜 그리 더디 가는지 애가 탔다. 그날따라 너의 귀가 시간도 늦어 자정 무렵에야 대문 소리가 났다.

소품을 사러 갔다가…… 그때 뿔테안경이…… 생각나서…….

나는 버벅거리는 것도 모자라 채 말을 맺지 못하고 얼버무렸다. 너는 의아한 표정으로 안경집에서 안경을 꺼내 들었다. 일순간 날카로운 네 시선이 내 눈을 파고드는데, 네 얼굴에 감도는 어두운 그림자를 나는 놓치지 않았다. 어색한 침묵이 흘렀다.

아, 그래…… 짜식이…….

너도 별 수 없이 나처럼 말을 더듬거렸다. 순간 한 생각이 뇌리를 스쳤다. 내가 저지른 짓을 몰랐던가? 그만 얼굴이 화끈거렸다. 너는 내 어깨를 지그시 누르며 습습하게 웃었다. 역시 너는 안경 체질이었다. 어릴 때처럼 성인이 되어서도 초록 뿔테안경이 딱 맞춤이었다. 예나 그때나 가짜 안경일 뿐인데도 진짜로 보였다. 만일 네게 진짜 안경을 쓸 기회가 온다면, 진짜도 저처럼 잘 어울리려나? 참 엉뚱하고도 부질없는 생각이다. 네 눈은 시력 저하 따위로 안경 나부랭이나 쓰고 활보할 수 있는 눈이 아니라는 걸, 잠깐 망각했다. 그렇다. 안경이 소용없기에 더더욱 첨단 의술이 네게 필요하다. 조만간 최첨단 의술은 틀림없이 망막 이식에 성공의 마침표를 찍을 거라고 기대한다. 이미 심장이식도 거뜬하게 정복하고, 세포 노화의 발생 원인까지 밝혀낸 의학계다. 그깟 망막 이식쯤이야. 너는 얼마든지 다시 붓을 잡을 수 있다. 내가 보증한다. 나는 자신한다. 아직 내 망막은 어떤 망막보다도 건강하다. 초점 잃은 눈을 가리려고 애써 초록 뿔테안경 따위를 만지작거릴 필요도 없다. 나는 통쾌하게 소리친다.

버려, 쓸데없는 안경일랑 미련 없이 내버리란 말이야!

내 소리에 내가 놀란다. 고막이 터질 것처럼 귀가 얼얼하다. 어찌된 일인지 소리는 자꾸 되울린 소리가 되어 울려 퍼지는데, 시나브로 눈꺼풀이 내려오고 있다. 그때 그 순간, 응급실에 누워있을 때도 그랬다. 스르르 눈이 감기는 걸 느끼면서 동시에 죽음도 느꼈다. 죽음을 느끼던 찰나에 낯익은 목소리가 단단히 스며들었다.

기어이 대형 사고를 쳤네.

너였다. 낙심한 네 목소리가 가물가물 꺼져가는 내 의식을 돌이켰다. 나는 온 힘을 다해 숨을 모았다. 낙심한 한마디가 매듭지으려는 내 생명 줄을 틀어쥔 것이다. 너는 내 마음을 온전히 알아채기라도 한 듯, 양손으로 내 얼굴을 쓰다듬었다. 부들부들 떨리는 네 손에 온기가 흘렀다. 아니 네 손은 타오르는 불이었다. 네 말대로 대형 사고였다. 간이 무려 80퍼센트나 손상되어 죽음의 문턱에서 허우적거렸다. 내가 살 길은 오직 이식뿐이라는 걸 너도 알고 나도 알았다. 너는 O형, 나는 AB형이다. 다행히 AB형은 어떤 혈액형에서든지 이식 받을 수 있는 최상의 조건을 갖춘 혈액이다. 삶과 죽음의 기로에서 목숨을 포기할 사람이 어디 있겠는가. 한 치 거짓 없는 내 속마음은 어떻게든 살고 싶었지만, 구차했다. 도저히 네 면전에 대고 애걸복걸 매달리는 그림이 그려지지 않았다. 하지만 이내 거센 회오리바람이 머릿속을 관통했다. 몸 따로 생각 따로 놀아보자. 의지와 상관없이 입술이 떨어질 수도 있지 않는가. 얼마든지 살려달라고 애걸할 수 있다. 그러나 한 점 비축된 에너지 때문에 몸이 생각을 이겨내지 못했다. 며칠이 훌쩍 지나갔다. 이제는 최후의 한 점 에너지마저 깡그리 고갈

되어 버렸다. 의지고 뭐고…… 사실은 내 의지가 무엇인지도 지금은 옹송망송하다.

설핏 잠이 든다. 동네 들머리에 앙증맞은 병아리 꽃이 만발했다. 포근한 햇살이 하얀 꽃밭에 두루두루 퍼진다. 햇볕이 참 따스하다. 저 햇볕 밭에 사지를 뻗고 하늘에 눈을 맞추며 누워보고 싶다. 꽃들 틈새로 까만 열매가 보인다. 꽃이 떨어진 자리에 옹기종기 맺힌 열매다. 나는 봄에 피는 꽃과 가을에 맺히는 열매를 동시에 본다. 기이한 현상이다. 시간이 뒤섞이고 있다는 것인가. 도대체 여기가 어디인가. 이 세상인가? 우리 동네 들머리이긴 한가? 건듯건듯 바람이 분다. 꽃잎이 하늘하늘 춤을 추고 열매는 반들반들 윤이 난다. 꽃잎인지 열매인지 모를 지점에서 한 줄기 빛이 터진다. 내 눈꺼풀이 움찔한다. 아스라이 반사광을 토해내며 물결이 출렁거린다. 어렴풋이 물소리가 들려온다. 아, 산소 호흡기다. 산소 호흡기의 규칙적인 물소리에 누군가의 음성이 실린다.

우린 한 형제잖아?

한없이 살가운 그 말을 독백처럼 내뱉은 이는 누구인가. 너의 부릅뜬 눈, 안광이 형형한 눈이 어느 틈에 내 시야를 가린다. 나는 도저히 너를 바라볼 수 없어 눈을 질끈 감아 버리지만, 나도 모르게 눈꺼풀이 올라간다. 네 눈동자에 물기가 어려 있다. 정신이 번쩍 든다. 네 든직한 진심은 차치하고, 네가 아직도 전전긍긍하고 있다는 걸 느낀다. 나는 다시 눈을 감고서 더없이 당당하게 아버지의 아들로서 네 앞에 붓을 내던진다.

한 수 배워볼 거야?

너는 한 발 뒤로 물러났다가 엉거주춤 팔을 뻗어 붓을 잡는다. 사실 나는 진작 아버지의 속내를 꿰뚫고 있었다. 당신의 그림을 네게 남긴 뜻이라고 해야 하나? 그따위 임모하는 거 보고 싶어서 네게 물려줄 리가 없다. 일탈의 늪에 빠져 허우적대는 나를 네게 맡긴 거였다. 너는 내 형이고 나는 네 동생이니까. 너는 침착하게 붓을 쥐고서 나를 내려다보는데, 나는 그만 급격히 자신감이 떨어지고 만다. 내가 하는 짓이 영 이상야릇하고 어색하다. 나는 역시 옹졸하다. 네가 제아무리 타끈해도 너와 한 몸처럼 거리를 좁히고 싶다. 너와 아버지의 관계처럼, 그냥 네게 예속되고 싶다. 네가 알다시피 죽음에 포박된 나는 그 마지막 순간, 촌각을 다투고 있다. 사지에 냉기가 흐르기 시작하지만 아직은 살아 있다. 내 생애 마지막 말로 네게 물어보련다.

내 마지막 순간이 어때? 아름답긴 해?

우린 한 형제잖아?

너는 내 물음에 뜬금없는 소리로 일갈한다. 좀 전에 분명 들었던 말인데, 그 말이 또 다시 내 귀를 때린다.

사랑해요, 나나

나나는 특별하다. 저토록 우람한 몸체인데도 귀엽고 발랄하다. 그뿐만이 아니다. 첫눈에 매료된 희극적인 모습, 그 모습에 의외의 서글픔이 내재해 있다. 비극을 감춘 희극성이랄까. 한마디로 나나는 그로테스크하다. 전시장 초입에서 본 슈팅 페인팅(shooting painting) 추상화와는 완전히 별개의 작품이다. 슈팅 페인팅 추상화는 예술 작품의 본질을 벗어난 듯 거칠고 투박했다. 그런 까닭에 나나가 더욱 돋보인다. 친밀감이 일어난다.

수는 나나의 연작 하나하나를 주시하며 한참 동안 자리를 뜨지 못한다. 시선을 옮길 때마다 전혀 색다른 느낌이 우러난다. 일차원적으로 과장된 풍만한 몸도 몸이지만, 저토록 자유

분방하면서 화려한 색채의 조합은 난생처음이다. 나나는 화려한 만큼 생동감 넘치는 에너지를 발산한다. 그 에너지에 눈이 부시다. 수는 나나에게 압도당한 듯, 심장 박동이 거세진다. 급기야 멍한 상태에까지 이르렀다. 수는 나나에게 한 걸음 더 바투 다가간다. 나나의 가슴에서 무엇인가가 피어오른다. 눈에 보이지 않는 무형상의 유연함, 포근함, 그리고 경쾌함……. 나나의 심성이다. 수의 눈은 나나의 심성을 좇아 부드러운 곡선을 그린다.

수는 슬며시 주위를 둘러본다. 오픈하고 첫 일요일이어선지 관람객이 줄을 잇는다. 점점 더 고양되는 관람객의 열기가 수에게 와 닿는다. '니키 드 생팔(Niki de Saint-Phalle)전'에 찾아오길 정말 잘했다. 사실 연일 계속되는 폭염 때문에 주춤거렸다. 일단 집에서 여기까지, 한 시간 이상 걸리는 먼 거리도 부담이었다. 두 번이나 지하철을 환승하고서 마을버스까지 타야 했다.

꼭 시간 내서 가 봐라. 괜히 나중에 후회하지 말고.

사부가 티켓을 건네주면서 짐짓 큰 눈을 부릅뜨고 말했다. 사부다운, 그 명령조의 말투와 표정만으로도 주눅이 들었다. 물론 수는 알고 있다. 그 무뚝뚝한 말 속에 담긴 남다른 제자 사랑을. 수는 티켓을 챙기면서 한 생각이 떠올랐다. 티켓은 혹 심한 무력감에 빠진 수에게 보내는 어떤 메시지가 아닐까.

사부도 수와 마찬가지로 대학에서 순수 미술을 전공한 이력자다. 수가 붓을 놀리는 회화 쪽인데 반해 사부의 전공 분야는 나무를 주재료로 하는 조소였다. 사부의 타투 숍 한쪽에는 사부가 만든 조각품들이 진열되어 있다. 숍의 분위기에 썩 잘 어울리지는 않지만, 숍의 격을 높여 주기엔 충분하다. 수는 사부의 숍에 들어설 때마다 조각품 하나하나에 빠져들곤 한다. 사부의 예술혼을 발견하고 공감하는 순간순간이 즐겁다. 사부의 작품들은 나나 시리즈물과는 전혀 다른 유형이다. 하나같이 무채색 추상물이다. 채색부터 확연히 차이가 난다. 색채를 배제한 사부의 정신세계가 궁금해진다. 색채로 말한다면 본인의 작품처럼 무채색에 가깝지 않을까. 사부의 세계가 왠지 밝은 이미지로 다가오지 않는다.

단짝 친구 주리가 사부를 소개해 주었다. 주리는 대학 4년 내내 수의 그림자처럼 붙어 다녔다. 졸업 후에도 두 사람의 우정은 한결같았다. 아니 더 튼실하게 뿌리를 내렸다. 그들에게는 서로가 익숙한 환경이라는 공통분모가 있었다. 미술대학에 들어온 친구들치고 그들처럼 빈한한 경제력으로 버티는 친구는 없었다. 그들은 쉴 새 없이 아르바이트를 전전했다. 어떻게든 붓을 놓지 않으려고 아등바등 안간힘을 썼다. 둘이 함께한다는 것만으로도 큰 위로가 되었다. 그들은 두 번이나 함께 공동 전시회를 연 경력이 있다. 처음에는 두 사람의 2인 전시회를 저렴하게 빌린 카페의 한 공간에서 열었다. 그 다음에는 인사동의 제법 큰 갤러리를 빌렸다. 세 명의 선배들 틈에 낀 5인 전시회였다.

세상은 그렇게 녹록하지 않았다. 기대가 큰 만큼 실망도 컸다. 전시회는 말 그대로 전시회로 끝났다. 전시회를 열기 전이나 뒤나 생활고는 하등 차이가 없었다. 제살이하기가 자꾸 멀어져갔다. 주인을 만나지 못해 차곡차곡 쌓이는 그림을 보는 것도 힘겨웠다. 주인 없는 그림은 예술품이 아니었다. 천덕꾸러기에 불과했다. 차라리 학생 신분으로 그림을 그리던 시절이 나았다. 그때는 그림들을 챙겨들고 씩씩하게 판매에 나서곤 했다. 주로 대단지 아파트를 찾아 좌판을 벌였다. 단지 길가에 액자를 늘어놓으면 어머니 연배쯤의 주부들이 나름의 식견으로 액자를 챙겨갔다.

지금은 학생이지만 앞날은 아무도 모른다구. 그래, 두고 봐, 나중에 이런 푼돈으론 언감생심 구경도 못할 걸? 다 투자야, 투자. 투자보다는 든든한 보험 하나 든 거라구.

순수 미술이 생활고를 해소해 주지 못한다는 것을 두 번의 전시회를 통해 명징하게 깨달았다. 그래도 수는 미련을 떨치지 못했다. 미술학원 강사도 하고 파트타임 판매직에도 뛰어들었다. 하지만 갈수록 미래는 점점 암울해졌다. 더 희미해져갔다. 내리막길이 가파른 직선으로 내달으면 내달을수록 오르막길은 더 명료하게 멀어져 갔다. 유화 아크릴 붓과 값싼 아사천 캔버스를 구입하는 데에도 손발이 후들거렸다. 그것들은 그림을 그리는 데에 필요한 최소한의 비품이었다.

주리는 달랐다. 현실적인 감각도 뛰어나지만, 판단이나 행동이 빨랐다. 머뭇거리는 수를 제쳐두고 용감하게 캔버스를 등졌다. 그리고 나서 발빠르게 타투의 세계에 뛰어들었다. 주리는 당당하게 말했다. 소신을 굽힌 것은 절대 아니지. 아름다움을 추구하는 예술, 그 원천은 아이디어, 영감이라구. 타투도 그래. 예술의 바탕에서 한 치도 벗어나지 않는다구. 내가 그리고 싶은 것보다 상대가 원하는 그림을 그린다는 게 좀 다를까? 벌써 5년 전의 일이다. 당연히 주리는 타투이스트로서 수의 2년 선배가 되는 셈이다. 주리는 결코 조용히 수의 곁을 떠나지 않았다. 타투를 수와 함께하지 못한 섭섭함 때문인지도 몰랐다. 주리는 수의 면전에 대고 불퉁스레 내뱉었다.

아유, 이 한심한 인생아! 불쌍한 청춘아! 도대체 뭘 그리 재고 따지냐? 징징대고 사는 게 지겹지도 않냐? 제발 이 너절한 궁기에서 탈출하란 말이야! '선타투 후뚜맞'이란 말이 왜 있겠어? 일단 타투부터 하고 나서 부모님한테 두들겨 맞는다는 거지. 그게 이 세상의 룰이야. 고객이 줄을 섰다니깐? 아직도 실감이 안나? 현실이 그렇게도 안 보여? 타투가 금단의 벽을 훌쩍 뛰어넘었단 소리란 말이야!

수는 가타부타 입을 다물었다. 아귀찬 주리는 수를 흘겨보며 어깨를 들썩거렸다.

제발, 그 고루한 생각 좀 깨라. 너, 절대로 타투이스트 무시하지 마라. 타투이스트도 예술인이야. 사람의 몸을 캔버스로 쓰는 아티스트…….

아티스트라구? 넌 타투가 불법인 거 몰라?

수는 코웃음을 치며 빈정거렸다. 주리는 단호한 어조로 수의 말을 받았다.

불법? 그래. 뭐, 틀린 말은 아니야. 타투가 아직 우리나라에선 비합법적이긴 하지. 하지만 상관없어. 조만간 분명히 합법적으로 갈 거니깐.

타투를 시작한 주리는 몰라보게 달라져 갔다. 피부색부터 여유가 묻어났다. 당당한 표정에서 궁핍을 털어냈다는 걸 읽을 수 있었다. 수를 만나면 언제나 카드를 꺼내 들었다. 자잘한 생활용품부터 일용할 양식까지 덥석덥석 안겼다.

단풍잎이 곱게 물들어 가는 일요일 오후였다. 주리가 과일 꾸러미를 한 아름 안고 수의 원룸을 찾아왔다. 경사진 길을 올라온 주리는 들어서자마자 재킷을 벗어젖혔다. 민소매 래쉬가드의 목둘레에 땀이 흠씬 배었다. 주리의 한쪽 어깨 아래 팔뚝에 수의 시선이 쏠렸다. 상큼한 청색 장미 한 송이라니. 수는 그만 코를 벌름거리며 다가갔다. 달콤한 장미 향이 수의

코를 간질였다. 마치 무균 산소통 안에라도 들어간 듯 기분이
상쾌했다. 이상하게 막혔던 가슴이 뻥 뚫린 것처럼 시원했다.
가슴 깊숙이 걸려 있던 단단한 빗장이 활짝 풀리는 느낌이었
다. 수는 고개를 끄덕이면서 마음을 도슬러 먹었다. 나도 한
송이 장미가 될 수 있어. 주리의 청색 장미보다 더 산뜻하게
피어날 자신이 있다구. 수는 혼자 입속말을 뇌었다.

수는 포트폴리오와 도안을 챙겨 들고 아침 일찍 집을 나섰
다. 원룸 단지 울타리에 붉은 장미 한 송이가 피어 있었다. 때
늦은 장미였으나 제철 장미보다 탐스러웠다. 수는 장미 송이
를 끌어다가 그 향기를 흠뻑 들이마셨다. 기운이 나는 것 같
았다.

주리가 사부의 숍에 먼저 와 있었다. 사부는 수의 포트폴리
오를 한 장 한 장 샅샅이 훑어보았다. 사부가 이윽고 수에게 손
을 내밀었다. 사부는 수의 손을 힘주어 잡으면서 툭 내뱉었다.

늘품이 있어. 바로 머신 연습에 들어가도 되겠는데?

수는 사부의 건조한 말투가 싫지 않았다. 오히려 신뢰감이
엿보였다. 그 한마디에 타투를 배워보겠다고 마음먹었다.

다음날부터 수는 눈만 뜨면 사부의 숍으로 달려갔다. 역시
사부는 특별한 사람이었다. 4개월 동안 매일 열 시간씩 강행
군이 이어졌다. 수는 각오한 대로 한 차례도 한눈을 팔지 않
았다. 타투이스트라는 목표, 그 염원 하나로 뚝심 있게 버텼

다. 물론 주리보다 늦게 입문한 만큼, 주리가 경쟁자로서 톡톡히 한몫을 했다.

첫 일주일간의 학습은 그저 사부의 일거수일투족을 지켜보는 일이었다.

그날의 캔버스는 건장한 사내의 왼팔이었다. 시술을 앞두고 감도는 긴장감. 숨소리도 느낄 수 없는 정적 속에서 사부는 시술을 시도했다. 수는 사부의 손놀림 하나하나를 놓치지 않으려고 온 신경을 곤두세웠다. 1초에 80번 진동한다는 바늘의 움직임에서 수는 그만 입이 바짝바짝 탔다. 제아무리 시신경을 총동원해도 결코 눈에 잡히지 않은 과정이었다. 하지만 마침내 한순간이 왔다. 미세하게 움직이는 사부의 손목을 수는 놓치지 않았다. 환희심도 기쁨도 잠깐, 수는 가슴이라도 막힌 듯 답답하고 암담했다. 저 정도의 테크닉을 익힐 수 있으려나. 영영 이루지 못할 꿈이 아닐까. 한 걸음 한 단계씩 차근차근 내디뎌야 한다는 걸 알면서도 조바심이 났다. 가장 기초적인, 바늘과 머신의 강약 조절도 못하면서 사부의 흉내를 내고 싶어 안달했다. 사부는 한결같이 무표정하고 담담한 얼굴로 꼼꼼하게 시술을 이어갔다. 수는 지켜보는 것만으로도 두근두근 심박수가 높아지곤 했다. 한마디로 사부는 강심장이었다. 게다가 범접할 수 없는 카리스마까지 내뿜었다. 수는 사부의 일거일동에 희열을 맛보기도 하고 치이기도 하면서 제자리를 지켰다. 사부가 드디어 손을 털고 몸을 일으켰다. 사내의 팔은 내추럴 그레이를 바탕으로 자잘한 진녹색 문양이 덮여 있었다. 싱그러운 자연 속에서 황금빛 잉어 한 마리가 팔짝팔짝 뛰놀았다. 사부는 누가 뭐래도 감각이 탁월한 예술가였다. 사부의 숨소리가 길고도 잔잔하게 흘러나왔다. 그제야 수도 눈을 슴벅이면서 심호흡을 했다.

벌써 시간이 이렇게 되었나? 수는 손목시계를 들여다보며 깜짝 놀란다. 전시장 마감 시간이 얼마 남지 않았다. 사부의 시술 과정을 지켜보던 때처럼 니키의 작품 세계에 푹 빠져 있었다. 종아리가 뻐근하다. 수는 종아리 근육을 풀어보려고 제자리 걷기를 한다. 전시장의 마지막 방인 여기에서만 '타로 공원'의 영상물을 보느라 잠깐 앉았을 뿐이다. 이리저리 걸음을 옮기곤 했으나 세 시간 내내 서 있었던 셈이다. 수는 계속 제자리 걷기를 하면서도 재생되는 영상물에 또다시 시선을 보낸다. 이제 수는 타로 공원을 산책하면서 니키의 작품들을 직접 눈앞에서 감상한다.

새까만 얼굴의 소녀가 두 눈을 똥그랗게 뜨고 걸어간다. 희한하게도 발가락이 세 개뿐인 기형으로 불가사리 모양이다. 전신 피부는 스트라이프 셔츠를 입은 것처럼 주황과 보라의

줄무늬 색채를 띤다. 이방인에 틀림없다. 지구인이 아닌, 먼 별나라 사람이다. 수는 우주적인 환상에 휩싸인다. 비둘기 빛 얼굴의 중년 여인이 수에게 다가온다. 온 얼굴에 동글동글한 스프링 무늬가 그려져 있다. 머리는 손가락을 쫙 편 손바닥 형상이고, 상체는 실제 얼굴보다 서너 배 큰 얼굴 모양이다. 역시 우주인을 연상시키는 개성 넘치는 작품이다.

수는 타로 공원 깊숙이 보행을 넓힌다. 타로 공원의 구석구석까지 온통 니키의 세계가 깃들어 있다. 니키의 기발한 상상력이 총결집되었다. 니키의 평생 꿈이었던 타로 공원 자체가 거대한 하나의 예술품이다.

수는 눈에 못지않게 귀도 즐겁다. 영상의 배경 음악으로 깔린 오케스트라의 바이올린 선율. 비발디의 바이올린 협주곡 '사계'다. 수는 선율을 좇아 유유히 산책을 이어간다. 푸릇푸릇한 잔디밭을 지나 인적이 드문 오솔길로 접어든다. 녹색 향기가 풀풀 날리는 향나무 숲길을 돌아 숲길을 빠져나온다. 정원사의 손길을 거친 나무들 사이로 니키의 조각상들이 설핏설핏 고개를 내민다. 한눈에도 그 형상이 기이하기 짝이 없다. 수는 한 조각상 앞에서 온몸에 전율을 느낀다. 인간이면서 인간이라고 못 박을 수 없는 모습. 상상을 초월하는 자태다. 반듯이 누워 공중으로 부상한 사람은 허공을 박차고 사지를 놀린다. 손가락 발가락의 끝마다 뱀의 머리를 달고 있다.

볼수록 해괴하다. 문득 수의 옆구리를 건드리는 듯한 기척이 난다. 초록색 수캐가 이빨을 드러내고 으르렁거린다. 털 색깔도 야릇하지만 꼬리가 영락없이 꽁지를 맞댄 두 마리 새의 모양새다. 변종도 저런 변종은 없다. 수는 그만 고개를 흔들며 눈을 감는다. 도저히 받아들일 수 없는 비현실적인 세계다. 도대체 타로 공원이 어디이며 왜 자기가 이곳에서 헤매고 있는지 의문이다. 불현듯 수는 어떤 기시감에 사로잡힌다. 아, 신화의 세계⋯⋯. 저 아득한 신화의 세계로 치닫고 있었다.

수는 영상물에 집중하던 눈을 비비댄다. 수의 표정이 부드러워진다. 타로 공원은 끝없는 환상의 길로 이루어진 환상의 공원이다. 니키의 환상으로 창조된 예술품이다.

수는 출구 쪽을 향해 몸을 튼다. 출구와 입구가 한 맥락으로 연결된 것은 당연하지만, 왔던 길을 고스란히 되밟아 나갈 줄은 몰랐다. 나나의 방을 거쳐야 밖으로 나갈 수 있다.

영상을 보고 나서 대하는 나나는 다른 모습으로 우뚝 서서 수를 내려다본다. 상처를 딛고 그 상처를 예술로 승화시킨 자랑스러운 모습이다. 물론 느낌도 다르다. 볼 때마다 다른 느낌이 유발되는 것은 그만큼 작품성이 뛰어나다는 증거다. 첫인상의 경이로움을 비껴나 오랜 동안 정을 나눈 친숙함이랄까. 아니다. 차원이 다른 느낌이다. 밝고 낙천적인 겉모습에서 감춰진 내면의 모습이 드러난 것이다. 수는 그 내면의 세계의 나나에게 동화되고 싶다. 더 깊이 있는 눈으로 수는 나나를 살펴보기 시작한다.

수는 점점 표정이 굳어져 간다. 크게 부각되던 나나의 웃음이 그저 단순한 웃음이 아니었다. 일종의 본심을 포장한 위장술이었다. 수는 왠지 나나의 지난 시간을 들추어보면서 나나와 교감하고 싶은 열망에 휩싸인다. 나나의 과거를 통해 진정한 나나의 모습과 만나고 싶다. 나나는 기억하기 싫은 과거일지라도. 그렇다. 나나는 한때 지극히 연약한 소녀였다. 소녀의 삶은 송두리째 고통이었다. 수치심, 불안감, 두려움, 공포심 따위를 떨치고 버텨내야만 하는 삶이었다. 앞이 보이지 않은 캄캄한 어둠의 터널이었다. 서른셋인 수도 굴욕과 수치를 참아내야 하는 고통의 시기를 지나왔다. 베르그송은 고통이 감정의 기원이라고 했다. 모를 일이다. 수는 생각한다. 인간의 성숙이 곧 감정의 성숙이고, 그 감정이 제아무리 고통에서 출발한다 해도 고통은 싫다. 고통은 두 번 다시 겪고 싶지 않은 최악의 경험이다. 수도 나나처럼 기억하기 싫은 한때가 있다.

소녀는 가슴이 봉긋한 열여섯 살이었다. 나나의 가슴에 비하면 너무나 빈약한 가슴이었으나 꿈이 영글던 시기였다.

수야! 윤, 수! 윤, 수!

선생님의 목소리가 허공에 쩡쩡 울렸다. 소녀는 운동장 가를 돌아 하교하던 중이었다. 미술실은 몸이 오싹할 정도로 괴

괴했다. 선생님은 느닷없이 소녀에게 관심을 보였다. 예술적인 재능이니 훈련이니 운운하면서 뜬금없이 소녀의 조력자인 체했다. 얘기하는 틈틈이 선생님은 뜨겁고 불쾌한 눈길로 소녀의 머리카락을 쓸어내렸다. 일순간 선생님의 검은 손이 소녀의 팔을 타고 어깨를 거쳐 목덜미를 더듬었다. 소녀는 악마에게 붙잡힌 듯 진저리쳤다.

선생님은 피카소의 전시회를 함께 보러 가자며 조수석에 소녀를 앉혔다. 승용차 안은 칠흑보다 더 깜깜하고 숨이 막혔다. 가까스로 정신이 들었을 때는 너덜너덜 찢어진 가슴 사이로 황량한 사막의 모래바람이 불어댔다. 한 번 달라붙은 더러운 눈초리는 끈덕지게 소녀를 옭아맸다. 소녀는 자퇴했으나 상처는 깊게 똬리를 틀었다. 내상은 맥없이 죽음을 동경하는 정신을 좀먹는 병이었다.

수는 물리적인 상처를 지우려고 타투 숍을 찾는 고객들이 몹시 부럽다. 어느 날, 30대 후반쯤의 여자가 들어섰다. 볼이 통통하고 속눈썹이 긴 여자는 무척 사랑스러운 타입이었다. 여자는 천장을 보고 바로 누워서 배꼽 아래를 서슴없이 열었다. 얄쯉하고 가느다란 가로 흉터가 선명했다. 제왕절개 자국이었다.

예쁜 그림으로 지워 주세요.

혹시 원하는 이미지라도 있어요? 생각해둔 거나, 하고 싶은 어떤 그림이라도 좋아요.

상큼한 걸 좋아해요. 그러니까, 풀잎 같은 건 어때요? 아침 이슬이 방울방울 맺히면 더 좋겠는데…….

여자가 빙긋 웃었다. 단정한 하얀 앞니가 상큼했다. 수는 몇 가지 색상을 살펴보고 나서 연두색과 오렌지색을 낙점했다. 연둣빛 이파리에 엷은 오렌지 물방울을 뚝뚝 떨어뜨릴 심사였다. 수는 한 손으로 여자의 아랫배를 가만히 쓸어보았다. 시술을 하기 전에 수는 습관적으로 흉터를 쓸어보곤 한다. 처음 한동안은 우둘투둘한 흉터가 손끝에 닿기만 해도 가슴이 벌렁거렸다. 아니 섬뜩하기조차 했다. 시간이 지나면서 그러한 느낌은커녕 오히려 마음이 갔다. 흉터는 말끔히 지워졌어요. 산뜻하고 예쁜 타투처럼 사세요. 흉터를 쓰다듬으면서 절로 주문을 외곤 했다. 어쩌면 스스로에게 하는 다짐인지도 몰랐다. 매끈한 맨살에 그린 타투보다 흉터를 딛고 피어난 타투가 진정 더 아름답게 보였다. 시각적인 아름다움보다 상처가 치유된 아름다움이 근원적인 타투의 생명력이라고 생각되었다. 수는 완성된 타투를 볼 때마다 뿌듯했다. '타투이스트는 의술까지 겸비한 예술인이다.'라는 말이 빈 말이 아니었다. 어떤 때는 우쭐한 기분에 어깨를 초싹거리기도 했다. 수는 자기 몸 여기저기에 스스로 직접 타투를 수놓았다. 비록 소품이지만. 맨살에 그렸는데도 깜빡 흉터를 덮은 타투로 착각을 한다. 수는 홀연히 깨달았다. 고객의 타투가 결국에는 자기를 위무해주고 있다는 것을.

야, 덥다 더워. 널 보자마자 갑자기 숨이 턱 막힌다. 아유, 그 스카프 좀 풀어라. 목에 흉터도 없으면서, 대체 왜 그러냐? 네가 무슬림 아닌 게 천만다행이다. 맨날 부르카나 입고 다니는 꼬락서닐 상상만 해도, 으으…….

주리는 대놓고 수를 타박하기 일쑤였다. 수는 워낙 남의 이목 따위에 신경 쓰는 타입이 아니다. 한여름에도 발목까지 내려오는 스커트나 바지를 선호하고 상의도 긴팔을 고집한다. 그냥 맨살을 드러내고 싶지 않아서. 딱히 원인을 밝혀야 한다면, 혹 십대 때의 암묵적인 상처의 후유증이랄까. 학과 엠티를 갔던 때도 그랬다. 그와 비슷한 맥락으로 공동 샤워실에서 엉뚱한 다툼이 벌어졌다.

주리와 수는 나란히 샤워를 하던 중이었다. 주리가 수의 나신을 슬쩍 훑어본다 싶더니, 재재거렸다.

와우, 몸매 완전 죽이는데? 피부 톤도 끝내주고. 보티첼리의 명화가 따로 없네요. 세상 남자들 다 죽었네, 죽었어. 이런 몸짱 언니를 몰라보고 말이야.

야, 뭐야? 너 죽을래? 입 닫아!

어이구, 깜짝이야. 웬 비명? 내가 뭐 못할 말 했어?

그래, 완전 틀렸어. 쓸데없는 소리 나불나불, 사람 놀리지 말란 말이야!

뭐? 너 정말 그렇게밖에 말 못해?

수는 그만 울컥해 도끼눈을 하고 소리를 내질렀다. 주리가 질세라 맞대응을 하는 바람에 서로 감정이 격앙되고 말았다. 물론 수는 잘 알고 있었다. 주리는 왈왈거리는 성격이 아니다. 비아냥거리는 것도 아니다. 주리는 그저 농담을 했을 뿐이다. 수는 자기의 과민 반응에도 불구하고 끝내 주리에게 사과하지 않았다.

수는 언제부턴가 노출 기피증에 걸린 사람처럼 행동했다. 맨살이 드러나면 왠지 모를 수치심이 올라왔다. 타투가 유효한 방편일 줄이야. 실습 삼아 자기 몸에 타투를 그린 게 아니었다. 지금도 마음이 불안할 때면 몸에 새겨놓은 타투를 들여다본다. 손등 바깥쪽의 자잘한 별, 손목 안쪽의 초승달, 발등 위의 바나나와 사과, 발목굴의 국화 등등. 자그마한 형상의 타투는 희한하게 마음을 달래준다. 비둘기처럼 평화의 전령사다.

아침부터 비가 추적주적 내렸다. 습도가 높은 탓인지 기분마저 우중충한 오후, 숍의 문이 열렸다. 몸이 호리호리한 아가씨는 모델 지망생이었다. 그녀는 대담하게 양쪽 엉덩이에 타투를 원했다.

제가 이래 봬도 몸이 우아한 여자예요. 거울 앞에만 서면

절로 우쭐해진다니까요?

그녀는 나르시시즘에 빠진 철부지였다. 수는 그녀의 탱탱한 엉덩이를 한 번 매만지고 나서 드로잉을 시작했다. 우울했던 기분이 단숨에 환해졌다. 자기 몸을 맘껏 뽐내는 천진난만한 모습이 예뻐 보였다. 늘씬한 몸을 더 도두뵈게 할 타투를 그려주고 싶었다. 일주일이 지났다. 그녀의 탱글탱글한 엉덩이 한가운데에 눈부신 분홍 장미가 활짝 피어났다. 그녀는 뒷거울을 통해 쌍으로 그려진 분홍 장미를 확인하고서 깔깔대며 엉덩이를 흔들었다. 분홍 장미도 흔들흔들 춤을 추었다. 나르시시즘이 때로는 타인의 마음을 달래주는 특효약이기도 했다.

수는 전시장을 나온다. 전시장과는 사뭇 다른 밖의 열기에 금세 숨이 차오른다. 먼저 나온 관람객들이 총총히 걸음을 재촉한다. 수도 서둘러 거리로 나서지만, 머릿속엔 여전히 전시장이 맴돈다. 유쾌하게 웃던 나나를 떠올린다. 그 웃음에 가려진 울음에 대한 생각이 뒤따른다. 웃음이든 울음이든, 오롯이 나나의 몫일까. 돌연 스스럼없이 수영복을 입은 나나가 앞서 걸어간다. 화려한 총천연색 원피스 수영복이 오동통한 몸매를 자랑스레 드러낸다. 나나는 날렵하게 행인들을 제치고 달려가다가 한순간 공중으로 부상한다. 나나가 바람을 타고 두둥실 떠간다. 수는 행여 나나를 놓칠까 봐 눈도 깜박이지 않고 쫓아간다.

수는 나나처럼 자유로이 부상하는 꿈을 꾼다. 수는 지금 추락하고 있다. 이미 무기력하게 추락했다. 벌써 한 달이 훌쩍 넘었다. 깜찍한 아이들에게 당한 돌발 사고였다.

진홍색 립스틱에 버젓이 하이힐을 신고 찾아온 세 명 모두가 미성년자였다. 철저히 계획하고 준비한 고수들을 무슨 수로 피한단 말인가. 누구를 탓할 것도 아니다. 깜찍한 변신에 깜박 속은 사람이 멍청이다. 그들은 서로서로 영원한 우정이니 뭐니 하며 함부로 짓까불었다. 타투는 원본까지 가져와 그 누구보다도 까다롭게 굴었다.

수는 제각각 등 중앙부에 똑같은 기하학적 가로무늬를 새겼다. 그들이 가져온 원본을 한 치의 오차 없이 살려낸 타투였다. 그들은 대만족이었다. 수도 만족했다. 적어도 그들의 어머니라는 여자들이 숍에 들이닥치기 전까지는.

여자들은 막무가내로 입에 거품을 물고 덤벼들었다. 숍이라도 때려 부술 기세였다. 실제로 한 여자는 침대를 걷어차고 물감 상자를 내동댕이쳤다. 수는 한마디 변명조차 못한 채 쩔쩔맸다. 결국 훌쩍거리며 쏟아낸 읍소도 무용지물이었다. 수는 실수를 인정하고, 반 년 동안 모아둔 수입금을 합의금으로 내놓았다. 허탈했다. 내친김에 당분간 쉬고 싶었다. 사건을 잘 가말았는데 불필요한 짓이라고 사부와 주리가 펄펄 뛰었다. 수는 일단 숍의 문을 닫았다.

수는 버스 정류장에 설치된 전광판을 올려다본다. 집 쪽으로 가는 버스가 도착하려면 8분을 기다려야 한다. 멀뚱히 서서 기다리기보다는 다음 정류장까지 걸어가 볼까. 수는 정류장을 벗어나 천천히 발을 옮긴다. 거리를 질주하는 차들의 소음이 만만찮다. 꼭 전시장에 가보라고 한 사부의 언질이 소음을 뚫고 들려온다. 반 강압적인 무뚝뚝한 말투도 새삼 가슴을 울린다. 사부는 수는 일으키려고, 숍의 문을 다시 열게 하려고 전시회를 보인 것이었다. 나나의 존재를 소개한 것이었다.

수는 밑그림을 그리는 자세로 나나의 첫인상을 더듬어본다. 뭐니 뭐니 해도 나나는 독창적인 외모의 화신이다. 그렇더라도 사부가 나나의 옷, 몸매, 동작 등의 독특한 외모에만 치중했을 리는 없다. 보이는 게 전부가 아니라는 것을 수는 전시회장에서 니키의 과거사와 연관해 보지 않았는가. 사부는 나나의 어떤 점에 방점을 찍었을까. 수는 생각에 골몰한다. 문득 좀 전에 부상하던 나나의 모습이 뇌리를 스친다. 그 순간이 실제였던가, 가상이었던가. 빈 허공에 시선을 모으면서 수는 뭔지 모를 안타까움에 움찔한다. 어쨌든 수는 부상하는 나나를 똑똑히 눈에 담고 마음에도 저장했다. 그리고 지금, 수의 눈앞에는 나나가 없다.

수는 시선을 발끝에 떨어뜨리고 느릿느릿 발을 뗀다. 버즘 나무 가로수 그늘로 행인들의 발소리가 모인다. 버즘나무의 둥치가 굵은 만큼 튼실해 보인다. 어떤 강풍에도 끄떡없지 싶 다. 지금 저 모습만으로도 돋보이지만, 만일 타투를 한다면 색다른 눈길을 끌 것이다. 어떤 타투로 꾸며야 할까. 수의 마 음자리는 어느덧 초심으로 돌아간다. 아무래도 구체적인 사 물을 그리기보다는 추상적인 타투가 어울릴 것 같다. 추상적 인 타투의 성향은 대체로 선명하고 화려하다. 전시장의 나나 처럼. 나나에게도 전신 타투를 할 수 있다면……. 수와는 절 대적으로 차원이 다른, 니키만의 유일한 타투의 탄생이다. 니 키에게도 타투는 예술 작업의 일환으로 이루어질 것이다. 수 는 니키가 뛰어드는 타투의 세계를 엿본다. 역시 니키는 당당 하다. 몸을 은닉하려는 얄팍한 수단이 아니다. 몸을 과시하려 는 뚜렷한 목표의 성과물이 니키의 타투다. 니키의 불행했던 시절, 그 역경을 되돌아본다. 아버지의 성적 학대, 예상치 못 한 임신과 출산, 우울증과 자학, 정신병원 입원……. 그 지독 한 상처와 맞닿은 나나의 의기양양함을 고수하는 것이다. 아 니다. 의기양양함으로 충분하다. 사막에서 피어난 고귀한 꽃 으로 충분하다. 수는 고개를 들어올린다. 버즘나무 잎이 햇빛 에 빤들거린다. 잠시 엉뚱한 생각에 빠져 있었다. 괜한 버즘 나무에 타투를 입혔다가 나나까지 끌어들였다.

저만치 버스 정류장이 보인다. 수는 아직도 푸른빛이 감도는 하늘을 쳐다본다. 겨울이라면 벌써 어둑발이 들었을 시간대다. 수는 목에 두른 스카프를 만지작거린다. 풀어버릴까 말까 망설인다. 수는 스카프의 한쪽 끝을 놓아버리며 픽, 웃는다. 수는 웃음을 물고 버스에 오른다.

*

예약한 커플 고객이 올 때까지 30분쯤 여유가 있다. 수는 일단 녹색과 겨자색 컬러 잉크를 꺼낸다. 첫눈에 호감이 갔던 커플 고객은 결혼을 석 달 남짓 앞둔 예비부부다. 심심찮게 연인들이 찾아오긴 해도 예비부부는 처음이었다. 수는 그들 앞에 포트폴리오를 한 장 한 장 펼쳐 보였다. 연인들은 대개 취향이 비슷하다. 서로의 애정 밀도를 과시하려고 같은 부위에 같은 레터링이나 그림을 요구한다. 흔히 선호하는 문양은 새나 꽃 종류다. 그것들은 보통 시술에 앞서 드로잉을 통해 도안 작업을 하는데, 완성까지는 대략 일주일이 걸린다. 남자가 포트폴리오를 들여다보다가 여자를 바라보았다.

레터링은 어때?

어머, 나도 지금 막 레터링을 생각했는데…….

두 사람이 동시에 수를 향해 고개를 돌렸다. 수는 두 사람과 번갈아 눈을 맞추면서 넌지시 물었다.

혹시 하고 싶은 문구가 있어요?

'메멘토 모리(memento mori)', 죽음을 기억하라.

남자가 선뜻 한마디 한마디에 악센트를 주면서 또박또박 답했다. 의외의 문구였다. 한창 초콜릿처럼 달달한 사랑이 피어날 때에 죽음이라니.

메멘토 모리?

여자는 의아한 표정을 짓다가 이내 입꼬리를 당기며 남자의 답을 거들었다.

좋아요. 글자 앞에 귀여운 하트 문양은 어때요? 하트는 녹색, 글씨는 겨자색으로 하구요. 그리고 레터링은 발등에서 발목 쪽으로, 세로로 해요.

와우, 괜찮은데요? 개성 만점의 독특한 타투가 나오겠어요.

수가 짧은 박수를 치며 그들의 제안에 찬사를 보냈다. 그런 문구를 새긴 고객은 여태 한 명도 없었다. 커플들은 각별히 사랑의 메시지를 선호했다. 사랑에 대한 주문이나 맹세, 사랑의 힘을 미화하거나 과장하는 문구 위주였다. 예비부부가 간 뒤에도 한동안 '메멘토 모리'가 수의 머릿속에서 맴돌았다.

대학 새내기 시절의 교양 국어 시간이었다. 교수는 '이별'을 제목으로 산문이나 시를 써 보자고 했다. 글쓰기에 앞서 교수는 이별의 의미를 다각도로 풀이해나갔다. 그 과정에서 '죽음'

이 한 자리를 차지했다. '삶에서 가장 확실한 사실은 죽음입니다. 결코 체험할 수는 없지만.' 가슴이 철렁했다. 거대한 바위가 가슴팍에 쿵 떨어지는 느낌이랄까. 온몸에 소름이 쫙 끼쳤다. 별안간 까마득한 한때의 시간이 검은 날개를 파닥거리며 복기되었다. 그 시간은 수가 겨우겨우 건너온 치욕의 시간 뒤에 일어났다. 그 시간은 죽음에 집착하던, 더 나아가 죽음과 살의가 공존하면서 집요하게 수를 옥죄던 한때였다. 바로 이별의 시간이었다.

밤은 세상의 모든 물상이 숨을 죽이는, 어둠과 혼돈과 적막의 시·공간이었다. 오직 소녀만이 홀로 깨어 밤을 견뎠다. 소녀는 진지했다. 밤이면 밤마다 은밀하게 자살을 탐구하고 살인을 꿈꾸었다. 자살과 살인은 손등과 손바닥이었다. 마침내 소녀는 간단하면서도 명료한 해법을 구했다. 총이 필요했다. 방아쇠만 한 번 당기면 자기의 세상이 종결된다는 확신이 섰다. 머릿속에서 밤낮으로 날카로운 총성이 울리기 시작했다.

토요일 밤이었다. 우연히 티브이 명화 극장에서 '디어 헌터'를 시청했다. 장면 장면이 급박하게 돌아갔다. 한순간도 놓칠 수 없는 긴장감의 연속이었다. 전쟁은 곧 총성이었다. 그동안 줄기차게 머릿속을 지배하던 총성이 지겹도록 울리면서 파편을 날렸다. 긴장감은 또 다른 긴장감을 일으켰다. 생사는 절대로 단칼에 이분될 수 없는 관계였다. 심정지와 뇌사가 오지 않는 한, 인간은 죽음의 고통 속에서 허덕였다.

정상적인 인간이 어떻게 비정상적인 인간이 되는가, 소녀는 주도면밀하게 지켜보았다. 난생처음 보는 러시안 룰렛 장면이 화면을 갈가리 찢었다. 적을 향한 총구와 나를 향한 총구는 애오라지 하나였다. 적을 죽이지 않으면 반드시 내가 죽었다. 잔인한 악마의 화신이었다. 소녀는 경악했다. 그 공포의 게임에서 소녀는 새로운 세계에 눈을 떴다. 상상과 실상의 괴리감…… 소녀는 죽음과 살인의 유혹으로부터 벗어났다. 우울증을 털어 버리고 자유로워졌다.

수는 남자의 발등에 타투를 하기 시작한다. 애써 담담해지려고 심호흡을 하면서 마음을 도스른다. 사실 지금도 남자의 몸에 타투를 하는 것이 좀 불편하다. 처음보다는 부담감이 많이 가셨으나 말끔하게 걷어내지는 못했다. 사부의 숍에서는 물론, 자기의 숍을 차리고서도 한 2년 정도는 완강하게 남자 고객을 받지 않았다.

도대체 뭐가 문제야? 그림만 잘 그린다고, 색감이 뛰어나다고 타투이스트가 되는 줄 알아? 마음이 첫째란 말이야. 넌, 너무 경직돼 있어. 철문에 자물쇠까지 채워져 있는 게 바로 네 모습이라고! 가슴을 활짝 열어젖혀 봐. 넌, 사람을 사랑할 줄 몰라. 일단 네 자신부터 사랑하는 연습을 해 보라고.

사부는 말끝에 불쑥 한쪽 어깨를 드러내 보였다. 타투였다.

나뭇가지가 쌍으로 얽힌 측백나무 타투라니. 햇빛이 비치면 금방이라도 싱싱한 갈매색 이파리가 반짝반짝 빛날 것 같았다.

혹시 너도 퀴어냐? 아니, 절대 아니다. 그렇다면 더더욱 네 태도가 설명 불가능이지.

사부는 무람없이 자문자답한 뒤에 다른 쪽 어깨를 수 앞에 들이밀었다. 순백색의 도화지 같은 맨살이었다.

편견 따위는 쓰레기통에나 버리고, 네 맘대로 뭐라도 그려보란 말이야. 난 아무 상관없으니까.

수는 사부의 눈길을 개어 담으면서도 끝내 따르지 않았다. 그때는 몰랐다. 사부가 숍의 첫 번째 남자 고객이 될 줄은. 사부는 수의 숍에 들러 그때처럼 스스럼없이 빈 어깨를 내놓았다. 아마추어가 아닌 프로페셔널로서 거절할 까닭도 방도도 없었다. 수는 어깨 뒤쪽에 오백 원 동전 크기의 동그라미를 그리고 한자로 쓴 력(力)으로 동그라미를 채웠다. 검정 잉크만으로 그린 지극히 평범한 레터링이었다. 손이 떨리지는 않았는데 진땀이 났다. 만일 사부가 퀴어가 아니었다면 어땠을까. 수는 돌연 얼굴이 화끈거린다.

지난해 여름, 주리와 수는 티브이 화면으로 러시아 월드컵 경기를 보았다. 둘은 매 순간마다 환호성을 질렀다. 경기 내용 탓이 아니었다. 선수들의 팔다리를 뒤덮은 현란한 타투에 정신을 빼앗길 지경이었다. 감동을 가뿐히 넘어 마음이 뭉클했다. 해외 스포츠 선수들이 전 세계적으로 타투의 장벽을 낮춘 것은 사실이다. 역동적인 축구 선수들과 타투는 불가분의 관계였다. 남성성을 대변해주는 최고의 무기랄까. 수는 까마득히 잠재해 있던 자기만의 한 세계가 눈에 잡히는 듯했다. 역시 타투는 타투이스트인 수를 구제하는 최고의 선물이었다.

야, 뭘 그리 골똘히 생각해?

흥분이 채 가라앉지 않은 주리의 목소리에 수는 정신이 번쩍 들었다. 양팔을 타투로 도배한 선수가 힘차게 드리블을 하면서 방향 전환을 했다. 상대편 선수 두 명이 따라 붙었다. 수는 타투한 선수를 주시하느라 주리의 말은 무시했다.

한쪽에서 남자를 지켜보던 여자가 슬금슬금 다가온다. 여자가 슬쩍 남자의 손을 잡는다. 수는 순간 움찔하지만, 긴장을 늦추지 않는다. 타투가 완성될 때까지는 머리도 마음도 비워야 하는 법이다. 특히 입을 떼는 일을 금기시한다. 수는 드디어 하트 모양을 매끈하게 마감한다.

수는 생수를 한 컵 들이켜고서 지그시 눈을 감는다. 타투를 마치고 나면 늘 기분 좋게 온 몸이 나른하다. 캔버스에 마지막 붓질을 하고 난 뒤처럼. 요즈음 수는 이 마감 시간을 즐기는 데에 익숙하다. 소리 없이 마른세수를 한 번 하는데, 뜬금없이 나나가 보고 싶다. 나나가 그립다. 이런저런 나나 가운데 총천연색의 나나를 사진 촬영하듯 한번 그려보고 싶다. 인기척이 난다. 주홍 머리칼, 초록 입술, 노랑 빨강 하양색 모자 이크 코의 나나가 검고 파란 짝짝이 눈을 활짝 뜨고 수를 바라본다. 수는 미소를 머금고 나나 쪽으로 향한다. 이제 보니 통나무 허벅지가 일품이다. 활력이 넘친다. 매력적인 나의 나나, 사랑해요.

수는 캔버스에 나나의 초상화를 그리기 시작한다.

2020년, 그해 4월

어때? 사는 게 좀 그렇지? 흔들려? 무미건조해? 딱 멈추면 어떨까?

스톱! 여기까지만.

나는 그만 도리머리를 합니다. 더 귀를 기울여봐야 거기서 거기인 말만 계속될 게 뻔합니다. 물론 내가 대꾸할 의무는 없지요. 게다가 목적지인 저수지가 저만치 희미하게 보이기 시작하네요. 저수지 도착 전에 머리를 말끔히 비우고도 싶습니다.

사는 게 버겁지?

또다시 귓속에서 환청이 윙윙거립니다. 나는 참 지지리도 어리석은 인간입니다. 저 목소리를 듣겠다, 듣지 않겠다, 스스로 선택 조정하려고 하다니요. 내 의지와는 철저히 무관한 소리라는 것을 잠깐 망각했습니다. 소리의 비롯은 이명인데요. 쌰아아 쌰아아 파도에 씻기는 모래 소리에, 싸그르륵 싸그르륵 바람에 부대끼는 댓잎 소리에, 매애앰 매애앰 떼로 울어대는 매미 소리……. 나는 이명에 시달리다 못해 나름대로 이명을 내 식으로 규명했지요. 의식을 야금야금 갉아먹는 좀벌레가 바로 이명이라고요. 내 의식의 부분 부분이 이명을 통해 구멍나는 게 사실이니까요. 그런데 말입니다. 이명이 점점 진화를 하고 있다는 생각이 드는 겁니다. 아무런 의미 없는 소음에서 간혹 그럴 듯한 질문을 해대니까요. 살가운 느낌이긴 해도 제법 정곡을 찌르는 걸 보면 보통은 아니지요.

어제, 나는 아버지와 참담한 영결식을 치렀습니다. 유례없는 장례식이었지요. 조문객 한 사람 없는 빈소에서 아버지는 두꺼운 비닐에 감싸이고, 나는 방호복에 파묻혔지요. 나는 방호복 탓에 손가락 하나 까딱할 수 없었습니다. 차갑게 굳어버린 아버지의 시신처럼 내 온몸이 마비되어 가는 듯한 그 순간에도 속닥거리는 말이 있었지요. 그때만큼은 분명히 흔들리는 내 의식을 깨워주는 말이었습니다. 삶을 내던지지 말라고. 아, 아버지. 행여 아버지의 소리였을까요?

아스라이 푸르스름한 빛이 보입니다. 물빛, 저수지 물빛입니다. 하지만 뭔가 낌새가 이상합니다. 푸르스름한 물빛이라니요. 지금 이곳은 사방이 온통 잿빛인데요. 세상은 오직 한 가지 색채뿐이라는 걸 증명이라도 하는 것처럼. 그렇군요. 관념의 허울을 둘러쓴 착각이었네요. 하기야 잿빛이면 어떻고 푸른빛이면 어떻습니까. 나는 바지런히 발을 놀립니다. 하늘엔 짙은 구름이 모포처럼 깔려 폭우라도 쏟아질 기세입니다. 저수지가 꽤 드넓네요. 저수지와 하늘이 맞닿아 그 경계선이 뭉개졌군요. 더 빠른 속도로 더 큰 보폭으로 걸음을 재촉합니다. 저수지 저 건너편에서 누군가가 손짓을 하네요.

아버지? 아버지가 뭔가를 알아챘다는 듯 서두릅니다. 맥없이 누워 있던, 동공이 풀린 자태가 아닙니다. 비록 표정은 보이지 않지만, 익숙한 몸놀림으로 성큼성큼 걷습니다. 환영이라고요? 아닙니다. 저렇듯 선명하고, 생생한 기운까지 느껴지는 환영이 있을까요?

나는 정말 몰랐습니다. 중국 우한발 바이러스니 코로나19 바이러스니 떠들썩해도 그저 독감 정도로 단순하게 받아들였지요. 우주여행은 물론 우주 가이드 운운하는 시대에 저깟 바이러스쯤이야, 콧방귀를 뀌었습니다. 전 세계가 우왕좌왕 초를 다투며 백신과 치료약에 매달려도 먼 일로 여겼습니다. 아버지가 직격탄을 맞을 줄은 몰랐지요. 감염된 지 한 달도 못 되어 생명의 끈을 놓아버릴 줄은 더더욱 몰랐지요. 아버지는 병원은 큰 건물이구나 하면서 아파도 병원은 나몰라라 하고 평생을 살아왔는데요. 졸지에 74년 인생이 가뭇없이 스러졌습니다. 이제 아버지는 이 세상이 아닌 저세상, 죽음의 세계에서만 존재합니다. 나는 여기 이렇게 있는데요. 아버지의 나이로 견주어 봐, 나는 살아온 세월만큼의 삶이 더 보장된 서른여섯입니다. 연극판에서 배우를 하다가 연출도 해봤고, 지금은 여행판에서 해외여행 가이드로 살아가지요. 제대로 안착도 못한 어정쩡한 삶인데도 바이러스에 감염되지 않아 다행인가요? 아버지의 그늘 없이 홀로 부대껴야 하는 삶이니 불행인가요?

아버지와 나에겐 두 사람만의 공통분모가 있었지요. 아무리 맞선다 해도 결코 쓰러지지 않는 혈육이라는 생명의 뿌리, 삶의 원천. 그 공통분모가 산산조각 났습니다. 아직은 아니라고요? 그럴는지도 모릅니다. 우리는 아직 요단강가에서 서로를 바라보고 있지요. 하지만 요단강이 보이지 않을 날이 시시각각 다가오고, 결국 나는 내쳐질 테지요. 햇빛 한 점 없는 첩첩산중이나 태양이 불타는 뜨거운 사막으로. 더없이 황망하고 허전허전한 이 마음을 표현할 길이 없습니다.

마침내 저수지가 윤곽을 드러냅니다. 흐릿한 시야에 정신까지 어득어득해집니다. 가슴은 여전히 두근거리고요. 눈을 질끈 감아도 보고, 심호흡도 몇 번이나 시도해봅니다. 눈을 홉뜨고 정강이에 힘도 줍니다. 어느새 저수지의 민얼굴이 훤히 드러나는 데까지 왔네요. 물빛이라는 말이 무색할 정도로 칙칙한 흙탕물입니다. 그래도 나는 만족하지요. 어쨌거나 저수지의 물이면 됐습니다. 어서 빨리 한 움큼 담뿍 움켜쥐어야지요. 그날, 물속에 담그지 않았던 손을 맘껏 담그고 씻어봐야지요. 그때는 무슨 배짱으로 통나무처럼 떡 버티고 서 있었을까요? 지지리도 못난 놈이 잘난 척한 것일까요? 쪼그려 앉은 아버지 곁에 다소곳이 앉았더라면…… 아닙니다. 십상 무릎을 꿇고 고개를 숙여야 마땅했지요. 되았어, 이놈아. 아버지는 옹이투성이인 거친 손으로 흔쾌히 내 등을 토닥토닥 두드렸을 텐데요.

물가에 꿇어앉습니다. 한 생각을 멈추고, 한 생각을 끄집어 올립니다. 나는 양손으로 찰싹찰싹 수면을 칩니다. 종일 햇볕에 그을린 아버지의 주름살투성이 얼굴 위로 물방울이 튑니다. 아버지의 시선이 저수지 밑바닥으로 잠수합니다.

나는 똑바로 아버지와 눈을 맞추지 못하고 힐금거렸습니다. 앙바틈한 체구의 아버지. 한 바쿠 돌아보자. 아버지는 한 마디를 하고 성큼 앞장섰습니다. 저수지를 한 바퀴 도는 데에 족히 40분은 걸렸을까요? 저수지 돌기는 거역할 수 없는 전초전이었지요. 아버지는 걷다가 몇 번인가 주저앉아 손을 씻곤 했습니다. 나를 설득하려니 손에 땀이 끈적였을까요? 아니면 화가 끓어올라 가슴팍에 물세례라도 할 요량이었을까요? 워낙 아버지는 불뚝심지를 부르는 왈왈한 성질을 내놓고 살았지요.

한 바퀴를 거의 돌았을 즈음에 아버지가 풀밭에 털썩 주저앉았습니다. 나도 발을 멈출 수밖에요. 걸을 때는 잘 몰랐는데, 거리를 유지하며 멀뚱히 서 있으려니 영 어색하더군요. 슬금슬금 아버지 쪽으로 발을 밀었지요. 아버지의 눈길이 멀리 수면에 가닿았어요. 가만히 아버지의 눈길을 좇는데, 야릇하게도 마음이 평온해져 왔습니다. 발끝에서부터 머리끝까지 뭔가가 촉촉이 차오르는 듯도 하고요. 잔잔한 물이 지닌 미덕, 그 느낌의 파장이 하나하나 몸에 번져나더군요. 어린 시절, 염소 새끼를 품에 안고 두둥실 떠다니는 뭉게구름을 쳐다볼 때처럼 푸근했지요. 나는 그날 이후로 늘 가슴속에 물을 품게 되었지요. 웅덩이, 샘, 개울, 강, 폭포, 바다……. 끈덕진 대치에서 내가 승리를 할 것만 같았지요. 생각해 보니 날씨까지 발 벗고 나서 주었는데요. 꼭 이맘때군요. 부드러운 봄볕, 눈부신 하얀 이팝꽃, 반짝이는 윤슬……. 그리고 내 감성의 한 언저리도 한몫을 했습니다. 아버지의 굽은 등이 그 순간 왜 눈에 띄었을까요? 그만 울컥 치받치는데, 괜히 서글프고 우울해지는 겁니다. 화해할 수 있는 절호의 기회가 온 것이지요. 용기를 내어 아버지 곁에 바투 다가섰지요. 막 무릎을 구부리고 앉아 입을 열려는 찰나였습니다.

위째, 한 바쿠 삥 걸어봉게 생각이란 걸 쬐까라도 허게 돼 드냐? 생각해 봤어?

툭 내뱉는 아버지의 일성이 허공을 갈랐습니다. 잠잠하던 수면이 태풍이라도 만난 것처럼 심하게 요동쳤던가요? 수면 은 잠잠했는데, 내 심장의 피가 용솟음쳤지요. 역시 급히 쓴 각본은 역부족이었습니다. 무대에 올리지 못했지요. 아버지 의 물음이 내 고백보다 발 빨랐다고 한다면 핑계일까요? 나 는 웅어리진 속내를 풀어내는 데에 실패했습니다. 파투난 마 음에 한 술 더 떴습니다. 공연히 헛방놓았지요.

생각이라니요? 아버진 내가 그렇게 생각조차 없는 놈으로 보인다, 이겁니까?

뭐여? 맹 삘지꺼리만 흐고 댕기는 놈이! 말뽄새 조까 보 소⋯⋯. 긍께 니놈은 안 돼야. 당최 틀려묵었어. 애비 말꼬리 나 잡어싼디 되것어? 니놈한테는 염소도 아까와. 니놈이 염 소를 친다문 염소만 불쌍헌 거여.

아버지는 세모눈을 하고 벌떡 일어났습니다. 벌겋게 달아 오른 얼굴로 등을 꼿꼿이 세우고 홀연히 앞서 갔습니다. 무슨 축지법을 쓰는 도인처럼 말입니다. 울근불근한 심사를 있는 대로 내보였지요. 나는 아버지의 뒷모습만 바라보다가 반대 방향으로 몸을 틀고 냅다 달렸지요. 아버지를 꼭 닮은 불뚝성 을 어쩌겠어요? 아버지에게 내달려 허리 잡기라도 해봐야 했는데요. 씁쓸한 그날의 풍경에 마음이 아립니다. 정녕 그때 그 시간으로 되돌아갈 방법은 없겠지요? 돌이킬 수 없는 그 시간이 날카로운 흉기가 되어 가슴을 후빕니다.

　나는 끝내 아버지의 말을 묵살한 채 마음을 다잡고 집을 떠났습니다. 작정했던 길, 무일푼으로 상경했지요. 모스크바에서 유학을 마치고 돌아왔으니 재도전은 필수가 아닌가요? 아버지는 대학 진학 때부터 다짜고짜 내 꿈을 무시했는데요. 헛바람만 잔뜩 든 어린애라나요? 티브이 탤런트나 영화배우를 꿈꾼다 해도 끔찍하다고 했던가요? 생소한 연극배우는 솔직히 사람 취급도 안하더라고요. 아무튼 그때나 저때나 윽박지르는 데 이골이 난 아버지는 아예 내 말에 귀를 닫았습니다. 아버지가 현명하다는 것을 깨닫는 데는 오랜 시간이 필요하지 않더군요. 삶은 호락호락 만만치 않았지요. 울퉁불퉁한 변수와 힘센 복병이 호시탐탐 덤벼드는데⋯⋯. 오죽하면 한때는 다 팽개치고 염소나 키워볼까 하는 생각까지 해봤겠습니까. 태생이 순한 염소는 충분히 가능할 것 같았지요. 하지만 막상 100마리 넘는 염소가 아른거리니 더럭 겁부터 나더군요. 먹성이 좋은 그놈들을 어떻게 해? 그 많은 풀과 사료를? 염소의 배를 채울 먹을거리가 발목을 잡았습니다. 다 핑계이고요. 실은 매일 날파람나게 일만 하는 아버지 때문에, 내가 아버지 같은 신세가 될까 봐요. 아버지 모습에 자꾸 내 모습이 겹쳐 보였지요. 나는 생각만으로도 진저리를 치면서 두 손을 들었던 겁니다. 염소뿐만 아니라 닭도 트랙터도 다 헛꿈이라고 못을 박았습니다. 하릴없는 천둥벌거숭이었지요.

풀이 무성합니다. 온통 초록 세상입니다. 이런 짙은 초록색은 여름빛이지요. 벌써 봄은 여름에 잠식되었나 봅니다. 물가에 바짝 붙은 소로는 아예 풀밭입니다. 어디가 어디인지 그냥 어림짐작으로 발을 디딥니다. 그동안 사람들의 발길이 뚝 끊겼다는 표시입니다. 풀들이 바짓가랑이를 휘감고 무릎까지 올라옵니다. 풀을 한 무더기 낚아채다가 화들짝 놀라 그만 손을 움츠립니다. 발갛게 달아오른 손바닥이 몹시 쓰라립니다. 야들야들해야 할 풀잎이 칼날처럼 위협적입니다. 갑자기 스산한 기운이 감돕니다. 풀잎마저 아버지와 나의 일상을 깨뜨립니다. 아닙니다. 잠깐 정신이 흐리마리했네요. 지금 여기에서 아버지와 나의 일상을 찾다니요. 아버지의 육신은 한 줌 가루로만 남겨졌는데요. 죄다 필요 없습니다. 죄다 봄꿈입니다. 내 유일한 소망은 어제의 그 괴이쩍은 상황을 그 이전으로 되돌리는 것입니다. 한 줌의 가루를 본래의 육신으로 회귀시키는 것뿐입니다.

아, 이마저도 다 부질없는 생각인가요? 아버지! 아버지! 목 놓아 불러야만 하는 현실을 나는 아직도 부정하고 있는가요? 아버지의 부재만이 진실입니다. 정확히 이틀하고 네 시간이니, 쉰두 시간 전입니다. 아버지가 버젓이 존재했던 때는.

한쪽으로 길 아닌 길이 있었네요. 위로만 사납게 뻗치던 풀 잎들이 헝클어진 채 납작납작 누워버렸습니다. 누군가가 지나간 자취입니다. 한 사람은 아니고, 적어도 서너 사람의 자국입니다. 그들의 발걸음 위에 내 발걸음을 보탭니다. 그때는 아버지 발걸음 위에 내 발걸음이 더해졌습니다. 극심한 무더위가 그날만큼은 꽃으로 가려졌습니다. 앞마당에 만발한 석류꽃을 필두로 온 마을이 꽃밭이었는데요. 마을이 작약 꽃밭인지, 작약 꽃밭이 마을인지 온통 꽃 바다였지요. 아버지 가슴은 활활 타는 불바다였겠지만.

이 오사헐 놈아, 애비는 너만 믿었어. 나는 말이여, 니를 나허고 띠어서 생각흔 적이 없어. 내가 지금 먼 잇속 땀시 너를 붙잡을라고 흐는 중 아냐? 니가 대학 간다고 헐 때맹키로 붙잡을라고 흐는 것은 아니란 말이여. 그때는 니놈 말맹키로 여길 떠나도 좋다고 생각혔어. 그치만 이젠 아니랑께. 이 애비는 니 한아시가 평생을 애지중지허던 땅에서 맴생이나 달구새끼만 키우고 살았어도, 후회는 안 혀. 그려, 백 번 양보허자. 연극인가 뭣인가를 허것다드만, 인자 뭐여? 세상을 싸돌아댕기것다고?

아버지, 제 인생입니다. 전 저대로 살겠다는 것뿐입니다. 전, 아버지도 아니고 염소도 아니란 말입니다.

뭐라고야? 니는 내가 아니라고? 내가 시방 니한테 나 대신 살어 달라고 흐냐? 글고, 내가 니한테 맴생이처럼 살라고 흐냐? 너 대학조까 나왔다고 지금 애비를 갈칠라고 흐냐? 니놈을 진즉 포기혔어야 헌다…….

아버지의 이글거리는 눈이 나를 노려봤습니다. 나는 말갈망을 못해 쩔쩔매다가 아버지와 눈빛이 부딪치니 울컥 화가 치밀 수밖에요. 주먹을 불끈 쥐면서 내뱉었습니다.

도저히 이해할 수 없어요, 아버지는. 더는 뭐라고 말하지 마세요!

이놈 보소? 워따가 눈을 치떠야? 숫제 애비를 무시하것다 이 말이제?

아버지는 우격다짐의 왕입니다. 엉뚱하게 내 눈까지 걸고 넘어졌지요. 아버지와 나의 반목은 뿌리 깊은 역사의 산물입니다. 나는 아버지에게 끌려다니는 염소가 되느니 차라리 죽겠다는 각오였지요. 인생은 B(Birth)와 D(Death) 사이의 C(Choice)다. 사르트르 선생의 말씀에 공감했지요.

니가 시방 니 꼬라지나 봄시로 말흐냐? 피죽도 못 얻어묵은 놈 면상을 허고선.

나는 그만 발을 멈추고 향방을 놓친 듯 우물쭈물 서성거립니다. 되살아난 아버지의 노기 띤 고성에 울컥합니다. 눈시울이 뜨거워지면서 시야가 뿌예집니다. 이대로 발을 떼다가는 자칫 헛디디기 십상이지요. 마음을 도스르고 한 발 한 발 조심히 걷습니다. 허깨비걸음이 나오면서 머리가 어질어질합니다. 아버지는 평생 자식들을 위해, 무엇보다도 아들인 나를 위해 죽을힘을 다했지요. 나는 악착같이 멧돼지처럼 내 앞만 보고 돌진했을 뿐입니다. 오로지 내 자신만을 위해 급급했습니다. 내 지난 시간을 단 한 시간만이라도 무르면 안 될까요?

아버지! 어디 계세요? 아버지!

아무리 눈을 씻어도 아버지는 보이지 않고, 자꾸 나만 혼자 들락날락합니다. 저만치 낚시꾼이 보입니다. 걸음이 날아가는 듯 빨라집니다. 저 낚시꾼의 모습에서 아버지의 모습을 본 걸까요? 언젠가 아버지의 낚시 도구를 보고 많이 의아했던 기억이 떠오릅니다.

니 아부지가 강태공들을 참말로 부러워했스야. 근디 낚싯대 둘러메고 나갈 짬이 나야 말이제. 원체 일복을 타고 난 양반이랑께. 이거 필요한 사람이 있것제?

창고 구석에 처박힌 먼지투성이 낚싯대를 꺼내면서 어머니가 궁시렁거렸지요. 새싹이 파릇파릇 고개를 내밀면 아버지도 궁시렁거렸습니다.

봄날에 하루를 쉬어뿔면 겨울에 열흘을 굶는 벱이제.

낚시꾼이 삼각 낚시 의자에 앉아 있네요. 뒤태가 한가하고 편안해 보입니다. 세 개의 낚싯대가 나란히 붕어의 입질을 기다리고 있습니다. 붉은색 찌가 얼핏 눈에 잡혔다가 흔들립니다. 수면의 흔들림에 따른 반사 작용인지 물고기의 입질인지 궁금합니다. 붉은 찌보다는 낚시꾼의 뒤태에 자꾸 눈이 갑니다. 왠지 신경이 쓰입니다. 아버지? 일순간 가슴이 마구 떨립니다. 뭐가 뭔지 시야가 흐트러지고 눈이 시려옵니다. 혹시 저 낚시꾼이 허상인가요? 허상은 낚시꾼이 아니라 아버지겠지요. 이미 존재 밖으로 떠났으니까요. 아닙니다. 존재 밖에 발을 담갔음에도 불구하고 존재합니다. 특별한 존재, 나한테만 애오라지 존재하는 것이지요. 존재하면서도 존재하지 않는 실상들이 여기저기 널려 있습니다.

WHO의 팬데믹이 선포되면서 우리 여행업계는 급속도로 얼어붙었습니다. 빙하기를 맞은 겁니다. 나라마다 빗장을 걸었지만, 사실 이 판국에 관광은 미친 짓이지요.

H 여행사를 찾아갔습니다. 출입문을 밀고 들어서자 물밑처럼 착 가라앉은 분위기, 싸했습니다. 직전에 들른 S 여행사나 K 여행사보다 훨씬 더 심각했지요. 기대했던 마지막 동아줄이 뚝 끊어지는 것 같았지요. K 여행사에는 네 사람이 있었는데, 둘은 가이드인 나와 비슷한 처지의 버스 기사였습니다. 가이드나 버스 기사는 정식 직원이 아니고 내방객입니다. H 여행사에는 딱 한 사람, 오 팀장만 뎅그러니 있었지요. 오 팀장과 나는 어색한 미소를 띠며 코로나 시대 악수로 주먹을 맞

대었지요. 나는 마스크를 벗고 믹스커피를 홀짝였습니다. 뜨거운 커피에도 자꾸 한기가 올라왔습니다. 오 팀장은 부스스한 머리칼을 쓸어 올릴 뿐, 말을 아꼈습니다. 나도 말없이 종이컵만 만지작거렸지요. 나는 머릿속으로 일련의 사태를 정리했습니다.

곳곳의 비상사태에서 단연 여행업계가 최악이다. 손꼽히는 여행사들이 몇십억 적자로 추락했다. 3월의 해외여행 상품 판매가 지난해에 비해 99% 급감했다. 업계의 예상 수치는 이번 달도 99.2% 감소다. 전 지구촌의 흐름이다. 중간급의 H 여행사도 문 닫기 일보 직전이다.

더는 정리할 사항이 없었지요. 하늘길이 꽁꽁 막혔다는 사실만 더 부각되겠지요. 그리고 그 어느 때보다 넓고 길게 펼쳐진 백수의 길. 내가 조만간 진입할 길이기도 했습니다. '프리랜서와 특수고용 노동자에게 3개월간 매달 50만 원씩 긴급고용안정지원금을 준다.' 정부에서 한 발표입니다. 소형여행사들에서 일감을 받아왔던 나는 경력증명서가 필요했지요. 설마? 불안감은 적중했습니다. 여행사는 대부분 문을 닫았고, 문이 열린 여행사도 문 닫기 일보 직전이더군요. 직원들이 무급 휴직에 들어갔으니 누가 증명서를 발급해 주겠어요? H 여행사마저도……. 여짓거리던 오 팀장이 말문을 텄습니다.

너무 무섭네. 첫 확진자가 나온 게 1월 20일, 맞나? 페스트가 소환된 듯 으스스해. 혹시 어제 나온 여행업 협회 자료 봤나? 지난달 23일까지 폐업한 국내·국외·일반여행사가 254군데라고 나와 있던데…….

완전 초토화네요.

나도 모르게 목소리가 커져서 어찌나 뻘쭘했던지요.

그래도 민우씬 행복한 줄 알아. 그동안 비행기 실컷 탔잖아?

오 팀장의 말에 문득 북유럽의 게이랑에르 피오르드가 아른거렸습니다.

와우! 내 심장 비명소리 들려? 역시 여행은 힐링이야, 그지? 사는 게 뭐 별거냐구. 가슴 떨릴 때, 그러니까 다리 떨리기 전에 실컷 돌아다니자.

나긋나긋한 여인의 목소리가 페리호의 갑판에 울려 퍼졌습니다. 장엄한 산과 거센 폭포, 푸른 초목……. 16킬로미터에 이르는 게이랑에르 피오르드는 언제 봐도 피오르드의 꽃다웠지요. 수직 절벽에서 떨어지는 장쾌한 폭포들은 경이롭다 못해 위대하다는 느낌까지 들더군요. 포토 존에서 일행들을 촬영하는데, 난데없이 비바람이 몰아쳤습니다. 쏜살같이 선실로 피했지요. 비가 내리치는 유리창 너머로 절벽 빙하가 지나가고, 저 멀리 설산 꼭대기가 보였습니다. 절로 감탄사를 내뿜는데, 돌연 초라한 한 줄기 폭포수가 시야를 가로막더군요. 한탄강가의 재인 폭포. 폭포 같지 않은, 미약한 물줄기 아래에 선 낯익은 두 사람. 아버지와 어머니였지요. 지난해 여름, 어머니의 칠순을 맞아 난생처음 모신 여행입니다.

와따, 영판 좋다. 긍게 저 웅뎅이는 물이 저렇코롬 높은 디서 떨어져갖꼬 생겼는갑다잉? 물빛이 참말로 고와뿌네.

어머니는 내내 함박웃음을 달고 폭포수에 풍덩 빠질 듯 즐거워했습니다. 아버지는 폭포 주변의 주상절리에 푹 빠졌지요. 위태롭게 지탱하고 있는 아찔한 암벽에라도 자칫 오를 태세였습니다. 초록 나뭇잎으로 덮인 하늘 밑에서 아버지가 빙그레 얼굴을 풀었지요.

진짜 좋다잉. 나뭇잎 새로 하늘이 손뽀닥맹큼만 보인다잉…….

나는 당장 그 자리에서 부모님의 해외여행을 계획했습니다. 물론 게이랑에르 피오르드의 비경이 포함된 코스였지요.

북유럽 인솔자로 나다닌 지 벌써 3년입니다. 올해로 4년째지요. 북유럽을 맡게 된 것은 혜진의 덕입니다. 북유럽 팀의 최고 베테랑인 그녀가 과외 선생을 자처하며 나를 채근했지요.

언제까지 우리나라 주변만 빙빙 돌 건데? 세계 일주가 포부라며?

듣기 좋은 말로 프리랜서지, 비정규직인 나하고 그녀는 격이 다르지요. 최고의 여행사에서 최고의 대우를 받는 전문가지요. 그녀는 자기가 매료된 피오르드에 나를 초대했습니다. 피오르드 물빛을 사랑하면서 자연스럽게 그녀와의 사랑도 무르익었지요.

빙하 침식 후, 바다가 산으로 들어온 것이라고들 추측한대나? 200만 년 전부터 형성되었다는데, 까마득한 그 시간을 가늠할 수 있어?

물론이지. 우리가 두 손 맞잡고 잠수해서 뽀뽀하던 때잖아? 기억나지? 하루아침에 맺어지는 인연은 절대 없다고.

그녀가 눈을 똥그랗게 뜨면서 내 목에 매달렸지요. 내 답변을 듣자마자 심정지가 올 뻔했다는 고백도 했지요. 성 마른 그녀는 당장 짐을 합치자고 성화를 댔습니다. 그녀의 오피스텔이 내 원룸보다 넓다는 이유로 내 짐이 이사를 갔지요.

9월 초에 떠나는 북유럽 5개국 코스로 예약했습니다. 그곳 9월이 우리나라 10월 기후와 비슷해 가장 적기였지요. 나는 당연히 부모님과 함께할 팀의 인솔자고요. 왠지 뿌듯했습니다. 그동안의 불효를 조금이나마 만회할 기회랄까요? 무엇보다도 아버지와 화해하는 듯한 기분이었지요. 그동안 참 시끄러웠습니다. 나는 연극 무대를 고집하고 아버지는 필사적으로 말리고. 국내에서도 모자라 모스크바로 떠나 3년 동안 아르바이트를 전전하며 설치고. 그동안 아버지와 나 사이에 건

널 수 없는 다리가 놓였던가요? 귀국 후 2년 남짓 연극판에서 참으로 팍팍했지요. 모스크바에서 아르바이트로 쌓은 가이드 실습이 새로운 본업이 될 줄이야. 하는 일에 따라 삶도 삶의 꿈도 달라지더군요. 연극 무대가 세계 여행으로, 세계 여행이 우주여행으로 말입니다. 2001년, 첫 우주 여행자가 된 미국의 억만장자 데니스 티토. 그 뒤로 2009년까지 여섯 명이 더 우주 관광을 다녀왔지요. 어쨌든 안정적인 삶을 원하는 아버지와 각을 세운 내 삶의 간극이 조금씩 접점을 찾아가는데…… 나는 뭔가를 보여주고 싶었지요. 북유럽의 피오르드도 피오르드지만, 내 마음의 피오르드를 보여주고 싶었지요. 오랜 세월을 거쳐 깊어진 맑고 푸른 물. 그 물에서 아버지를 보았다. 나는 흔들리지 않고 아버지처럼 살아갈 것이다. 실현 불가능한 꿈이었을까요?

아버지의 해외여행은 한낱 꿈에 불과했습니다. 그 꿈은 그저 서러움으로 점철됩니다. 서러움은 파도를 닮았지요. 때로는 거세게 몰아치고, 때로는 잔잔하게 일렁이겠지요. 그런데 해외여행이 꼭 아버지의 못다 한 꿈일까요? 혹 아버지가 지금 이 시간, 기약 없는 여행길에 오른 것은 아닐까요? 내 상상일까요? 아버지와 나는 한 뿌리에서 태어난, 서로 대체할 수 있는 관계지요. 아버지도 어디인들 다니고 싶었을 테지요. 일본, 중국을 시작으로 베트남, 캄보디아, 싱가포르, 미얀마,

몽골, 러시아, 프랑스, 이탈리아, 미국, 캐나다 등등……. 여정이 긴 만큼 귀가 시기나 날짜는 불투명하리라 생각합니다. 그동안 나는 여유를 부리며 아버지 대신 염소를 키울 참입니다. 알고 보니 염소처럼 키우기 쉬운 짐승이 없더군요. 입맛 없으면 아흔아홉 가지를 먹는다니, 먹성이 대단합니다. 풀이라면 가리는 게 없으니, 무조건 풀밭으로만 데려갈 겁니다. 200마리로, 300마리로 불려놓을 자신이 있습니다. 대략 30년쯤 걸릴까요? 그렇다면 아버지는 백 세에 4년이 보태지겠군요. 백 세 인생. 그렇군요. 그때에야 아버지가 병원 중환자실, 아니 음압 병동 신세를 져야 마땅합니다. 겨우 일흔넷에 음압 병실에서 삶을 마감하다니요. 가슴이 저립니다.

오빠…… 어떡해, 오빠…….

동생 진희는 말을 잇지 못하고 울먹거렸지요. 무슨 일이냐고 다그쳐도 계속 훌쩍이기만 했습니다. 불길한 예감이 엄습했지요. 냉정해야 한다고 혼잣말로 되뇌었습니다. 나는 침착하게 거기가 어디인지 물었지요.

아버지와 엄마가 코로나로…… 나흘 전에 큰아버지 요양병원에 다녀오셨는데, 열이 난 걸 참고 참다가…… 읍내 병원에 가셨는데…….

얼굴이 화끈거렸습니다. 머릿속이 휑하더니 까무러칠 것 같았지요. 나는 잠시 숨을 가다듬고 하늘을 올려다보았습니다. 나도 모르게 잘못했다고 용서해달라고 마음 깊이 빌었습니다. 서둘러 서울역으로 향했지요.

티브이 영상이 재현된 듯했지요. 방호복 차림의 사람들이 유리문 안쪽에 얼핏얼핏 보였습니다. 진희의 퉁퉁 부운 눈에서 또 눈물이 흘렀습니다.

야, 울지 말고 정신 차려.

나는 힘주어 말하며 진희의 어깨를 감싸는데, 진희의 휴대폰이 울렸습니다. 액정 화면에 '병원' 두 글자가 보이더군요.

오빠, 엄마 아버지 두 분 다 음압 병실로 옮겼대.

그래? 또 다른 말은?

연락 갈 거라면서 일단 돌아가랬어. 우린 그만 가자. 여기 있어봤자 엄마 아빠 못 봐.

갑자기 119구급차의 날카로운 사이렌 소리가 귀를 갈랐습니다. 응급실 출입문이 열리며 방호복 차림의 의료진 두 명이 뛰쳐나왔습니다. 코로나 환자라는 걸 직감했지요. 바로 음압 병실로 갈까? 그때만 해도 음압 병실에 대한 신뢰도가 높았지요. 부모님이 음압 병실에서 치료를 받으면 완쾌되리라고 믿었습니다. 음압 병실이 삶을 위한 통로이지, 죽음을 위한 통로는 아니니까요.

하루 세 끼 꼬박꼬박 잘 드시고, 세수도 말끔히 잘하고 계십니다. 휴대폰 문자 소리에도 깜짝깜짝 놀랐지요. 그렇게 절망

적이진 않았어요. 차츰차츰 긴장감이 풀어지면서 불안감도 해소되는 듯했지요. 첫날은 열, 두통, 설사에 시달리고 점점 더 고도의 통증이 온다. 메스꺼움, 미각 상실, 40도 고열을 겪으면서 결국은 호흡 곤란에 빠진다. 귀와 눈으로 듣고 본 정보들이 하나 둘씩 머리에서 빠져나갔지요. 설마, 우리 부모님에게? 아니지, 아니야. 나는 두 분이 바이러스를 툴툴 털고 거뜬히 집으로 돌아오는 모습만 상상했습니다.

부모님은 각각 다른 음압 병실에서 치료를 받았습니다. 서로 얼굴도 못 보고 말도 나눌 수 없는 나날. 그 갑갑궁금함을 어떻게 달랬을까요? 아버지는 꿈속에서 염소의 뿔을 쓰다듬고, 어머니는 손님상에 차릴 나물거리를 걱정했을까요? 10여 년 전에 집을 약간 개조해 어머니는 소박한 밥집을 열었지요. 어머니의 맛깔스러운 밥상을 꼭 혜진에게 맛보이고 싶었는데요. 어느 날, 나는 부모님 앞에 불쑥 손가락을 펴 보였지요. 약지에 낀, 반짝이는 커플링.

니가 효자여!

어머니는 눈물까지 글썽이며 내 머리를 쓰다듬는 양, 커플링을 쓰다듬었지요.

니놈이 생각이 있긴 있었던 모냥이제? 아주 잘 생각했어.

아버지는 모처럼 흐뭇한 표정을 짓더군요. 하지만 결혼 말을 꺼낸 지 석 달 만에 커플링은 내 약지에서 빠지고 말았지요. 코로나19 바이러스 확진자가 나오기 전, 11월에 있었던 실제 상황입니다. 부모님한테는 여태 함구하고 있습니다. 아니 못했지요. 이제 아버지는 영원히 그 사실에 깜깜할 것입니다. 깜깜한 게 대수인가요. 혜진이 내 손을 놓아버렸다고 실토했다면, 혹 모르지요. 변변치 못한 자식 걱정으로 어떻게든 삶의 고리를 붙들고 있었을지도. 실토하지 못한 사실이 애석합니다. 아, 결정적으로 절체절명의 위기를 부른 것은 그 새벽녘의 꿈입니다. 혹 내 불길한 꿈이 아버지를 사지로 빠뜨린 것은 아닐까요?

아버지와 나, 둘이 열차 여행 중이었습니다. 허허벌판을 달리던 열차가 급브레이크라도 밟은 듯 갑자기 멈췄습니다. 역사도 없는, 낯설기만 한 끝없는 광야……. 아버지와 나는 열차 밖으로 나왔습니다. 다리도 풀고 신선한 공기도 마시고. 주변은 안개라도 낀 듯 시야가 부옇했습니다. 문득 뭔지 모를 야릇한 느낌에 사방을 두리번거렸습니다. 분명 눈에는 산등성이 보이지 않는데, 저 멀리 산등성이 뻗어있다는 느낌. 부옇한 시야의 문제가 아닌, 모호한 의식의 문제였지요. 존재와 부재의 인식 문제랄까요? 부재를 존재로 인식하고, 존재를 부재로 인식하는. 머리가 혼란스러운 와중에 열차 출발 신호가 짧게 울렸지요. 곧바로 열차가 움직였습니다. 나는 정신없이 내달려 열차에 올라탔지요. 고개를 드는데, 저만치 아버지가 홀로 서 있지 뭡니까? 못 보던 작은 보따리를 품에 안고 나를 바라보는데, 그 추레한 모습이라니요. 아니 모습은 아무러면 어떻습니까. 그 쓸쓸하고 외로운 눈빛……. 아버지! 아버지! 나는 죽을힘을 다해 소리쳤습니다. 이 열차를 놓치면 영영 헤어지는데, 두 번 다시 만날 수 없는데……. 가슴이 옥죄어들었지요. 열차는 순식간에 속도가 붙어 아버지가 올라탈 수도 내가 뛰어내릴 수도 없었습니다. 아버지! 아버지! 열차 밖으로 내민 눈물범벅인 얼굴에 사정없이 내리치는 바람. 아버지는 아예 처음부터 기차를 포기했던가요? 아버지를 감싸고 흐르는 무심한 안개. 안개에 싸인 산등성이 희끄무레하게 보였습니다. 왜 훌쩍 뛰어내리지 못했어? 죽을까 봐 무서웠어? 바보. 절망감으로 몸부림치는 찰나, 휴대폰이 울렸습니다. 황급히 눈을 떴지만, 꿈인지 현실인지 혼미했지요. 휴대폰 액정에 나타난 문자는 '병원'이었습니다.

임종을 지켜보시겠습니까?

보호구로 온몸을 감싼 간호사의 목소리가 내 심장을 꿰뚫었습니다. 다리가 휘청거렸지요. 누나와 진희가 곁에 있었다면 좀 의지가 되었을까요? 죽음에 직면한 아버지와 마지막 시간을 보내려고 나는 걸었습니다. 느릿느릿 한 발 한 발 신중하게 내딛었지요.

가운을 받아 든 팔이 바들바들 떨렸습니다. 나는 엉거주춤

벽에 등을 기댔지요. 천천히 입으세요. 맨살 노출은 절대 금물입니다. 나는 로봇처럼 시키는 대로 양팔부터 가운에 집어넣었지요. 마스크는 그대로 쓰셔도 좋으니 잘 점검하세요. 나는 코 접촉 부위를 꼭꼭 누른 뒤에 두세 번 숨쉬기를 해보았습니다. 가슴이 답답했지요. 덧신을 신고 고글을 쓴 다음에 장갑을 꼈습니다. 내 굼뜬 동작은 예정된 10분에다 10분을 더하고서야 끝났지요.

아버지는 두 눈을 꼭 감은 채 꿈쩍도 하지 않았습니다. 울컥, 목울대가 잠기면서 눈앞이 캄캄하더군요. 하지만 내 두 눈에 똑똑히 비쳤습니다. 칙칙하던 아버지의 낯빛이 옅어지고 맑아지더라고요. 아버지의 두 손을 움켜잡았습니다. 장갑과 장갑이 부딪쳤지만, 온기가 올라왔지요. 아버지의 마지막 체온이 내게 전해진 겁니다. 나는 마음속 깊이 아버지를 쓸어안았습니다.

모든 절차가 병원과 중앙사고수습본부의 지침안대로 삽시간에 진행되었습니다. 장례지도사가 업체 직원 두 명과 함께 장례식장에 대기하고 있더군요. 모두 다 방호복 차림으로. 유족은 한 명만 참관할 수 있어 누나와 진희, 친척들은 화장장에서 기다렸지요. 어머니는 아직 음압병실에서 치료 중이고요. 의료진이 아버지의 시신을 세척하고 특수 처리된 비닐 백으로 두 번 밀봉했다고 귀띔하더군요.

기어이 마지막 대면 시간이 왔습니다. 썰렁한 입관실, 아버지는 수의 대신 비닐 백 차림으로 관 속에 반듯이 누워 있었습니다. 뜨거운 불덩이가 온몸에서 요동쳤습니다. 단 1초만이라도 아버지를 포옹할 수 있다면……. 아버지와 반목했던 순간순간들이 되감기를 시작했습니다. 이제 다시는 아버지 앞에 설 수 없다는 침통함. 아버지와의 마지막 시간 앞에서 나는 숙연해졌습니다. 용서해주세요, 용서해주세요, 사랑해요, 아버지. 내내 가슴 밑바닥에서 맴돌던 말이 올라왔지요. 나는 처음이자 마지막 제소리로 인사하고 싶었습니다. 그런데 미처 한마디도 꺼내기 전에 관 뚜껑이 덮였습니다. 그렇게도 초를 다투는 일이었을까요? 장례업체 직원들이 뚜껑 덮은 관을 다시 비닐 백으로 밀봉했습니다. 아버지의 시신은 오롯이 코로나19 바이러스 취급을 받은 겁니다.

아까부터 건들대던 바람이 느닷없이 거세게 몰아칩니다. 높바람이 불어오는 모양입니다. 저수지의 수면이 너울처럼 출렁이고, 풀잎은 금세라도 뽑힐 듯 흔들립니다. 심상치 않은 이상기류입니다. 높바람의 세기가 한여름의 폭풍 예보처럼 느껴집니다. 몸이 오싹거립니다. 겨울 추위가 선회해 다시 밀려오는 듯합니다. 아니 겨울과 여름이 혼재해 회오리를 일으키는 것인지도 모릅니다. 지난 1월의 급작스런 기후 이변이 생각납니다. 113년 만의 1월 최고 기온이라고 기상청에서 떠들었었지요. 코로나19 바이러스의 확진자가 나오기 전입니다. 겨울답지 않은 강풍으로 김해공항에 무더기 결항 사태가 일어났지요. 전국에 장마까지 겹쳐 겨울 장마라는 생소한 말이 나오기도 했습니다.

바람이 점점 더 기승을 부립니다. 맞바람에 발을 떼기가 버겁네요. 등을 바람막이 요량으로 몸을 돌려보다가 자칫 중심을 잃고 엎어질 뻔했습니다. 등을 꼿꼿이 세우고 밭은걸음을 내딛습니다. 희끗희끗 먼지인지 뭔가가 허공에 휘날립니다. 눈발이네요. 진눈깨비입니다. 숫제 기습 추위로 계절의 실종을 절감합니다. 괜히 두려움이 밀려듭니다. 예고 없는 자연의 변화가 또 어떤 재해를 부를지 겁이 납니다. 계속 지속되고 있는 코로나19 바이러스도 재해라면 재해지요. 강풍은 좀처럼 수그러들 기미가 없는데, 점점 기운이 빠집니다. 일단 저수지를 빠져나가야겠습니다. 온몸에 한기가 돕니다. 바람막이 점퍼라도 챙겼더라면……. 이렇듯 준비 없는 인간이 바로 나라는 인간입니다. 하긴 지구촌 모두가 거기서 거기입니다. 코로나19 바이러스에 무방비 상태가 준비라면 준비였으니까요. 물론 조만간 코로나19 바이러스는 사멸되겠지요. 그것으로 끝날까요? 인간의 세포 수보다 많다는 세균 박테리아 바이러스. 상상만 해도 끔찍합니다. 재앙은 또 다른 재앙을 부르겠지요. 내 머리가 절로 돌아갑니다. 이렇듯 센 강풍은 난 생처음입니다. 나는 한 발짝도 나아가지 못하고 발이 묶입니다. 양팔로 머리를 단단히 감싸고 강풍과 맞서봅니다. 진눈깨비는 어느 틈에 흔적조차 사라졌네요.

사는 게 부끄럽지 않아? 무너질 거야?

누군가의 목소리에 머리를 감싼 양팔이 툭 떨어집니다. 얼굴이 달아오릅니다. 등이나 앞세우고 엄살이나 떨면서 흔들흔들 걸을 때가 아닙니다. 나는 바삐 동동걸음을 칩니다. 하지만 어서 돌아가야 한다는 마음은 뒷전으로 밀리고, 그만 다리가 꺾입니다. 팍삭 주저앉고 맙니다. 땅속 깊은 곳에서 무엇인가가 올라와 내 가슴을 후려칩니다. 차마 울지 못했던 속 깊은 울음이 터져 나옵니다. 나는 목 놓아 웁니다. 울음소리는 강풍을 뚫고 저 하늘 끝까지 오를 기세입니다.

아버지! 나는 무릎을 꿇고 고개를 숙입니다. 그리움이 괴어오릅니다. 이놈이! 대뜸 불호령이 떨어집니다. 아버지! 나는 마지못해 몸을 일으키고 비척거리는데, 아버지의 숨결이 느껴집니다. 축축한 머리칼이 바람에 날립니다.

슬리퍼

이영은, 그녀는 갔다. 춥고 을씨년스러운 이 계절에 혼자 홀홀 떠났다. 이제 그녀는 영원히 마흔한 살이다. 나는 어제 오후 느지막한 시간에 그녀를 배웅했다. 영정 사진 속의 그녀는 20대처럼 화사하게 웃는데, 하늘은 울음이라도 터트릴 것처럼 잔뜩 찌푸려 있었다.

눈이 휘날린다. 풋눈이 아니다. 소금 알갱이처럼 자잘한 결정체의 싸락눈이 하염없이 흩뿌린다. 나는 거실에서 서성이다가 베란다로 나간다. 금세 한기가 훅 끼친다. 움츠러드는 어깨를 감싸 안으면서도 선뜻 몸을 돌리지 못한다. 향방을 잃고 나부대는 눈발로 시야는 점점 더 흐릿해진다. 그녀를 보내고 난 내 마음이 그대로 투영된 것 같다. 다시 거실로 들어서

다가 벽시계에 눈이 번쩍 뜨인다. 깜박 잊고 있었다. 오후에 무정이 '어게인'으로 오겠다고 했던 말이 떠오른다. 그 말을 들으면서도 뜨악했는데, 지금은 더더욱 마음이 내키지 않는다. 벌써 정오에 가까운 시각이다. 오전 내내 하릴없이 손을 놓고 있었다. 하루 중 가장 행복한 시간이라고 자부하는 요가 수업마저 걸렀다. 그녀가 나를 붙잡았는가, 아니면 내가 그녀를 놓지 않으려고 기를 썼는가.

나는 아파트 상가 1층에 자리한 커피숍 '어게인'에서 바리스타로 일한다. 대부분의 고객들은 내가 주인인 줄 안다. 주인인 오 여사는 하루에 한 번, 마감 시간 20분 전에 와서 매상을 점검한다. 커피숍 문은 오전 10시에 선우가 연다. 선우는 삼십 대 미혼이다. 긴 단발머리를 한 선우는 실내를 말끔하게 청소하고 배달 온 조각 케이크를 냉장 쇼 케이스에 진열한다. 나는 오후 1시에 선우와 교대해서 밤 10시까지 커피를 내린다. '어게인'에서 보내는 시간이 내 생활의 거의 전부라고 할 수 있다. '어게인'은 나를 구원하고 지켜준 수호천사나 다름없는 일터다.

나는 무정과 이혼했다. 이혼을 갈망했는데, 막상 목적을 달성하고 나니 급격히 삶이 무너졌다. 무엇보다도 바깥세상이 무서웠다. 더불어 살아왔다고 생각한 사회가 더불어 살 수 없는 두려움의 대상이었다. 나는 골방지기가 되었다. 집 안은 밝고 집 밖은 어두웠다. 그런 내가 다시 세상 안으로 발을 내딛는 데엔 커피가 단단히 한몫을 했다. 바리스타 자격증을 소유한 탓에 바리스타로서 일어설 수 있었다. 나는 임신에 대한 갈급증으로 한때 휴직한 적이 있다. 그때에 취미 삼아 학원에 다닌 게 아주 유효했다. 어떤 예지가 있었던 걸까. 돌이켜보면 아이의 부재에 따른 결과물이 이혼이었기에 바리스타 자격증이 이혼에 일조를 한 것일 수도 있다. 기특하면서도 씁쓸한 자격증이다.

어느 결에 싸락눈이 함박눈으로 바뀌었다. 탐스러운 눈송이는 허공을 선회하면서 사뿐사뿐 지상으로 내려온다. 앙상한 나뭇가지와 우중충한 보도 블럭이 금세 환해진다. 그녀의 얼굴빛도 참 희고 맑았다. 쏟아지는 눈송이 사이로 언뜻언뜻 그녀의 얼굴이 내비친다. 휑한 그녀의 눈동자가 물끄러미 나를 바라본다. 무슨 미련이 남았는가. 무슨 할 말이라도 있는가. 문득 쌍둥이 담이와 준이가 떠오른다. 해맑은 눈으로 방싯방싯 잘 웃는 녀석들은 그녀의 아이들이다. 그 아이들은 이제 어떡하나.

아유, 어지러워. 언닌 괜찮아요?

그녀의 얼굴이 창백했다. 견상 자세와 웃타나사나를 연속적으로 열 번쯤 하고, 막 고양이 자세에 들어가 숨을 고르던 순간이었다. 그녀는 초보였다. 전신에 번지는 감각을 은근히 즐기던 나는 그녀가 아직 호흡법에 미숙한 탓이라고 치부했다. 그녀는 요가반에 들어온 첫날, 바로 내 뒤쪽에 요가 매트를 깔았다. 약간 큰 키에 긴 생머리를 정수리에 올려 묶은 첫인상이 발랄하고 상큼해 보였다. 게다가 S라인 몸매가 요가 강사 못지않게 돋보였다. 어지럽지 않아요? 그녀는 툭하면 어지럽다는 말을 입에 달았다.

장맛비가 추적추적 내리는 날이었다. 요가 강사의 낭랑한 음성이 고요한 분위기를 살짝 건드렸다.

자, 시선을 고정하고, 왼 발바닥에 힘을 줍니다. 오른손으로 오른 발목을 잡아 왼 허벅지 안쪽에 발바닥을 밀착시킵니다.

나무 자세를 하던 중이었다. 그녀가 털버덕 주저앉는 게 거울 속에 비쳤다. 나는 왼발 오른발을 교대하며 마지막까지 집중력을 발휘했다. 요가 수업이 끝나고 모두들 일어서는데, 그녀만 제자리에 맥없이 앉아 있었다.

어디가 안 좋아?

조금만 더 앉아 있다가 가려구요.

나는 먼저 요가 매트를 치우고 일어섰다. 다음 요가 시간에 그녀가 보이지 않았다. 일주일, 한 달, 두 달……. 그녀는 내내 그림자도 얼씬거리지 않았다. 서너 달이 훌쩍 지나고, 해가 넘어갔다. 내 머릿속에서 차츰차츰 그녀가 잊혀졌다.

언니! 오랜만이에요.

어머, 이게 누구야? 진짜 오랜만이다.

저, 그동안 아기 낳고 키우느라 정신이 없었어요.

아기? 어쩜, 예쁘겠다. 아들? 딸?

쌍둥이에요. 아들 쌍둥이.

막바지 봄볕이 따사롭다 못해 뜨거운 한낮이었다. 휘트니스 센터 앞에서 장바구니를 든 그녀와 맞닥뜨렸다. 근 2년 만의 재회였다. 우리는 근처 은행나무 그늘로 들어가 호들갑스럽게 수다를 떨었다. 요가 교실에서 그저 몇 마디 나누던 사이치고는 좀 유별난 행동이었다. 아니다. 내가 그녀의 출산 사실에 흥분했지 싶다. 그녀는 우리 아이들, 우리 아이들, 하고 종알대면서 은근히 아이들을 과시했다. 그러면서 아이를 두 번이나 유산한 과거까지 털어놓았다. 세 번이나 아이를 가져봤구나. 나는 그녀의 상처마저도 부러웠다.

실은, 제가 좀 아팠어요. 출산 후에 자꾸 피부에 트러블이 생기지 뭐예요? 동네 병원에선 단순한 피부병이라고 했는데, 점점 더 심해져서 대학병원에 갔죠. 루푸스래요.

나도 모르게 가슴이 철렁했다.

아이들은 건강하지?

그럼요, 둘 다 우량아예요. 이젠 저도 좋아요. 그래도 피곤은 금물이래서 맨날 뒹굴뒹굴했더니 몸만 이렇게 불었어요.

그러고 보니 그녀의 볼이 좀 통통해 보였다. 그녀는 경쾌하게 웃으며 곧 요가반에 나오겠다고 했다.

며칠 뒤, 과연 그녀가 시간에 맞춰 GX룸에 들어왔다. 예전처럼 내 뒷자리에 요가 매트를 깔았다. 꼬박꼬박 출석은 물론, 눈빛부터가 예전과 많이 달라 보였다. 어지럽다는 말도 까맣게 잊은 듯, 한 번도 입에 올리지 않았다. 무엇보다도 의기소침해하던 예전의 기색이 말끔히 지워졌다. 원래 빈야사 요가의 묘미는 동작과 동작을 물 흐르듯 연결하는 것이다. 그래서 고도의 집중력을 앞세워 몸의 균형을 유지해야 한다. 굼뜨고 끊기던 그녀의 동작이 눈에 띄게 변해갔다. 틀어진 골반 때문에 힘들어 하던 책상다리도 하고, 고난도의 비둘기나 낙타 자세에도 기를 쓰고 도전했다.

언니, 공중 줄타기에 도전해 볼까? 정말 몸이 가벼워졌어요. 요즘 같아선 날개라도 단 기분이에요.

자신감에 찬 그녀의 낭랑한 음성이 듣기 좋았다. 그렇지만 내 마음 한편에서는 불안감이 꿈틀거렸다. 왠지 그녀가 조마조마하고 위태로워 보였다. 무슨 수로라도 반드시 해내고야 말겠다는 오기랄까, 집착이랄까. 순순하게 마음을 도스른다는 생각이 들지 않았다.

달력은 9월로 넘어갔으나 날은 여전히 무더웠다. 나는 여느 때처럼 그날도 몹시 서둘렀다. 샤워를 대충 마치고 젖은 머리를 털면서 요가가방을 둘러멨다. '어게인' 때문에 항상 쫓기는 시간대였다. 어디 있지? 탈의실을 나온 나는 신발장 앞에서 두리번거렸다. 내 감색 핏플랍 슬리퍼가 보이지 않았다. 허둥지둥 신발장을 샅샅이 훑었지만, 오리무중이었다. 마음은 급한데 무정의 얼굴이 오락가락했다. 슬리퍼는 무정이 택배로 보낸 생일선물이었다. 그날 슬리퍼를 손에 들고 얼마나 어안이 벙벙했는지 모른다. 헤어진 지 4년 만에 뜬금없이 슬리퍼 선물이라니. 무슨 의도일까? 내 일상이 흔들릴 만한 사건이라면 사건이었다. 이별의 빌미가 된 폭탄 발언에 비하면 사건의 축에도 들지 못하지만.

아기가 4개월째 접어들었어.

무정이 밑도 끝도 없이 뜬금없는 소리를 내뱉었다. 한가한 토요일 저녁, 주말드라마를 보던 중이었다. 하필 주인공이 자기가 업둥이라는 사실을 알고 막 집을 뛰쳐나가던 드라마틱한 순간이었다. 나는 당연히 듣는 귀를 의심했다. 명백히 아기라고 했나? 누구의 아이? 연애 시절까지 더하면 우리가 함께한 세월이 10년이었다. 나는 가까스로 정신을 가다듬고 툭 쏘아붙였다. 스스로 듣기에도 목소리에 날이 섰다.

그 여자야?

무정이 나를 외면한 채 고개를 주억거렸다. 시어머니에게서 여자에 관한 얘기를 들은 지 넉 달 즈음이었다. 아무리 세상이 변했다 해도 대는 이어야 하는 법이다. 시어머니가 단호하게 내뱉던 말을 너무 소홀하게 치부한 내 탓인가. 시어머니는 난임의 원인 제공자로 나를 지목하고 끊임없이 닦달했다. 사실 내가 난임 포비아가 된 데는 시어머니도 한 부분 일조를 했다.

병원에선 둘 다 건강하다고 했다며? 도대체 아이를 못 갖는 원인이 뭐냐?

시어머니는 말끝마다 원인, 이유를 곱씹으며 추궁했다. 회사도 시어머니 못지않게 나를 긁어대기 일쑤였다.

결혼 사전에 아이는 없다구? 아이가 안 생기는 건 아니고?

디자인 파트인 선배가 우동 가락을 후루룩 빨면서 비아냥거렸다. 세 살배기 아이 엄마인 입사 동기도 선홍색 립스틱이 반들거리는 입술로 삐죽거렸다.

멋있어 보이는 것 같지만, 솔직히 지독한 이기주의자 아닌가요? 부부끼리만 잘 먹고 잘 살겠다는…….

정직한 내 몸은 식당 문을 나서기도 전에 위경련을 일으켰다. 선배도 입사 동기도 나도 삼위일체가 되어 꼴사나운 작태를 부렸던 것이다. 무정과 나는 사내커플이었다. 회사의 연초 워크숍 프로그램에 '내가 본 한 권의 책'이라는 분야가 있었다.

그대가 그곳에 있어 내가 이곳에 있다

내가 이곳에 있어 그대가 그곳에 있다

그래서 우리는 행복했다

인간의 가치는 소유하는 데 있지 않고 존재하는 데 있다

기획실 팀 대표로 나선 무정은 듬직한 중저음으로 에릭 프롬을 소개했다. 나는 너무 오래된 고전 시 〈꽃〉에서 미처 몰랐던 소유와 존재의 세계를 에릭 프롬에게서 알았다. 새로운 사고의 바다에서 펼쳐진 유쾌한 항해, 인간의 행복과 가치가 기다리는 항구. 우리의 만남은 이렇듯 '존재의 본질'을 찾아가는 데에서 시작되었다. 나는 내 결혼관을 자신 있게 피력했다.

사랑의 결실이 결혼이라면 결혼의 결실은 아이라고 믿어.

그래? 하연인 참 생각이 단순 소박하네.

무정은 개인주의자였다. 특히 아이에 대해선 관심이 없다기보다 부정적이었다. 나의 조촐하고 보편적인 꿈에 비해 무정의 꿈은 원대하면서도 왠지 아득해 보였다. 아이가 무슨 대수인가. 생각이 아니라 나의 인생관이 단순 소박한 거였다. 아니 사랑의 세뇌 효과였을지도 몰랐다. 나는 별 갈등 없이 무정의 세계, 그 꿈 안으로 흔쾌히 들어갔다. 날이 갈수록 무정이 오히려 현실적인 사람이라는 것을 깨달았다. 결혼과 출산은 별개의 문제였다. 미래에 대한 확신이 서지 않는 한, 2세 계획은 무리였다. 현재에 충실한 만큼 마음은 가벼웠다. 통장

에 돈이 모이면 휴가 계획을 짜고 비행기 트랩을 밟았다. 낯선 풍광, 낯선 사람, 낯선 음식이 행복의 바로미터라고 생각했다.

결혼 3주년, 우리는 자축하는 의미로 대한해협을 건넜다. 서울은 아직 꽃샘바람이 기세등등한데, 히로시마는 보드라운 미풍이 넘쳐 났다.

바다 위에 떠 있는 이쓰쿠시마 신사를 찾았다. 조선총독부의 신사참배 강요. 굳이 역사책을 들추지 않아도 그쯤은 기본이었다. '신사'에 관한 부정적인 선입견 탓에 나는 머리가 무거웠다.

와! 자연과 인공의 조합이 이런 풍광을 연출하네? 정말 환상적인데? 유네스코 세계문화유산으로써 손색이 없어.

무정이 환호했다. 바다 한가운데에 있는 인상적인 토리이(鳥居). 바다와 신사 기둥의 청과 홍, 그 대조적인 색감의 조화가 신비감을 자아냈다. 그때까지만 해도 부풀은 행복감을 만끽했다. 다음 코스인 평화기념 공원으로 가던 길에서 나는 슬슬 뒷걸음질을 쳤다.

꼭 가야 돼? 일제 강점기의 불행한 자취는 돌아보고 싶지 않은데.

여행은 온몸으로 하는 독서다, 몰라?

무정은 한 마디로 일축해 버렸다. 별수 없었다. 공원 입구에 들어서자 역시 예상은 빗나가지 않았다. 치명적인 전쟁의 상흔, 거대한 원폭 돔에 눈이 사로잡혔다. 다리가 후들거리면서 가슴에 동통이 일었다. 무정은 눈치챘을까? 무정과 함께 일본대사관 앞을 지나다가 평화의 소녀상을 본 적이 있다. 수요일인 그날, 마침 위안부 할머니들이 수요 집회를 하고 있었다. 나는 그때, 할머니들의 통한에 싸인 분노의 눈동자를 보았다. 원폭 돔을 마주하는 순간, 할머니들의 눈빛이 어른거렸다. 가슴이 먹먹했다.

하여튼 성마르고 감정적인 데엔 일가견이 있어. 당신은 자기 절제 훈련이 절대적으로 필요한 사람이라고. 명심하라고!

나는 무정의 말에 발끈했으나 계속 다리가 후들거려 마지못해 무정이 내민 손을 잡았다. 평화 기념관으로 가는 길 곳곳에 위령비가 있었다. 하나를 지나면 또 하나가 서 있곤 했다. 혼령들의 아우성이 허공을 떠돌았다. 나는 기어이 발길을 돌렸다. 의외로 무정도 돌아서서 벤치 가까이 내 손을 끌었다. 벤치에 앉은 무정이 골똘히 생각에 잠기더니, 말했다.

내가 갑자기 니힐리스트라도 되었나? 전쟁이 앗아간 수많은 생명들을 어떡하지? 안타깝고 슬프고, 그리고 진짜로 허무하다.

그날 밤이었다. 무정의 남성이 폭발했다.

아이 갖자, 우리. 아니 꼭 가져야겠어.

무정이 뜨거운 입김을 내뿜으며 소곤거렸다. 사방은 고즈넉하고, 생각지도 않은 안온한 평화가 우리를 감쌌다. 오랜 방랑을 접고 집에 돌아온 듯 편안했다.

여행에서 돌아온 나는 당장 피임약부터 쓰레기통에 버렸다. 하지만 일체 동심만으로 되는 간단한 일이 아니었다. 실패와 실패의 연속이었다. 나는 극도로 소심해지기 시작했다. 조바심과 초조함을 이기지 못해 바늘 끝처럼 예민해졌다. 우리는 갈급증에 겨워 난임 클리닉 문을 두드리고, 임신에 최적 온도라는 37.2도에까지 집착했다. 결국 아기가 오긴 왔다. 노력에 노력을 거듭한 우리의 아기가 아닌, 무정의 아기로 홀연히 왔다. 아기가 오지 않는 걸 형벌이라고 생각했는데, 그렇게 온 아이는 그보다 몇백 배 더 가혹한 형벌이었다. 나에게 아기의 존재는 결코 중요하지 않았다. 무정만이 아기를 소유하게 되었다는 사실이 중요했다. 아기가 나를 옭아매고 압박했다. 나는 그 누구와도 줄다리기를 하고 싶지 않았다. 우리는 서로에게 확실한 부재자로 남았다. 무정은 내내 감감했다. 슬리퍼를 보내기 전까지는. 슬리퍼를 받은 나는 휴대폰에서 무정의 전화번호를 검색했다.

당신, 외반증이잖아? 신발 멀티숍을 지나다가 우연히 쪼리 스타일이 보여서……

나는 무정과 결혼하고서도 지하철로 회사에 다녔다. 지하철 역사의 계단이 보이면 일단 겁부터 났다. 굽이 있는 구두를 운동화로 교체하면서 행보에 자신이 붙었다. 처음 신었던 운동화는 무정이 신발 가게에서 직접 골라준 것이었다. 운동화를 신고 무정과 나란히 동네 공원의 우레탄 트랙을 자주 걸었다.

핏플랍 슬리퍼는 운동화보다 훨씬 착용감이 뛰어났다. 여름 내내 발에 찰싹 달라붙어 그 존재감을 드러냈는데, 감쪽같이 사라진 거였다. 나는 발을 동동 굴리며 탈의실에 들고나는 회원들을 흘낏거렸다.

이거 아니에요?

나가려던 누군가가 목소리를 높였다. 목소리 주인공의 눈길을 따라갔다. 신발장 앞 발판 주변과 그 너머 저쪽까지 신발들이 즐비했다. 멀리 한쪽 구석에 놓인 핏플랍 슬리퍼는 굽이 꽤 닳은 검정색이었다.

내 슬리퍼가 아니에요. 내 건 감색인데······.

이 슬리퍼 주인 있어요? 누가 바꿔 신고 갔네. 어떡해요? 그냥 오늘은 이걸 신고 가세요. 여기저기서 내 말을 열심히 툭툭 받아 주었다. 도리가 없었다. 슬리퍼를 엄지발가락에 꿰는데, 영 밀착감이 없이 헐렁했다. 발가락을 꿴 고무줄이 상당히 늘어난 상태였다. 다행히 시시티브이가 작동 중이었다. 나는 몹시 귀에 거슬리는 발소리를 들으며 집으로 돌아왔다.

센터에서 전화 받았어요. 슬리퍼가 바뀌었나 봐요. 내일은
요가 수업이 없으니, 월요일에 만나면 되겠죠?

거침없이 쏟아지는 전화 목소리는 의외로 냉소적이었다.
요가 수업은 일주일에 세 번으로 월, 수, 금요일에 있었다. 나
는 퉁명스럽게 받아쳤다.

집이 어디에요?

4차선 한길 건너 쪽 빌라에 살아요.

가깝네요. 그냥 내일 우리 아파트 앞으로 오세요.

나는 일방적으로 전화를 끊었다. 다음날, 현관을 나서는데
다시 전화가 왔다.

한길 건너오실 수 있죠?

당돌하기 짝이 없었다. 내가 대답을 망설이자 금세 뒷말이
나왔다.

근데요, 누가 먼저 신고 간 거죠?

나는 그만 열이 뻗쳐 매몰차게 쏘아붙였다.

센터 전화 받은 사람이 누군데요?

애써 마음을 진정시키며 한길 가에 이르렀다. 횡단보도의
녹색등이 깜박거렸다. 나는 헐레벌떡 횡단보도를 건너 빌라
쪽으로 몸을 틀었다. 어머, 언니! 뜻밖에 그녀가 유모차를 앞
세우고 오면서 흔연스레 활짝 웃었다. 그녀는 내 감색 슬리퍼

를 신고 있었다.

언니인 줄 전혀 몰랐어요. 미안해요. 어제 준이가 열나고 설사한다고, 놀이방 전화를 받다가…… 정신이 없어…….

그녀는 좀 전의 전화 목소리와는 상반될 만큼 아주 사분사분했다. 애가 형 준이고, 애가 동생 담이에요. 준이와 담이가 동시에 나를 쳐다보며 방실거렸다. 나도 모르게 무릎을 굽히고 아이들의 뽀얀 볼을 쓰다듬었다. 준이는 조막만한 손으로 내 손가락을 힘 있게 잡아당기며 까르륵 웃었다. 준이와 담이의 볼에 차례차례 뺨을 비비댔다.

우리 애들 많이 컸죠?

넘 귀여워. 자긴 정말 행복하겠다.

나는 내 볼에 닿았던 말랑한 볼의 감촉과 달콤한 아이 살내에 취한 채, 멈칫멈칫 돌아섰다. 집에 와서야 알았다. 우리가 서로 슬리퍼를 바꿔 신지 않았다는 것을.

이틀이 지난 월요일이었다. 그녀는 요가 수업이 끝날 때까지도 오지 않았다. 나는 휴대폰을 만지작거리며 망설였다. 귀엽게 웃던 준이와 담이의 얼굴이 떠올랐다. 또 누가 아픈 걸까? 수요일에도 그녀는 나오지 않고 전화도 받지 않았다. 뭐 그따위가 다 있어? 상습범이라면서요? 비주얼이 좋으면 뭐해? 탈의실 거울 앞에서 여자들이 수다를 떨었다. 이번엔 핏플랍이지만 옛날엔 부츠였다구. 겨울이었으니깐……. '핏플랍'이라는 말에 나는 머리가 쭈뼛거렸다. 나는 한마디도 끼어들지 못하고 허겁지겁 탈의실에서 나왔다. 까마득한 시절의 한때가 뇌리를 스쳤다.

초록 바람이 살랑거리는 5월, 어버이날 하루 전이었다. 나는 등굣길에 그동안 모은 용돈 3만 원을 챙겼다. 중학생에게 3만 원은 거금이었다. 아파트 상가에 점 찍어 놓은 어머니의 분홍색 지갑을 살 요량이었다. 종례시간 직전에야 가방 속의 지퍼가 열린 걸 알았다. 대번에 뒷자리의 윤희에게 의심이 갔다. 워낙 강파른 윤희는 5교시 체육 시간에 어지럽다며 혼자 교실로 되돌아갔기 때문이다. 반 친구 모두가 책상 위에 앉아 눈을 꼭 감았다.

누구나 한두 번쯤은 남의 것을 탐할 때가 있다. 순간의 잘못은 얼마든지 용서받을 수 있다. 한 손만 들면 선생님만 알고 있겠다.

선생님이 몇 번이나 종용했지만 허사였다. 지루한 시간을 보내고 모두들 자리를 털고 내려왔는데, 그만 윤희가 비틀거렸다. 파르르 떠는 눈꺼풀과 꼭 닫힌 잿빛 입술. 혹 연기하는 거 아냐? 나는 선생님의 등에 업힌 윤희를 차갑게 외면했다. 며칠 뒤에 윤희는 말짱한 얼굴로 나타났다. 심장 판막증이라고 아이들이 수군댔다. 학교를 졸업하고도 이따금 파리한 윤희의 얼굴이 눈앞에 아른거렸다. 그때마다 가슴이 시리면서 애가 탔다. 윤희가 범인이 아니었을까?

그녀는 금요일에야 슬리퍼가 든 종이가방을 들고 요가반에 나왔다. 괜히 뒷목이 따가웠다. 오늘도 애들은 놀이방에 갔겠네?

이상하게 내 목소리가 잦아들어 갔다.

그럼요. 언니는 아이를 정말 예뻐하는 것 같아요. 언니 애는 몇 살이에요?

사생활…… 공개하기 싫은데?

나는 멋쩍게 웃으며 고개를 가로저었다. 그녀가 의아한 눈으로 나를 바라보다가 이내 웃음을 머금었다. 그날 이후로 그녀는 어딘가 좀 달라 보였다. 드문드문 요가반에 나오는 것도 그렇지만, 늘 심드렁한 얼굴이었다. 나는 일부러 그녀에게 무관심하려고 애썼다. 사람들이 빈정거리던 말이 자꾸 머릿속에서 맴돌았다.

아침부터 하늘이 무채색으로 무겁게 내려앉은 날이었다. 흐린 날씨 탓인지 괜히 마음이 울적했다. 휘트니스 센터 가는 길에 아이들의 웃음소리가 들려왔다. 어린이집이라도 가는 모양, 귀여운 꼬마들이 뒤따라오고 있었다. 문득 쌍둥이들의 모습이 떠오르면서 절로 웃음이 나왔다. 그녀가 오늘은 요가반에 나오려나? 애들을 데리고 '어게인'에 놀러 오라고 할까? 생각에 빠져 드는데, 첼로 소리가 귀를 간질였다. 비발디의 첼로소나타 E단조, 내 휴대폰 신호음이었다. 무정이었다. 슬리퍼 선물 뒤에 이따금 안부 전화를 받았으나 그때마다 께름직했다. 무정은 유부남이 아닌가. 오늘 저녁 같이 먹자. 저녁을? 나는 '어게인'을 핑계로 무정의 요구를 단칼에 거절했다. 시쳇말로 나는 쿨한 여자가 아니다. 당신, 나 잘 알잖아? 나 좀 봐 주라. 무정은 그답지 않게 자꾸 물고 늘어졌다.

인도 레스토랑에 들어서자 진한 카레 냄새가 훅 끼쳤다. 우리는 어색한 눈인사를 주고받으며 마주 앉았다. 나는 벽면에 부착된 사진 속 여인들의 사리에 시선을 보냈다. 화려한 조명등으로 사리의 색깔이 더 강렬해 보였다. 웃음기가 사라진 무정의 모습은 왠지 초췌한 기색이 역력했다.

애 엄마가 유방암이야. 이미 뼈와 간까지 다 전이된 상태라…… 6개월 남았다는데…….

무정은 찻잔을 움켜쥔 채 입을 앙다물고 고개를 꺾었다. 나는 당황하면서도 슬리퍼에 대한 의구심이 풀리는 듯했다.

말도 안 돼. 아이는? 아이는 누가 보는데?

그 사람이 아이와 안 떨어지려고 해서, 아이도 그렇고…….

왜 그리 빨리 간대? 누가 내준 자리인데…… 꼭꼭 지키면서 알콩달콩 오래오래 살아야 하는 거 아냐?

나는 밤새 뒤척이다가 새벽녘에야 겨우 잠들었다. 늦잠에서 깨어나 허둥지둥 휘트니스 센터로 달렸다. 지금도 여기에 나온다대? 참 뻔뻔하다니깐. 도대체 어떤 여자예요? 슬리퍼에, 부츠에⋯⋯ 부츠 사건 땐 시시티브이가 없었다면서요? 바삐 요가복으로 갈아입던 나는 짐짓 못 들은 척했다. 그전에 들었던 말이 예방주사인지도 몰랐다. 락커 문을 잠그고 급히 돌아서는데, 얼핏 그녀가 눈에 띄었다. 요가복을 팔에 걸친 채 멍하니 서 있었다. 그녀의 얼굴 위로 열다섯 살 윤희의 창백한 얼굴이 겹쳐졌다. 그녀가 황급히 밖으로 뛰쳐나갔다. 나는 우물쭈물 그녀의 뒷모습만 바라보았다. 그 후로 그녀는 센터에 계속 얼굴을 보이지 않았다. 나는 차일피일하다가 2주를 훌쩍 넘기고서야 전화를 했다. 전화를 받지 않아 소리 샘으로⋯⋯. 멘트만 나올 뿐, 그녀의 목소리는 들리지 않았다. 그러고서 한 달쯤 지났을까. 부슬비가 추적추적 내리는 오후, 그녀가 준이의 손을 잡고 '어게인'의 유리문 밖에 서 있었다. 그녀의 얼굴이 예전과 달리 풀죽은 기색이었다.

언니는 내 맘 잘 알죠? 부츠는 전혀 모르는 얘기예요.

물론이지, 다 알아. 잠깐 들어와서 차 한 잔 하자.

이 담에요. 언니, 실은 머리가 좀 아파서⋯⋯ 그냥 언니 한번 보고 싶어서⋯⋯.

그녀가 투명비닐 우산을 펼쳐 들었다. 투명 우산은 그녀와 준의 뒷모습에 은결든 그녀의 마음까지도 투명하게 보여주었다. 가슴이 벌렁거렸다. 나는 탈의실에서 함부로 짓까불던 그들을 향해 되알지게 쏘아붙여야 했다. 뒷갈망을 할 사람은 오직 나뿐이었는데. 나는 두 사람이 가물가물할 때까지 제자리에 서 있었다.

기온이 급격하게 떨어지면서 찬바람이 불었다. 걸음걸음마다 플라타너스 낙엽이 바스락거렸다. 어젯밤 우리 빌라에 119 구급차가 출동하고 난리였어요. 애기 엄마가 실려 갔다니까요. 아, 그 여자? 슬리퍼를 신고 갔던? 요가반 회원들이 웅성거렸다. 뭔지 모를 불안감이 차올랐다. 요가 시간 내내 집중이 되지 않아 허둥거렸다. 호흡이 흐트러지면서 동작이 어설프게 이어졌다. 나는 시간을 다 채우지 못하고 GX룸을 나왔다. 그녀는 응급실에서 중환자실로 옮겨졌으나 끝내 집으로 돌아오지 못했다.

비발디의 첼로소나타가 울려 퍼진다. 선우가 기다리다 못해 채근하는 전화다. 교대할 시간이 벌써 20분이나 지났다. 부랴부랴 현관으로 달려가 거울 앞에 선다. 웬일인가. 은영이 거울 속에 멀뚱히 서 있다. 맨발이다. 미안해요, 언니. 예전과 다름없이 그녀가 입술을 달싹인다. 아니 그때와는 달리 목소리가 떨려 발음이 불분명하다. 괜찮아, 괜찮아. 그럴 수도 있지, 뭐. 나는 어깨를 토닥이며 그때 못한 말을 넌지시 또박또박 들려준다. 문득 그녀의 맨발에 내 감색 슬리퍼를 신겨주고 싶다. 내 슬리퍼를 신고 있던 그녀의 매끈한 발가락이 참 예뻤다. 신발장을 연다. 슬리퍼가 보이지 않는다. 칸칸이 훑어도 슬리퍼가 없다. 나는 다시 그녀에게로 눈길을 돌린다. 없다. 거울 속에 있던 그녀도 감쪽같이 스러져 버렸다. 나는 도리머리를 하면서 현관을 나선다.

*

나는 계곡을 빠져나오려고 혼신의 힘을 다한다. 하마터면 급물살에 휩쓸려 떠내려갈 뻔했다. 온몸에서 물이 뚝뚝 떨어진다. 울퉁불퉁한 돌맹이 길을 간신히 빠져나온다. 차라리 돌맹이가 낫다. 땅바닥이 개흙이라도 깔린 듯 미끈미끈하고 질척거린다. 좀 전까지 훤하던 햇빛이 어디론가 숨어버렸다. 도대체 지금 여기가 어디이며, 나는 어디로 가고 있는가. 어쩌다가 이런 골짜기에서 혼자 헤매는가. 머리를 쥐어짜고 또 쥐어짜도 기억이 상막하다.

잠깐 발을 멈추고 한숨 돌린다. 나는 좀 전까지 산책을 하고 있었다. 집에서 나올 때는 남색 반바지와 흰 면티에 흰 런닝화를 신었다. 지금은 헐렁한 추리닝 차림이다. 언제 어디서 바꿔 입은 것인가. 기억의 회로가 엉켜버렸다. 일단 눈을 감고 마음을 가다듬는다. 그렇다. 운동화가 아니라 핏플랍 슬리퍼를 신었다. 뒤늦게야 슬리퍼를 신고 있다는 걸 깨닫고 조깅을 포기했다. 하던 대로 적당히 공원을 걷고 나서 조깅을 할 참이었다. 아니다. 슬리퍼라니? 영은이 떠나버린 다음 날, 신발장을 샅샅이 살펴보지 않았던가. 슬리퍼는 없었다. 시야가 빙글빙글 돈다. 나도 모르게 털썩 주저앉다가 화들짝 놀란다. 곧바로 엉덩이를 들어 올리는데, 여전히 축축하게 젖었다. 여간 찜찜한 게 아니다. 가만히 쪼그리고 앉는다. 발등과 발가락이 희끗거린다. 맨발이다. 운동화도 슬리퍼도 다 착각이었다. 사실 맨발을 확인한 것보다 더 중요한 것은 지금 내가 있는 이곳, 이 현장의 확인이다. 도대체 이 계곡은 어디이며, 공원에서 여기까지 어떻게 왔단 말인가. 혹 나는 지금 사차원 세계에 들어왔는가. 선득한 기운이 온몸에 뻗친다. 어서 빨리 여기에서 나가는 게 급선무다. 나는 황급히 몸을 일으킨다. 여기가 있으면 저기가 있듯, 입구가 있었으니 출구가 있을 거였다. 서둘러 몇 발짝을 떼는데, 그만 거꾸러지고 만다. 순간적으로 발이 꼬여 균형을 잃어 버렸다. 간신히 눈꺼풀을 끌어올리며 사방을 휘둘러본다. 저 멀리 귀퉁이에서 한 점 빛이 터져 나온다. 나는 된숨을 몰아쉬며 눈을 번쩍 뜬다. 발치 쪽에서 불빛이 새어나온다. 노르스름한 스탠드 등이다. 밖은 아직 캄캄한 어둑새벽이다. 새벽 세 시쯤 잠깐 눈을 떴다가 한 시간 정도 그루잠에 떨어져 있었다. 꼬였던 발을 끌어당겨 양손으로 주무른다.

팔베개를 하고 침대에서 뭉그적거린다. 꿈과 현실이 자꾸 중첩된다. 나 홀로 어두운 급물살의 계곡을 헤매던 상황이 지금도 선명하다. 장면 장면이 현실보다 더 생생한 현실로 나를 속박한다. 무정의 여자는 간당간당한 생명 줄을 앞세워 악착같이 나를 붙들었다. 결코 예사로운 꿈자리가 아니다. 결국 그 여자 신변에 감당 못할 일이라도 일어났는가. 시한부 삶이라는 선고를 받았다고 반드시 시한부 삶은 아니다. 여자는 이미 그 시한을 넘기고, 석 달째 삶을 이어가고 있다.

일주일하고 이틀 전에 나는 여자를 만났다. 순전히 무정 때문에 억지로 여자를 찾아갔다. '어게인' 마감 시간에 무정이 문 밖에서 얼씬거렸다. 부수수한 머리, 축 처진 어깨, 초조한 눈동자…… 무정의 추레한 꼬락서니에 내 마음은 종작없이 흔들렸다. 미안하다. 가는 사람 소원이라……. 제발, 딱 한 번이면 돼.

병실은 한낮의 햇살로 충만했으나 여자는 애잔한 삶의 그림자를 내비쳤다. 얼굴색이 보기 딱할 정도로 칙칙했다.

염치없는 줄 알지만…… 언니라고 불러도 될까요? 언니, 은아를 부탁해요.

여자는 사물함 서랍 속에서 사진 한 장을 꺼내들고 잔약한 울음소리를 삼켰다. 사진 속의 은아는 자잘한 하얀 이를 반짝이면서 활짝 웃었다. 나는 고개를 끄덕이며 여자의 앙상한 손을 꼭 잡았다. 걱정 말아요. 그 한마디를 내뱉지 못하고 돌아섰다. 후회막급이다. 죽음에 이른 여자의 마음을 어떻게든 달래주지 못했다. 꿈속에서 나는 얼마나 공포심으로 떨었던가. 여자와는 차원이 다른 미미한 두려움에도 불구하고. 그러면서도 나는 한 줄기 빛을 보았다. 빛은 구원이요, 희망의 상징이다. 과연 그 빛은 누구를 구원해주려는가. 나인가. 아니면 무정의 가족인가, 영은의 가족인가.

　요가 수업이 없는 토요일, 모처럼 여유롭게 점심을 하고 '어게인'으로 향했다. 매서운 꽃샘추위에 얼굴이 시려오는데, 갑자기 물방울이 툭 이마를 건드렸다. 타다닥 타다닥, 금세 빗방울은 자취를 감추고 우박이 쏟아졌다. 목에 두른 머플러로 머리를 감싸고 내달렸다. 가쁜 숨을 몰아쉬며 '어게인' 문을 미는데, 휴대폰이 진동했다. 액정에 영은의 전화번호가 나타났다. 깜짝 놀라 하마터면 휴대폰을 떨어뜨릴 뻔했다. 하지만 이내 마음이 정리되었다. 놀랄 일이 전혀 아니었다.
　며칠 전, 점심을 먹던 중이었다. 메뉴는 올리브 기름과 발사믹 식초를 뿌린 호밀 식빵 세 조각과 고구마라테 한 잔이었다. 이혼 전의 아침 메뉴와 똑같았다. 여름휴가에 스페인을 다녀온 뒤부터 나는 스페인풍 아침 식탁을 고수했다. 먼저 고구마라테를 한 모금 마셨다. 고구마라테는 불쑥 영은을 불러왔다. 그날, 요가를 마치고 배를 쓸며 울상을 짓던 영은을. 그녀는 아침에 고구마 한 개만 먹었더니 허기가 진다고 했다. 원래 밥보다 고구마를 더 좋아한다며 고구마 예찬론을 펼쳤다. 나는 달보드레한 고구마라테를 대접하겠다며 언제라도 '어게인'으로 나오라고 했다. 그뿐이었다. 그녀는 고구마라테를 맛보지도 못하고 떠나 버렸다. 고구마라테를 마시던 나는 그리움에 목이 멨다. 그리움은 그녀의 두 아들, 준이와 담이에게로 번져났다. 그녀의 전화번호를 찾아냈다. 사뭇 긴 발신음에도 수신자는 계속 묵묵했다. 응답이 없는 게 정답이라는 걸 한참 뒤에야 깨달았다. 그날 그 응답이 이제야 온 것이다.

안녕하십니까. 준이 아빠인데, 엊그제 전화하셨죠?

네, 저…… 저는 준이 엄마와 알고 지내던 사람인데요. 그때 장례식장에서 뵀는데…….

짐작은 했습니다. 하연언니라고 저장해 놓았네요. 근데 무슨 일로…….

저, 그게, 그러니까 갑자기 애들이 생각나서…… 전에 애들을 몇 번 봤거든요.

고맙습니다. 잘 지냅니다. 그렇잖아도 꼭 할 얘기가 있었는데, 오늘 잠깐 만날 수 있을까요?

통화 끝에 한 약속 시간인 네 시 정각에 준이 아빠는 '어게인'에 들어섰다. 스포츠머리에 철 지난 패딩 차림의 첫인상이 소탈하면서도 끌밋해 보였다.

어쩌면 불필요한 얘기일 수도 있지만, 꼭 한 번은 하고 싶었습니다. 그래야만 직성이 풀릴 것도 같고요.

뜻밖에 슬리퍼 얘기였다. 준이 아빠의 목소리가 점점 거칠어지기 시작했다.

생도둑이 되었다면서요? 애들 엄마가 스트레스 엄청 받았죠. 오죽 했으면 자다가 가위눌림을 다 당했겠습니까? 애들 엄마가 워낙 여린 사람이니……. 그 여자들, 완전 막가파 아닙니까?

나는 그만 움찔했다. 무엇보다도 스트레스라는 말에 숨이 턱 막혔다. 모든 병이 다 그렇다 해도 특히 루푸스엔 스트레스가 최악이라고 그녀가 누누이 말하곤 했다. 그녀의 사인은 심근경색이었다. 루푸스가 갑자기 깊어져서 심근경색으로 갔을 수도 있을 거였다. 미필적 고의라는 말이 입안에서 뱅뱅 돌았다.

슬리퍼 건으로 저를 많이 원망했겠지요?

절대 아닙니다. 애들을 아주 예뻐한다며 되레 많이 의지하는 눈치였죠.

준이 아빠가 씩 웃는데, 그제야 좀 습습한 면모가 엿보였다. 처음 애들을 보았던 날이 떠올랐다. 아이가 얼마나 사랑스러운 존재인가를 난생처음 체득한 날이다. 나는 집으로 돌아오는 길에서 칼릴 지브란의 말을 웅얼거렸다. '그대의 아이는 그대의 아이가 아니다. 그들은 그대를 거쳐서 왔을 뿐 그대로부터 온 것이 아니다.' 무정이 〈예언자〉를 읽으면서 밑줄을 그어둔 문장이었다. 나는 집에 오자마자 〈예언자〉를 꺼내들고 그 부분을 다시 읽었다. 마음의 문이 활짝 열렸다고 자신했는데, 아니었다. 부질없는 소유의 갈망이 하염없이 출렁거렸다. 애들과 깔깔거리는 상상을 하며 은근히 애들을 탐냈다.

애들은 괜찮아요?

첨엔 엄마를 찾고 칭얼대기 일쑤였는데, 요즘은 잘 노는 편입니다. 아줌마도 잘 돌봐주고 놀이방에도 가고요.

나는 진심으로 홀가분해지는 기분이었다. 그리고 두 주일이 훌쩍 지난 주말이었다. 준이 아빠가 연락도 없이 애들과 함께 '어게인'에 얼굴을 내밀었다. 애들은 볼이 통통한 예전의 귀여운 모습이 아니었다. 키는 좀 컸으나 어딘지 모르게 꾀죄죄하고 풀 죽은 모습이었다.

한바탕 놀이터에서 마구 뒹굴더니 몰골이 말이 아닙니다.

그는 늘어난 담이의 티셔츠 목을 끌어올리며 계면쩍게 웃었다.

준이, 담이 안녕?

애들의 해맑은 눈망울이 나를 빤히 쳐다보았다. 나는 양팔을 벌리고 허리를 굽혔다. 준이 먼저 방긋 웃으며 내 품에 안겼다. 벽면에 부착된 브로마이드 보이그룹 멤버들도 양팔을 치켜들고 팔짝 뛰어오르며 웃고 있었다.

준이 아빠는 준이 담이와 함께 조각 케이크를 먹고 우유를 마셨다. 애들을 다정하게 다독이는 준이 아빠의 모습에 자꾸 눈이 갔다. '어게인'의 문을 나가려다 말고 준이 아빠가 말했다. 담에 또 애들 데리고 와도 될까요? 그리고 잘 아는 맛집 추천하고 싶은데…… 언제 하연 씨와 식사 한번 하고 싶습니다.

눈꺼풀이 여전히 묵지근하고 온몸이 나른하다. 아직도 비비 꼬인 밀림의 나뭇가지 잔상이 흔들거린다. 거실의 블라인드를 열어젖힌다. 햇볕이 베란다에 널린 화분들을 에워싼다. 대부분의 화분은 신혼 시절부터 키워온 것들이다. 물과 햇살과 바람만으로도 키가 크고 꽃이 피었다. 일조량이 부쩍 늘어난 요즘이 식물들에겐 최상의 계절이다.

신혼여행에서 돌아온 우리는 화원에 들러 각자 좋아하는 식물을 골랐다. 제주도 여미지 식물원에서 받은 감동의 교감이었다. 나는 다육이 제라늄 장미 허브 애플 허브를 고르고, 무정은 무늬낑깡나무 소철 관음죽 아로니아 백양금을 선택했다.

한번 잘 키워보자고. 바닥에 딱 달라붙은 꼬맹이들보다는 열매 맺는 나무들을 더 좋아하게 될 걸?

열매라고?

아이와 열매를 동일시한 나는 고개를 갸우뚱했다. 무정은 아이를 부정하는 사람이 아닌가. 무정답지 않은 이율배반적인 말이었다. 돌이켜보면 내 지나친 사고의 비약에 웃음이 난다. 어쨌든 작은 나무들과 화초들은 제법 그럴 듯한 정원을 이루었다. 그런데 무정이 떠난 언젠가부터 무늬낑깡나무와 백양금의 잎이 시들시들 늘어지고 누렇게 변색되었다. 제라늄은 아예 뿌리가 썩었다. 나는 쭈그려 앉아 애플 허브를 쓸어본다. 허브향이 손을 타고 입으로 코로 올라온다. 머릿속이 개운하다. 나는 허브향이 가득한 손으로 요가 가방을 들어 올린다.

생각을 버리세요. 생각을 다 지워야만 몸이 릴렉스됩니다.

스피커에서 흘러나오는 잔잔한 개울물 소리에 요가 강사의 목소리가 스며든다. 생각을 버려야 한다는 생각마저 떨쳐야 하는데, 과연 가능하려나. 생각에 생각이 꼬리를 문다.

물구나무서기로 오늘 시간을 마무리하겠습니다.

요가 동작의 아버지인 물구나무서기다. 나는 무릎을 꿇고 깍지 낀 손으로 뒤통수를 감싸며 정수리를 바닥에 댄다. 엉덩이를 들어 올리고 나서 코어 힘을 잡고 발끝으로 정수리를 향해 한 발씩 걸어온다. 한 발만 살짝 떼어 중심을 잡은 뒤에 한쪽 다리를 접고 반대쪽 다리를 올린다. 정수리, 골반, 다리가 일직선을 그린다. 숨을 들이쉬고, 서서히 눈을 뜨고 천장을 바라본다. 머리 위로 바닥이 보인다. 세상이 거꾸로 뒤집혔다. 별안간 팔이 부들부들 떨리고 뒷목이 조인다. 버티기가 버겁다.

고통 없는 삶을 원해요? 그런 밍밍한 삶이 좋아요? 고통 없는 삶이 행복할까요? 방송국에서 '행복한 인생'이라는 강의를 수강했다. 이혼한 내 처지에서 위로 받을 수 있는 내용이 아니었다. 나는 행복을 원한다기보다는 고통 없는 삶을 원했다. 현재는 물론 미래의 삶마저 허물어진 것 같던 때였다.

아차, 거꾸로 들린 내 몸이 요가 매트로 풀썩 떨어져 버린다. 나는 천천히 아기 자세를 취하며 숨을 고른다. 시나브로 호흡이 편안해진다. 언제쯤이나 능수능란하게 물구나무서기를 할 수 있을까. 세상을 거꾸로 보는 것도 심심찮은 재미다. 무정은 걸핏하면 물구나무를 서곤 했다. 그것도 능수능란하게. 나는 무정의 완벽한 자세에 찬사를 보내면서도 샘이 났었다.

나는 그때나 지금이나 별로 달라지지 않았다. 나는 여자에게 차마 못한 말을 마구 무정에게 퍼부었다. 내가 왜 당신 아이를 맡아야 하는데? 잠꼬대 같은 소리 좀 그만 해! 시원해야 할 마음이 더 시끄러웠다. 현관에 들어선다. 신발이 도대체 몇 켤레나 나와 있는지 모르겠다. 현관 바닥이 바로 신발장이다. 신발을 정리해야 한다. 요가 가방을 거실에 내려놓고 신발장을 연다. 맨 위 칸에서 운동화 상자를 꺼낸다. 목이 올라오고 벨크로가 부착된 운동화를 넣어두면 될 성싶다. 상자 뚜껑을 열다가 그만 소스라치게 놀란다. 감색 핏플랍 슬리퍼다. 슬리퍼가 상자 안에 들어 있을 줄이야. 슬리퍼를 신고 거울 앞에 서 본다. 무정이 선물한 슬리퍼를 하필 왜 영은이 신고 갔는가. 새삼 아리송하다. 뭔가 이유가 있을 텐데……. 아니다. 구태여 그 이유를 따져봐야 하는지도 의문이다. 그렇다고 그 모든 관계성을 아무렇지 않게 덮고 싶지도 않다.

　모든 기억은 기억마다 다 새롭고도 모호하다. 영은은 갔고, 그 여자는 가려고 한다. 지금 이 순간에도 향방을 모르는 내 마음은 붕 떠오른다. 귀엽고 사랑스러운 아이들은 해맑게 웃고 있다. 이제 나는 스스로를 설득하고 조율해야만 한다. 하나씩 하나씩 가지치기를 하고 나면 오롯이 내가 보일 것도 같다.

푸른바다거북

푸른 빌라 202호, 그는 집 안에 들어서는 순간 코를 벌름거리며 미소를 짓는다. 민의 달콤한 살내가 뭉실뭉실 떠돈다. 민은 교문 앞에 서 있던 그에게 고사리 같은 손을 흔들며 운동장을 가로질러 뛰어갔다. 민이 일으킨 상쾌한 아침 바람이 운동장에 가득했다.

오늘도 그는 안온한 마음으로 하루의 문을 활짝 열었다. 34년 3개월, 그가 태어나 지금까지 살아온 세월이다. 또한 그 세월은 가정을 이루기 위해 간절하게 쌓아온 지난한 세월이기도 하다. 그는 확신한다. 비록 단 둘만의 가정이지만, 점점 더 탄탄한 가정이 되어가고 있다는 것을. 도지희와 살림살이를 들일 때만 해도 완전한 가정을 이루었다고 자신했다. 며칠 동안은 흥분이 가시지 않아 잠을 설쳤다. 그녀와 함께 끊었던 꿈의 테이프가 영원히 가정을 지켜줄 줄 알았다.

그녀가 떠나간 가정은 한순간에 나락으로 떨어졌다. 정신이 번쩍 들고 보니, 민이 보였다. 아직 걸음마도 떼지 못하는 민이 그의 곁에 있을 뿐이었다. 무엇보다도 민의 양육이 최대 난관이었다. 앞이 캄캄했다. 한 발도 나아갈 수 없는 지뢰밭 앞에 선 기분이었다. 극단적인 선택까지 할 뻔했다. 생각나는 곳은 보육원뿐이었다. 그가 자란 유일한 삶의 터전이었던 보육원. 삶은 참 아이러니했다. 절망의 최전선, 그 중심에 서 있는 민이 또 희망의 구세주였다. 숨소리에서부터 표정 하나하나까지, 민의 존재가 곧 희망이었다. 최고의 명약은 민의 환한 웃음소리였다. 그는 그렇게 민에게 의지하고서야 절망에서 탈출했다. 그리고 용케 버텨 나갔다. 물론 묵묵히 지켜봐 준 회백색 거북 새별도 응원의 힘을 보탰다.

그는 여느 때처럼 아침 먹은 설거지를 마치고 집안을 둘러본다. 손바닥만 한 원룸이지만, 말끔하게 정돈되어 있다. 민도 손끝이 야무진 편이다. 또래치고는 자기 물건을 정리하는 데에 귀재다. 그보다는 그녀를 더 많이 닮았다. 문득 유의 아이가 떠오른다. 아직 한 번도 만난 적은 없으나 왠지 그 아이도 엄마인 유를 닮았을 것 같다. 유처럼 보조개가 파인 귀염성 있는 아이지 싶다. 그는 식탁 의자에 걸쳐둔 점퍼를 챙겨 들고 나가려다가 주춤주춤 돌아선다. 시선을 들어 올리고 새별과 눈을 맞춘다. 복갑 위에 새끼를 업은 새별은 컴퓨터 책상에 딸린 책장의 맨 위 칸에 앉아 있다. 새별이 그와 함께한 세월 역시 34년 3개월이다. 그의 손안에 쏙 들어오는 앙증맞은 새별은 원래 아기 바구니 안에 있었다.

주황색 명자꽃이 만발한 일요일 한낮은 명자꽃처럼 산뜻했다. 등나무 아래 2단 생크림 케이크 위로 눈부신 햇살이 보드랍게 깔렸다. 발그레한 촛불이 일시에 꺼지면서 아이들의 박수 소리가 참새 떼처럼 경쾌하게 공중으로 날아올랐다. 4월생 아이들의 합동 생일잔치였다.

이한별! 네 부모님의 선물이야. 잘 간직해야 한다.

원장님이 회백색 돌로 만들어진 작은 거북을 내밀었다. 뜻밖의 선물이었다. 아홉 살 한별은 어리벙벙하면서도 가슴이 콩닥거렸다. 한별과 동갑내기인 지희도 호기심 가득한 눈으로 돌 거북을 바라보았다. 한별은 돌 거북을 슬며시 볼에 가져다 대었다. 첫 감촉은 차갑고 딱딱했으나 금세 볼이 뜨뜻하게 달아올랐다. 뭔지 모를 감정이 북받쳐서 하마터면 거북을 놓칠 뻔했다. 그동안 수없이 상상해오던 어머니의 모습이 어렴풋이 보이고, 늘 공중에 떠 있는 것 같던 두 발이 비로소 땅에 안착한 듯한 느낌이 들었다. 난생처음 느껴보는 편안함이었다. 눈시울이 촉촉해지다 못해 금세라도 눈물방울이 떨어지려고 했다. 지희가 들뜬 목소리로 다정하게 말했다.

한별아! 축하해. 이 거북이는 엄마가 널 사랑한다는 증거겠지? 거북이 이름을 지어볼래? '사랑'에서 끝 글자, '랑'이라고 부르면 어때? 아니야, 네 이름 '별'자를 넣어 새별이 더 좋겠다. 새별? 한별이 동생 새별이?

지희는 새별에게 각별한 관심을 보였다. 새별 때문이었을까. 그 뒤로 둘은 다른 보육원 친구들이 부러워할 정도로 가까워졌다.

그에게 오붓하고 따뜻한 가정은 오랜 소망이었다. 그는 탯줄을 떼고 울어대는 민을 안고 기어이 울음보를 터뜨렸다. 마침내 숙원이 이뤄졌다고 확신했다. 그녀도 같은 심정이었을 것이다. 그녀는 임신 사실을 확인하자마자 당장 일하던 헤어숍부터 그만두었다. 모정은 뭐니 뭐니 해도 태아의 보호가 최우선이었다. 헤어숍은 유해 물질이 첨가된 염색약이나 파마약 등을 일상으로 사용하는 곳이 아니던가. 그녀는 돈벌이는 둘째 치고라도 아티스트나 스타일리스트를 온몸으로 동경하는 여자였다. 그런 만큼 헤어숍 일은 그녀의 최대 자부심이었다. 그녀는 헤어숍을 갈음해 출산 달까지 아기용품 가게에서 아르바이트를 했다.

그는 새별을 조심히 내려 두 손으로 꼭 감쌌다. 무생물일지라도 생명체의 기운이 느껴진다. 새별을 다시 제자리에 올려놓고 티브이 아래 탁상시계를 본다. 그는 서둘러 현관을 나선다.

그는 흰색 승용차 쪽으로 부지런히 발을 옮기면서 벽시계를 흘낏거린다. 마음이 바쁘다. 엔진 오일을 교환하고 나면, 아무래도 민의 하교 시간에 늦지 싶다. 그는 서둘러 보닛을 연다. 오일 주입구 뚜껑을 열고 리프트 스위치를 누른다. 실은 직전의 에스유브이(SUV) 수리만 마치고 손을 씻으면 그만이었는데, 괜히 사장의 눈치가 보였다. 워낙 민에 관해서라면 너그럽기 짝이 없기에 되레 그가 주저하곤 한다. 에스유브이의 문제는 별게 아니었다. 펑크 난 타이어를 스페어타이어로 교체한 차인데, 원상복구를 하면 될 일이었다. 그저 비일비재한 일이고, 단순 작업이었다. 그런데 급히 교체하면서 발로 짓밟았는지, 의외로 볼트 두 개가 부러져 있었다. 평상시보다 시간이 더 걸렸다.

그는 원래 자동차 정비공장에 다녔다. 집 근처인 카센터로 이직한 것은 오로지 민의 양육 때문이다. 카센터 근처에 놀이터와 어린이집이 있는 데다가 어린이집에서 일과 후에도 흔쾌히 민을 돌봐주겠다는 행운이 따랐다. 초등학교, 카센터, 어린이집, 놀이터 어느 곳이든 집에서 도보가 가능한 거리다. 굳이 도면으로 그린다면 삼각형 안에 옹기종기 다 모여 있는 셈이다.

그는 기름때 묻은 작업복 차림 그대로 내달린다. 오늘따라 좁은 인도가 북적거려 더 조바심이 난다. 낯선 행인들과 자칫 어깨라도 부딪칠까 봐 마음껏 속도를 내지 못한다. 민의 모습이 눈앞에 아른거리다가 일순간 선명하게 시야를 가린다. 민은 가방을 메고 교문 앞에 멀뚱히 혼자 서 있다. 발을 동동거리며 이리저리 고개를 돌리다가 그만 몸을 휙 돌린다. 방향이 헷갈린 모양, 민이 엉뚱한 곳을 향해 발걸음을 재촉한다. 그는 고개를 절레절레 흔들며 황급히 민의 모습을 지운다. 민이 사라진 머릿속에 또 다른 그림이 파고든다. 카센터 풍경이다. 수리하러 들어오는 차들이 줄을 잇는다. 흠집, 전조등, 스티어링 휠, 에어컨, 머플러 등등 차마다 제각각 수리할 부분이 각양각색으로 만만치 않다. 실상 카센터의 주된 수입원은 오일 교환인데, 언제까지 오일 교환이 유효할는지 걱정이다. 전기차 시대가 오면 당장에 물거품이 될 일이다. 아니 이미 전기차 시대가 왔다. 지지난해 테슬라가 출현하면서 전기차 시장이 폭발적으로 팽창하고 있다. 우리나라에서도 아이오닉과 코나 등이 출시되었다. 앞으로 카센터 경기가 어찌 될까. 슬슬 이직을 준비해야 할지도 모른다. 문득 반가운 모습이 나타난다. 저만치 민이 서 있다.

아빠! 아빠! 민아!

민과 그는 동시에 양팔을 벌리고 달려오고 달려간다. 품 안으로 쏙 들어오는 민의 부피감에 그의 입은 벙긋 벌어진다. 그는 보드라운 민의 볼에 자기의 볼을 비비댄다.

언제 이렇게 컸는가. 민의 성장 과정이 까마득한 옛날 같은데도 영상을 보듯 훤하다. 침을 흘리며 옹알이를 하고, 천장만 보다가 뒤집기를 하고, 엉금엉금 기더니 아장아장 걸었다. 그 시·공간에는 언제나 현주 누나의 손길이 자리한다. 현주누나의 덕으로 민이 그나마 반듯하게 자랐다. 현주 누나는 가족 이상의 존재로, 그가 흔들릴 때마다 한결같이 버팀목이 되어 주었다.

지희는 민이 한 발도 떼기 전, 겨우 의자를 붙잡고 일어서던 때에 가정을 등졌다. 민이 두 발로 꼿꼿이 일어설 때에 필수품이라는 장난감 '브라이트 스타트 몽키'를 배달 받고 일주일쯤 뒤였다. 그녀가 선택 주문한 그 장난감은 가격이 4만여 원으로 좀 고가였다. 그녀는 택배 박스가 오자마자 그 자리에서 신나게 뚝딱뚝딱 조립을 끝마쳤다. 첫눈에 컬러풀한 외관이 화려했다. 민이 손을 뻗치며 달려들었다.

야, 이 앙증맞은 공 좀 봐! 난 무엇보다 이 공들이 제일 맘에 들더라.

그녀는 슬그머니 민을 제치면서 호들갑을 떨었다. 다섯 개의 공을 뻥 뚫린 원숭이 머리 안으로 하나씩 집어넣고 빨간코를 눌렀다. 반짝반짝 작은 별…… 노래와 함께 공이 촤르르 쏟아졌다. 노랫소리와 공 소리는 해맑은 민의 표정에 딱 어울리는 이중창이었다. 쏟아진 공은 회전판을 돌다가 멈추기도 하고, 나뭇잎 문이 열리면 미끄럼을 타기도 했다. 그녀가 박수를 치자 민도 박수를 쳤다. 민은 엄마 없는 빈 집에서도 '브라이트 스타트 몽키'를 닳도록 끼고 놀았다. 민은 지금도 그 장난감을 상자 안에 간직하고 있다. 설마 엄마와의 추억을 기억할 리는 없을 터다. 아니 모를 일이다. 그가 새별을 보며 어머니를 그리워하는 것처럼 민도 그 장난감에서 엄마의 자취를 느끼는지도.

그녀의 가출은 명명백백 돌발 사고였다. 그렇다 해도 무슨 일이든지 인과가 따르는 법이다. 그 원인 제공자는 그였다.

언제부터인가 두 사람은 사사건건 부딪치며 찌그럭거렸다. 한 마디가 두 마디가 되고 고양이 소리가 호랑이 소리로 커졌다. 먼저 소리를 높이는 쪽은 항상 그였다. 그럼에도 불구하고, 그렇게 내몬 장본인이 그녀라고 치부했다. 그는 원룸을 벗어나려는 일념에 찬 깐깐한 가장이었다. 철저함과 냉정함의 갑옷을 입은 독불장군이었다. 그의 모토는 단 하나, 근검절약뿐이었다. 그 모토를 벗어나는 모든 행위는 눈엣가시였다. 수도나 전기요금은 물론, 아기용품에도 날을 세웠다. 그녀가 정성껏 차린 밥상에도 끝없이 토를 달고, 최소한의 일상 용품까지도 과소비라고 몰아붙였다. 고정관념과 편견의 고질병은 날이 갈수록 증세가 심해졌다. 그의 어리석은 결기는 빳빳하게 고개를 쳐들고, 결국 최악의 사태로 치달았다.

매지구름이 짙게 내려앉은 광복절 오후였다. 창문을 활짝 열어젖히고 쉴 새 없이 선풍기를 돌려도 후텁지근했다. 그래도 민은 새근새근 잘도 잤다. 그녀가 현관문을 열고 낑낑대며 들어섰다. 양손에 들린, 터질 듯 불룩한 장바구니가 그의 눈에 꽂혔다. 그녀는 허겁지겁 슬리퍼를 벗어던지고 욕실로 들어가 찬물에 얼굴을 찰싹거렸다.

더위 먹은 것 아냐? 뭘 그렇게 많이 샀어?

다 필요하니까 샀지, 괜히 샀을까 봐? 헛돈 한 장 안 썼으니 잔소리 좀 하지 마!

그녀가 물이 뚝뚝 떨어지는 얼굴을 들이대며 불퉁스럽게 내뱉었다. '헛돈'과 '잔소리'라는 두 단어가 그의 귀를 사납게 후볐다. 그렇잖아도 시나브로 불쾌지수가 올라오던 참이었다. 그는 발끈해 그만 축구공 차듯 애먼 장바구니를 걷어찼다. 내용물이 와르르 쏟아져 나뒹굴었다. 삼겹살, 고등어, 메밀국수, 멸치, 치즈, 소시지, 복숭아, 자두, 양파, 감자, 두부, 달걀 등등. 그는 내심 당황하면서도 주먹을 불끈 쥐고 깐죽거렸다.

어쭈, 완전히 마트를 털어왔네, 털어왔어.

대번에 그녀의 낯빛이 붉으락푸르락했다. 그녀는 새된 소리를 내질렀다.

지금 뭐하는 짓이야? 정말 어이가 없다. 내가 꿈꾼 가정은 이런 게 아냐, 절대로! 알아? 숨이 턱턱 막혀 죽을 것 같다구! 이제 다 필요 없어. 너하곤 도저히 안 맞아. 더 이상은 안 돼! 어디 혼자 스크루지 영감처럼 잘 살아봐. 애지중지하는 이깟 새별인지 뭔지나 잘 간수하고.

그녀는 뜬금없이 새별을 집어 들어 쓰레기통에 처박았다. 그녀의 악다구니보다도 새별을 쓰레기 취급한 데에 그는 폭발했다. 그만 이성을 잃어버리고 그녀의 뺨을 후려쳤다. 송곳처럼 날카롭고 불유쾌한 마찰음에 민이 깨어나 자지러지게 울어댔다. 그녀는 양손으로 뺨을 감싸며 눈딱총을 놓았다. 몇 초, 아니 몇 분이 속수무책으로 흘러갔다. 민의 울음 속에서 그녀는 옷가지들을 꺼내기 시작했다. 이십 대의 미숙한 인생이었다. 그 인생이 결국 그녀의 가출을 초래한 거였다. 하필이면 나라를 되찾은 광복절을 맞아 가정을 파탄 낸 것이었다. 혹여 그녀에게는 해방의 물꼬가 되었을까. 그는 현재에 둔감한 어리석은 미래형 인간이었다.

*

그는 거울 속에라도 파고들 듯 바투 얼굴을 들이댄다. 첫눈에도 생기가 돌고 윤기마저 흐른다. 내친김에 눈을 깜박거리며 미소까지 날려본다. 사진 모델이라도 된 기분이다.

오늘 유와 점심 약속을 했다. 유는 현주 누나의 사촌 동생이다. 그는 보호종료청소년 케어센타에서 현주 누나를 처음 만났다. 첫인상이 앳돼 보여 비슷한 또래로 생각했는데, 스물여섯이었다. 왜소한 체격에 나풀거리는 단발머리, 특히 웃을 때 보이는 가지런한 치아가 예뻤다. 보육원 퇴소를 앞두고 치밀한 구상을 했으나, 막상 홀로 서니 도통 길이 보이지 않았다. 값싼 쉐어하우스 구하기부터 군대, 취직 등등 현주 누나가 길라잡이가 돼 주었다. 물론 현주 누나는 누구에게나 서분서분했다. 여러 선후배들이 현주 누나를 등대 삼아 삶의 가닥을 찾곤 했다. 그녀의 가출 후 실의에 빠진 그가 하소연할 수 있는 유일한 사람도 현주 누나였다.

야, 도대체 정신이 있어 없어? 이 바보 천치, 미련아! 가방 끌고 나가는 걸 멍청하게 바라만 봤다구? 민이 생각은 조금치도 안 했어? 그러고도 네가 애 아빠야? 안 봐도 비디오다. 오죽 했으면 지희가 뛰쳐나갔을까.

현주 누나는 영 딴사람처럼 사나운 얼굴로 냅다 따발총을 난사했다.

그만 해, 제발. 나도 지금 완전 공황 상태라고.

잘한다. 어디에서 지금 공황 상태 타령이야? 정신 차려! 네 맘대로 할 수 있는 상황이 절대로 아니라니깐? 넌 자식을 키우는 아빠…….

결국 현주 누나는 울먹울먹 더는 말을 잇지 못했다. 가만히 내 손을 움켜잡으며 목소리를 낮추었다.

갈 만한 데는 다 찾아봤어? 걱정 마. 지희는 꼭 돌아올 거야. 알았지? 힘내!

코끝이 찡했다. 현주 누나의 작은 가슴이 그의 큰 덩치를 끌어안았다. 현주 누나가 튼실한 나무 둥치처럼 든든했다.

오늘이 벌써 유와 일곱 번째 만남의 날이다. 카센터는 격주로 일요일에 문을 닫는데, 오늘은 문을 여는 날이다. 어제 갑자기 유가 다음 주 약속을 오늘로 바꾸자고 연락을 했다. 어쩔 수 없이 민을 핑계로 사장에게 오후 외출을 허락받았다. 사장은 워낙 민의 일이라면 표정부터 통제가 안 된다. 동병상련이랄까. 십여 년 전에 아내와 사별하고 두 자녀를 키워온 사장은 그를 바라보는 시선이 남다르다. 민과 둘이 사는 걸 알고부터는 티가 나게 그를 챙겼다. 내가 이 대리 맏형뻘쯤 되지 않나? 날 형처럼 생각하라고. 사장은 반들거리는 대머리를 코앞에 들이대며 까치발까지 했다. 그의 큰 키에 작달만한 키를 맞춰보겠다는 익살스러운 제스처였다.

쉐이빙 폼을 듬뿍 턱에 바른다. 풋풋한 향이 기분 좋게 욕실을 채운다. 늘 고형비누를 사용했는데, 유한테서 쉐이빙 폼을 선물로 받았다. 향도 향이지만, 면도 후의 감촉이 무척 보드랍고 매끈했다. 그는 거울에 눈을 고정한 채 면도날을 세우고 왼쪽부터 깎기 시작한다. 이틀에 한 번꼴로 면도를 해야 하는데, 벌써 오륙일이 지났다. 그는 면도날을 내려 목에다 댄다. 얼굴 결과 반대 방향인, 목에서 턱으로 면도날을 밀어 올린다. 아차, 면도날에 턱밑 한가운데를 긋고 만다. 그만 불호령이 떨어진다.

야! 조심하라니깐.

그는 눈을 질끈 감아보지만, 말소리는 꼬리를 물고 애교를 떤다.

난 면도하는 남자가 좋더라. 면도한 뒤에 반들거리는 푸르스름한 남성미, 최고!

그는 눈을 홉뜨고 거울을 응시한다. 그녀는 없다. 정직한 거울 속에는 한 사람만 손에 면도를 들고 서 있다. 그는 유를 만나기 시작하면서 그녀를 찾는 일을 그만 두었다. 언젠가는 해후하리라는 믿음이 그만 무너져 내린 것인가. 여태까지의 행보가 더없이 부질없게 느껴진 탓인가. 그는 언제라도 그녀를 만나게 되면 반드시 민을 앞세우리라 생각했다. 이렇게 키웠다고 당당하게 말하리라 각오를 다졌다. 민이 담숙한 엄마의 품에서 활짝 웃는 모습을 보고 싶었다.

그녀를 수소문하며 기웃거렸던 곳은 죄다 헤어숍이었다. P

헤어숍은 제법 규모가 커서 남녀 직원들이 열두 명이었다. W 헤어숍과 S헤어숍, M헤어숍은 원장과 고작 한두 명의 직원이 전부였다. 그 어느 곳에도 그녀는 없었다. 그 누구도 그녀를 알고 있다고 나서지 않았다. 헤어숍이 다가 아니라는 걸 뒤늦게 깨달았다. 뒤태가 분명 그녀였다. 그녀는 아이들이 깔깔대며 오르내리는 시소를 지나 막 놀이터를 나가고 있었다. 지희야! 한지희! 충분히 그녀를 돌려세울 수 있는 거리였으나 실패했다. 망연히 서 있는 그의 곁으로 민이 숨 가쁘게 달려왔다.

그는 수도를 틀어 상처 난 부위를 씻어낸다. 선홍색 핏물이 멈추지 않고 계속 손끝에 묻어난다. 간밤에도 면도를 하다가 실수를 했다. 아니 간밤이 아니라 간밤의 꿈에서다. 인중 부분에서 흘러내리는 피가 입술을 적시고 입안으로 흘러들어 혀를 적셨다. 비릿한 냄새에 깜짝 놀라 잠을 깼다. 꿈이 그대로 재현된 것만 같아 괜히 마음이 싱숭생숭하다. 휴대폰에서 해몽 풀이를 찾아본다. 정성을 기울이는 곳에 예기치 못한 문제가 발생하나 슬기롭게 극복하고 소기의 성과를 거둘 징조라고 한다. 픽, 웃음이 난다. 엊그제 현주 누나가 물김치와 밑반찬을 챙겨주며 한 말이 생각난다.

조급할 건 없다고 생각해. 한 발 한 발 느긋하게, 서로를 알아가는 시간을 가졌으면 좋겠어. 그동안 혼자서 앞만 보며 달려왔잖아? 내가 항상 민이 아빠를 자랑스럽게 생각하고, 또 진심으로 응원하고 있다는 거 알지? 민도 민이지만, 이제 자기 인생도 꼭 챙기면서 살자!

그는 현주 누나의 말에 수긍했다. 유는 처음 만난 때부터 참 스스럼이 없었다. 구김 없는 산산한 성격에 말재간이 뛰어나 금세 친근해졌다. 지금까지는 주로 유의 집 동네에서 데이트를 해왔다. 지난번에는 유가 그를 경희궁으로 이끌었다. 궁이라면 민이 태어나기 전에 딱 한 번 가본 경복궁이 전부였다. 그녀도 그랬다. 그녀는 만삭의 무거운 몸으로 매화꽃 아래서 사진도 찍고 이름도 생소한 함원전, 흠경각도 찬찬히 둘러보았다. 그날의 배불뚝이 사진이 임산부 모습이 담긴 유일한 사진이기도 하다.

경희궁은 유의 말대로 아담하고 한적해 산책 코스로 그만이었다. 정문인 숭정문으로 들어서서 숭정전을 둘러보고 서쪽 언덕의 숲길로 향했다. 쭉쭉 뻗은 은행나무, 잣나무, 참나무들 사이사이로 새끼 고양이들이 넘나들었다. 고양이들은 한 번씩 발을 모으고 앉았다. 투명한 눈동자와 보송보송한 털이 귀엽고 사랑스러웠다. 야트막한 가르맛길에 세워진 안내판에서 '영렬천(靈洌泉)'의 짤막한 기록을 읽었다. 현재는 수맥이 거의 끊겼지만, 옛날에는 가뭄에도 차가운 물이 넘쳤다고 했다. 지금은 수질 때문에 손만 씻을 수 있었다.

잠깐만요. 아, 저 '렬'자가 차다는 뜻이네요.

유가 재빠르게 휴대폰 검색을 하고서 성큼 물 한 바가지를 떴다.

너무 아쉬워요. 한 모금씩 하면 꿀맛일 텐데……. 손 내밀어 봐요.

손 내밀어 봐요, 손 내밀어 봐……. 유의 목소리가 일순간 그녀의 목소리로 울렸다. 그녀는 정비공장의 기름 냄새를 씻어준다며 그의 손 씻어주기를 좋아했다. 유가 그의 손 위로 바가지를 들어올렸다. 그는 주춤주춤 손을 적셨다.

저만치 약속한 3번 출구 앞에 유가 서 있다. 실은 오늘도 광화문역에서 만나기로 했는데, 카센터를 나오다가 유의 전화를 받았다. 유는 다짜고짜 그의 동네로 오겠다고 했다. 키가 호리호리한 유의 자태가 점점 더 또렷해진다. 팬츠 차림이 아니라 원피스를 입고 있다. 눈부신 하얀 원피스에 신발도 플랫슈즈가 아닌 하얀 펌프스를 신었다. 그러고 보니 원피스가 예사롭지 않다. 천사의 날개처럼 부드러운 하얀 쉬폰 원피스다. 언젠가 함께한, 익숙한 이미지가 그의 머리를 친다.

동살이 잡히기가 무섭게 눈을 떴다. 온 세상이 새하얀 별천지였다. 도둑눈이 두툼한 이불처럼 깔려 있었다. 웨딩마치는 울리지 못할지언정 사진 촬영만은 꼭 해야 한다고 그녀가 고집을 부렸다.

거리가 눈밭인지 눈밭이 거리인지, 걸음걸음마다 발이 푹 푹 빠졌다. 현주 누나는 좋은 징조라고 너스레를 떨었다. 그는 웨딩드레스가 담긴 종이가방을 신줏단지 모시듯 가슴에 안고 걸었다. 화사하게 빛나던 웨딩드레스는 순전히 현주 누나와 그녀의 작품이었다. 두 사람이 동대문 시장 구석구석 발품을 팔아 평범한 에이라인 프렌치 원피스를 구입했다. 무릎 밑의 아랫단과 브이넥, 손목 둘레에만 자잘한 꽃무늬 망사가 덧대어져 있었다. 밤새 그녀가 손을 놀렸다. 허리선을 빙 둘러 길게 조각낸 망사 천을 늘어뜨리고, 가슴 중앙에 세 겹 리본을 달았다. 브이넥과 손목 둘레에는 부챗살 주름을 잡았다.

잘 지냈어요?

유의 낭랑한 목소리에 화들짝 정신이 깬다.

아, 네……. 우리 밥부터 먹읍시다. 먼 길 왔으니, 뭣이든 주문만 하세요.

그냥 근처에서 간단히 해요. 커피는 공원에 가서 마시구요. 괜찮죠?

공원이라고요?

네, 공원……. 여기까지 오면서 이 동네 탐색을 안 했을까 봐요?

주문한 탕수육과 자장면이 거의 동시에 나온다. 음식이 나오기 전까지 유는 이상하게 말을 아꼈다. 덩달아 그도 자꾸 말이 목 안에서 맴돌았다.

우리 자장면부터 먹어봐요. 자장면은 절대로 주방장 솜씨를 비켜갈 수 없잖아요?

그도 이때다 싶어 선뜻 유의 말에 동조하며 젓가락을 놀린다. 자장면이 의외로 맛깔스러워 혀에 쩍쩍 달라붙는다. 유는 맛있다는 말을 연발하면서도 속도가 영 신통찮다.

햇볕의 강도가 한여름 뙤약볕 못지않게 세다. 그는 휴일이면 민을 손잡고 공원에 가곤 했다. 민에게 두 발 자전거를 가르치고 쌩쌩 바람을 가르게 한 곳도 공원 안의 광장이다.

두 사람은 연못가 벤치에 앉아 커피를 홀짝거린다. 자그마한 연못에는 연못 플랑크톤과 부레옥잠이 둥둥 떠 있다. 한 쌍의 청둥오리가 부초를 헤치며 유유히 헤엄을 친다. 유는 연못에 눈길을 붙박은 채 커피가 바닥을 내보일 때까지 말이 없다. 그는 자꾸 불안감이 짙어진다. 한 쌍의 청둥오리는 앞서거니 뒤서거니 찰싹 서로 따라붙는다.

우리 결혼해요.

유의 갑작스런 청혼에 그는 눈을 쏨벅거리며 그녀를 바라본다. 당혹감을 못 이겨 정신이 얼얼할 지경이다.

놀랐어요? 너무 훅 들이댔나? 미안, 미안해요. 사실은 요즘 그 사람이 애 아빠라는 핑계로 자꾸 치근거리지 뭐예요. 나름

고민 많이 했어요. 어차피 우리, 결혼을 전제로 만나는 거잖아요?

그는 여전히 당혹감을 떨치지 못하고 우물쭈물 시선을 돌린다. 청둥오리들은 어디론가 사라지고 부초 없는 빈 수면에 윤슬이 반짝거린다.

아유, 꼭 고양이 앞의 쥐 같아요. 한별씨도 민이 엄마와 다시 만날 리 없잖아요?

유가 싱글거리며 나긋나긋한 목소리를 내다가 툭 쏘아붙인다.

무 물론, 그 그건 그렇죠.

그는 제대로 답을 못하고 버벅거린다. 문득 지난 밤 꿈이 선명하게 떠오른다. 해몽과 아침에 베인 상처도 머릿속을 헤집는다. 고개를 들어 하늘을 올려다본다. 물방울 하나가 콧등에 뚝 떨어진다. 푸른 하늘에서 웬 빗방울인가 싶은데, 금세 비가 쏟아진다. 그들은 벌떡 일어나지만, 비 그을 만한 곳이 눈에 띄지 않는다. 유가 고개를 끄덕거리며 그를 바라본다.

그냥 이 자리가 바로 그 자리네요.

그러고 보니 벤치가 느티나무 그늘에 쏙 들어와 있다. 성미 급한 비는 한 차례 후다닥 뿌리더니 금세 자취를 감춰버린다. 여우비였다.

지하철 역사까지 유를 배웅하고 돌아선다. 일부러 햇빛을 쫓아 연못가를 몇 바퀴나 돌긴 했어도 아직 옷이 눅눅하다. 마음도 눅눅하고 찜찜하다.

 어, 웬일이냐. 환영, 환영.

 사장은 약속 시간보다 빨리 돌아온 그에게 엄지 척을 한다. 입고된 승용차가 석 대나 밀려 있다. 일거리를 제공하는 승용차들이 있어 다행이다. 복잡한 머릿속을 비우려면 일에 열중하는 게 최선이다. 그는 탈의실로 들어가 티셔츠부터 벗는다. 여전히 온몸이 꿉꿉하다. 비를 맞은 유의 모습이 눈에 선하다. 머리에는 손수건을 썼으나 원피스가 몸에 착 달라붙어 몸매가 고스란히 드러났다. 그는 언제부턴가 유가 합류한 가정의 밑그림을 그려보곤 했다. 유난히 잘 해죽거리고 싹싹한 유의 존재만으로도 집 안은 화사했다. 품성만으로도 충분히 사랑스러운 여자다. 여섯 살배기 유의 아들과 민은 돈독한 형제가 될 거였다. 그는 보육원에서도 형제나 남매를 보면 샘이 나고 부러웠다. 그런데 왜 그랬던가. 유의 프러포즈에 그런 어쩡쩡한 반응을 보이다니. 아니 누가 봐도 거절하는 태도였다. 그는 작업복을 입고 탈의실을 나온다.

 그는 냉수를 벌컥벌컥 들이켜고 나서 고장 난 온도 액츄에이터를 능숙하게 교체한다. 온도 액츄에이터는 온도를 설정하는 부품이다. 다음 차례는 사고 난 차다. 버스와 부딪쳐서 왼쪽 범퍼가 긁히고 라이트가 파손되었다. 사고치곤 지극히 가벼운 사고다. 사고로 입고된 차를 보면 늘 가슴이 섬뜩하다. 사고는 운전자 책임이 50%, 정비 불량이 50%다. 우리가 자동차 사고의 50%를 책임지는 사람들이란 걸 명심, 또 명심해! 녹음기가 따로 없다. 걸핏하면 재생되는 사장의 강력한 멘트다. 멘트의 마무리는 늘 긍지와 자부심이란 말로 마침표를 찍는다. 순간 등이 축축해진다. 과연 언제쯤이면 긍지와 자부심을 갖게 되려나. 그런 때가 오긴 오는 걸까.

*

민의 볼이 터질 것처럼 빵빵하게 부푼다. 김밥을 삼키지도 않은 채 소시지를 한 입 베어 물었다. 퇴근길에 민이 김밥집 앞에서 발을 멈추고 씩 웃었다. 민은 치즈김밥, 그는 참치김밥을 골랐다. 민도 그를 꼭 닮아 김밥이라면 무조건 오케이다. 저녁 메뉴는 김밥과 달걀 국에 깍두기와 케첩 소시지를 더했다. 마치 그 옛날 보육원 식탁이 그대로 옮겨온 듯하다. 그는 귀엽게 오물거리는 민의 입을 바라보다가 더운 기운을 느낀다. 자그마하면서도 두툼한 입술이 영락없이 그녀를 닮았다. 그녀도 김밥이라면 그 누구에게도 지지 않는다. 보육원에서도 사족을 못 쓰더니, 민을 임신하고서는 아예 냉장고 안에 늘 김밥 재료를 챙겨두곤 했다.

치즈김밥이라면 치즈가 핵심일 것 같지? 어떤 김밥이라도 그 핵심은 밥의 밑간이라구.

그녀가 조잘거리던 말이 생생하다. 그는 헛기침을 몇 번 하고서 달걀 국을 한 모금 들이켠다. 그는 요즈음 별스런 버릇을 달고 지낸다. 사춘기 때도 무덤덤했던 감성이 뒤늦게 발현되는 듯, 걸핏하면 눈에 습기가 찬다. 분노인지 외로움인지 불분명한, 통제되지 않는 감정의 누수다. 아니다. 그리움이나 기다림 쪽일는지도 모른다. 마음이 착잡하다. 그는 국그릇을 들어 단숨에 훌훌 목을 적신다. 그는 마음을 다잡으면서 미련 없이 싹둑 잘라냈다고 믿었다. 물론 그리움도 꽁꽁 봉합했다고 믿었다. 그 모든 믿음이 유를 만나는 데에서 싹이 튼 허세였던가. 그는 일찍부터 기도하는 습관이 몸에 배었다. 잠에서 깨어나면 제일 먼저 무릎을 꿇고 두 손부터 모은다. 그녀가 떠나버린 빈방에서도 기도를 빠뜨리는 날은 없다. 그 기도 속에 혹시 기다림의 염원이 담겨 있었던가.

그는 보육원 방의 벽에 걸린 〈만종〉을 보면서 자랐다. 황혼 빛이 감도는 밭에서 농부 부부가 삼종기도를 올리는 평화로운 모습. 그는 외롭거나 슬프거나 괴로울 때면 농부 부부처럼 두 손을 모으고 마음 깊이 기도를 올렸다. 원장님의 목소리가 지금도 선명하다.

삼종기도란 천사가 마리아에게 성모 영보(領報)를 알리는 기도란다. 어때? 어디선가 종소리가 들려오지 않아? 그림을 찬찬히 들여다보면 종소리를 들을 수 있단다.

그는 종소리를 듣기 위해 스캔하듯 그림을 훑어보곤 했다. 종은 그 어디에서도 보이지 않았으니 종소리가 들릴 리 만무했다. 고등학교 미술 동아리 반에서 초현실주의에 대한 얘기를 나누었다. 초현실주의의 시초인 살바도르 달리가 〈만종〉을 어떻게 새로이 보았는가. 선생님은 그 얘기로 초현실주의를 설명했다.

기도하는 여자와 남자는 부부가 아니고 어머니와 아들이라는 겁니다. 우리가 보고 있는 모습은 가짜이고, 보이지 않는 모습이 진짜라는 뜻이죠. 초현실주의는 인간의 상식과 이성을 허물고 잠재의식이 만들어내는 이미지를 작품화하는 것이라고 할 수 있습니다.

특성화고등학교에서 오직 취업 준비에만 매진하던 시기였다. 기존의 장벽을 뛰어넘은 달리의 예술혼. 그는 달리를 이해하고 공감하는 게 너무 어렵고 버거웠다. 하지만 달리에게 매료되었다. 이제 와 생각하니 그는 결코 달리를 이해하지 못했다. 그렇듯 그녀도 이해하지 못했다. 그녀의 속마음을 읽어내지 못했다. 그래도 그녀를 지배했던 마음 한 자락은 알 것 같다.

넌 부모님이 있어서 좋겠다.

부모님? 우리 부모님이 어디 있는데?

정말 몰라? 설마 새별을 선물한 부모님을 잊었어? 난, 네 부모님이 어디선가 항상 널 지켜보고 있다고 생각해.

민의 배꼽에 아직 신생아 탯줄이 달려 있었다. 젖을 물린 그녀의 눈에 눈물이 고였다. 그녀는 이름도 없이 보육원 문 앞에 버려진 갓난아기였다. 그때만이 아니었다. 중학생이 된 그녀는 부쩍 외로움을 탔다. 말을 잃어버린 채, 바람에 나뒹구는 낙엽처럼 늘 쓸쓸한 표정을 지었다. 아마도 그녀의 가슴에서는 푸석거리는 낙엽이 쌓이고 또 쌓였으리라. 그는 오직 치기에 찬 친구였다. 새별을 앞세워 우쭐거리기에 급급했다. 새별을 소유한 자와 소유하지 않은 자, 보육원 원생이라고 다 같은 처지는 아니었다. 그는 새별을 바탕으로 존재감을 드러냈다. 연인이 되어서도 그 존재감이 또 자존감으로 이어졌다. 아마도 그녀가 떠날 때까지, 아니 떠난 뒤에도. 그런 얄팍한 가슴팍에서 민이 이만큼 자랐다는 게 신기할 따름이다. 하기야 얄팍하고 두툼하고 따위를 가늠할 겨를이 없었다. 혼자서 민을 데리고 동분서주하느라 정신이 없었다. 오죽했으면 이 시간만 지나면…… 이 시간이 지나면……, 하는 주문만 외웠을까. 민이 아플 때가 가장 힘든 시간이었다.

지난해, 유치원에서 운동회가 열린 날이었다. 한밤중 잠결에 민이 낑낑대는데, 온몸이 불덩이였다. 볼이 발갛게 달아오른 데다 눈도 제대로 뜨지 못했다. 응급실로 내달렸다. 뇌막염이 의심된다는 진단에 밤새워 얼마나 마음을 졸였던가. 민은 새벽녘에야 간신히 열이 내리면서 깊은 잠에 빠졌다. 그는 툰드라 혹한 지대라도 헤맨 듯 하룻밤 사이에 입술이 다 부르텄다. 화장실에 가던 그는 그만 털썩 주저앉고 말았다. 정신이 혼미했다. 그 와중에 그녀가 아른거렸다. 참 야릇한 일이었다. 그가 힘에 부칠 때면 어김없이 그녀가 꼭 눈앞에 얼씬거렸다. 아니 그날은 실제로 그녀를 목격했다.

입고된 차주와 얘기를 나누던 중에 어린이집 선생님 전화를 받았다. 낮잠을 자던 민이 고열이 난다는 것이었다. 세 살배기 민은 그의 품에 안겨서 잘 울지도 못했다. 급히 어린이집 문을 나서는데 낌새가 이상했다. 어린이집 담을 휙 돌아가는 낯익은 뒷모습이 얼핏 눈에 잡혔다. 그녀였다. 그는 그날 이후로 그녀의 행방을 쫓기 시작했다. 그녀를 찾아 나선 것이다. 헤어숍은 거리마다 동네마다 수도 없이 많았지만, 그는 포기하지 않았다.

민이 서툰 젓가락질로 깍두기를 깨문다. 아삭아삭 씹는 귀여운 표정에 절로 웃음이 나온다. 아기 천사라도 저토록 사랑스러울 수는 없다. 될성부른 나무는 떡잎부터 안다더니, 딱 민을 두고 하는 말이다. 한참 어리광을 부릴 나이에 애어른처럼 군다. 특히 좀처럼 우는 법이 없다. 그는 깍두기를 깨물어

본다. 순간 눈을 마주친 민이 얼른 김밥 하나를 그의 입에 넣어준다. 민의 손을 거친 김밥은 특별한 양념이라도 첨가된 듯 향기롭다. 그는 케첩을 바른 소시지를 민의 코앞에서 흔들어대다가 한순간 민의 입에 쏙 넣는다. 민의 입술이 케첩 바른 소시지가 된다.

*

야, 거북이다. 아빠, 거북이 좀 봐봐.

민의 목소리가 조용한 방 안에 카랑카랑하게 울린다. 요즘 들어 부쩍 성량이 커졌다. 세탁기 안에서 빨래를 꺼내던 그는 엉겁결에 허리를 세운다. 양손 가득 탈수를 마친 옷가지들을 들고 새별을 향해 시선을 돌린다.

아빤 어딜 보는 거야? 새별이가 아니구, 여기야 여기!

푸르스름한 거북 한 마리가 티브이 화면에서 금방이라도 튀어나올 기세다. 두 눈이 투명한 보석처럼 영롱하다.

그는 새별을 소유하면서 거북의 생태에 관심이 쏠렸다. 거북의 생존 자체가 경이롭기만 했다. 거북은 대체로 한 번에 100여 개의 알을 모래사장에 낳는다. 그중에서 성년까지 살아남은 거북은 겨우 다섯 마리 정도다. 약육강식의 세계를 단적으로 보여주는 생존율이다. 갓 태어난 새끼 때부터 내던져진 참혹한 운명. 바다로 가는 길에서는 너구리나 바닷새 등에게 잡아먹히고, 바닷속에서는 큰 물고기들에게 먹힌다. 모든 생명이 다 고귀하지만, 거북의 생명이 더욱더 고귀하게 느껴졌다.

'신비로운 귀향'이라는 자막이 뜨면서 한 마리 거북이 화면에 한가득 찬다. 3년생 푸른바다거북이다. 푸른바다거북은 2017년 수족관에서 인공증식작업으로 부화했다. 그 뒤로 제주도에 방류했는데, 석 달 만에 쿠로시오 해류를 역행해 주서식지인 베트남 해안에 안착한 것이었다. 고향을 찾아 이동한 거리가 대략 3,850km나 된다. 도저히 상상할 수 없는 장거리 이동이다. 물속에서야 물갈퀴를 휘저으며 헤엄을 치겠으나 워낙 느림보의 대표주자가 아니던가. 머나먼 고향에 당도한 거북의 생태가 한없이 신비스럽다. 아니 불가사의하다.

그도 한때는 어딘지도 모르는 고향에 연연했다. 이유는 단 한 가지, 고향과 어머니는 늘 하나로 존재했기 때문이다. 고향에 가면 어머니가 꼭 그를 기다리고 있으리라는 확신이 들었다. 하지만 그 길은 녹록치 않았다. 발버둥을 치면 칠수록 고향 가는 길은 묘연했다. 이제는 오로지 새별에게만 의지하고 있는 형편이다. 어머니와 그를 연결해주는 한 가닥 징표로 남은 새별의 존재. 새별을 절대로 잃어버리면 안 되었다. 그는 민을 키우면서 비로소 어머니에 대한 연민에 고개 숙였다.

얼마나 힘에 부쳤으면 그런 선택을 했겠는가.

어머니의 인생처럼 그의 삶도 태풍에 휩쓸리는 나뭇가지였다. 발도 떼지 못하는 민을 안고 몇 번이나 보육원 문 앞에서 서성거렸던가. 잠든 민을 유모차 안에 두고 돌아서서 허전허전 걷기도 했다. 정신이 번쩍 들면, 유모차를 향해 단거리 선수가 되어 내달렸다. 민은 세상모르고 배시시 웃으며 자고 있었다. 민을 덥석 껴안는데, 까마득히 잊고 있었던 부모님이 생각났다. 불끈 용기가 샘솟았다. 부모님도 그를 찾기 위해 달려오고 있을는지 몰랐다. 다음날 그는 경찰서 실종자 가족 지원센터를 찾아갔다. 물론 머리칼 대여섯 개와 칫솔이 들어 있는 봉투를 챙겨 들었다. 유전자 등록을 마치고, 내친김에 새별을 손에 꼭 쥐고서 파이낸셜 뉴스팀을 만나 사진도 촬영했다. 부모님의 신상명세서 역할을 새별이 톡톡히 하리라 기대했다.

푸른바다거북이 티브이 화면에서 사라졌다. 푸른바다거북도 기대했을까. 혹시 지금쯤 베트남 해안에서 가족 중 누구라도 만났을까.

그는 하나하나 빨래를 털어 건조대에 걸친다. 어느새 다가온 민도 자기 옷들을 골라서 탈탈 턴다. 반바지, 러닝셔츠, 팬티, 양말 등이 더없이 앙증맞다. 건조대를 꽉 채운 민과 그의 옷들이 그들처럼 제법 잘 어울린다.

시야가 온통 깜깜하다. 누가 장막이라도 친 것인가. 눈꺼풀을 비비대고 눈동자를 굴리며 사위를 두리번거린다. 희끄무레한 실낱같은 물상이 어둠을 가른다. 한 점 빛인가. 아니 물인 것도 같다. 물이다. 물이 흐른다. 흐르는 물에 온 정신을 집중하며 주시한다. 물속에서 희미한 물체가 꿈틀거린다. 희한하게도 발이 나타나고 발에 달린 물갈퀴까지 훤히 보인다. 거북이다. 일순간 거센 파도가 쏜살같이 밀려와 거북을 사정없이 휘감아 친다. 그는 안절부절못한다. 곤두박질친 거북이 멀리멀리 자취를 감추면 어떡하나. 숨이 가쁘고 눈이 시려오는 찰나, 너울이 솟구치면서 그에게 달려든다. 그는 잽싸게 해안 쪽으로 몸을 돌려 사지를 버둥거린다. 무엇인가가 손에 잡히는 듯한 감촉. 아니 엉뚱하게도 그의 몸이 누군가에게 끌려간다. 그는 그만 해안에 툭 내팽겨진다. 소스라치게 놀란 그가 눈을 번쩍 뜬다. 민이 그의 옆구리에 바투 붙어서 쌕쌕거린다. 언제 내려놓았는지 새별이 민의 머리맡에 놓여 있다.

그는 등을 바닥에 대고 천장을 쳐다보며 반듯하게 눕는다. 두 발을 가슴으로 끌어당겨 손으로 발바닥을 문지른다. 잠들기 전부터 발이 시렸는데, 시나브로 온기가 느껴진다. 온기는 차츰차츰 온몸으로 퍼진다. 슬며시 눈을 감는다. 그는 한 마리 푸른바다거북이 되어 망망대해를 헤엄치기 시작한다. 새별을 흉내 내기라도 하는 것처럼 새끼 거북을 등에 단단히 업었다. 푸른바다거북은 알까. 미래를 위한 과거 찾기를, 자기 몸 안에 내재된 모험심을. 새끼 거북에게도 전달되는 푸른바다거북의 도전은 진행형이다.

존재의 조건

정재훈(문학평론가)

> 나방은 마신다. 새는 잠을 잔다. 여기에는 눈물이 있고, 꿈이 있고, 차이가 있다. 나방이든 나비든 다 자란 곤충은 '이마고'라고 부른다. 그 복수형이 '이매진즈'이다. 나방이나 나비, 혹은 날 수 있는 다른 곤충을 성충으로 완성시키는 세포를 '이매지널 세포'라고 부른다. 이 세포는 유충 단계에서는 활동하지 않고, 다 자랐을 때, 즉 성충의 형태가 되었을 때만 등장한다. 애벌레가 자기 몸을 녹여 끈적한 액체가 되면 그때까지의 삶은 거기서 끝이다. 그것은 삶의 중반부에 일어나는 죽음과 부활이다. '이마고'는 또한 '한 인간에 대한 이상화된 이미지'라는 뜻도 가지는데, 이 이미지는 보통 어린 시절에 부모를 보며 형성된다.
>
> — 리베카 솔닛, 『멀고도 가까운』중에서

1. 이매지널 세포를 닮은 서사

리베카 솔닛이 언급한 '이매지널 세포'는, 애벌레가 자기 몸을 녹여 스스로 죽음에 이르고 다시 성충으로 부활하는 과정을 통해 활성화된다. 생명의 활동을 관장하는 자연의 거대하고도 보이지 않는 섭리의 일부라 하겠으나, 이를 소설 서사 속

인물의 변모 과정에 대입해 본다면 어떨까? 일단, 소설이라는 장르가 흔히 작가가 자신의 작품 속 등장인물(들)의 삶을 예술적으로 표현하여 일종의 '이상화된 인간적 이미지'를 욕망하고자 하는 것이라 한다면, 이렇게 서사 속에서 인물의 성장 과정, 그리고 그 속에서 '죽음'과도 같은 존재론적 갈등과 함께 '부활'이라는 카타르시스를 떠올려 볼 수 있을 것이다. 그렇다고 한다면 이 '이매지널 세포'의 활성화 방식이야말로 소설의 서사적 구조와 무척 닮았다고 봐야 하지 않을까.

김경의 소설집에 수록된 작품들에는 '죽음'이라는 존재적 사건들이 자리 잡고 있다. 지금의 코로나 시국으로 인해 가족을 떠나보내야 하는 누군가의 비참한 삶을 떠올리게 만드는 「2020년, 그해 4월」이라든가, 아니면 갑작스러운 사고로 인해 생사의 기로에 놓인 주인공의 또 다른 독백이 펼쳐지는 「너에게」처럼 '죽음'은 김경의 이번 작품 세계에서 인물들에게 가해진 혹독한 존재적 시련임과 동시에 이를 극복의 단초로 삼아 부활의 희망(남겨진 자로서 삶을 희망하거나, 죽은 이들을 애도함으로써 한층 성숙해지는 인간적 면모)을 한줄기 빛처럼 열어둔다. 물론, 「밤길」이라든가 「푸른바다거북」에서는 표면적으로 '죽음'이 직접적으로 드러나지는 않지만 그와 상응할 법한 '부재' 등의 문제의식이 드러난다. 이 부재는 '부모'의 부재, 다시 말해 그들(부모)이 죽지는 않았지만 내 주변에는 없는 상태이기에 '죽음'과

동일하다고 볼 수 있다.

이렇듯 삶의 근간마저 뒤흔들 법한 '죽음'을 작품 내에 배치한다는 것은 어떤 의도에서 비롯된 것일까. 이는 다른 소설에서도 흔히 볼 수 있는 사건의 배치일 뿐일까. 소설집에 실린 작품들마다 배치된 것은 분명 나름의 의도가 있다고 봐야할 것이다. 김경이 독자인 우리들에게 열어 보여주고자 한 어떤 삶의 진실이 숨겨져 있다. 누군가의 죽음 이후에 남겨진 자들이 느끼는 고통과 상실감, 또는 정체성의 뿌리 상실(부모의 부재)을 작품으로써 그린다는 것은, 어쩌면 그러한 크나큰 존재적 사건들의 진정한 의미가 일상 밖으로 철저히 밀려나간 자본주의 사회[2]에서 우리가 살고 있음을 가리킨다. 김경은 그 존재적 사건들을 다시 우리 일상 내부로 끌어들인다. 그리고 작품 속 등장인물들은 그 사건 내에 마치 애벌레에서 성충으로 나아가는 변모를 보이며 성장한다.

상투적이고 소소한 갈등만으로는 어렵다. 그래서 김경은 죽음과 삶의 경계에서 펼쳐진 극단적 상황을 작중 인물들이 맞닥뜨리게 만들고, 이에 따라 서서히 변모해나가는 인물들의 성장을 보여준다. 작품 내에서만 그 영향력을 발휘하는 것은

---

[2] 이에 관한 대표적인 풍경은 도시 외곽에 자리 잡은 추모 공간일 것이다. 시신은 이른 아침부터 도시 외곽에 있는 화장터로 향하고 그 뼛가루는 마찬가지로 도시 외곽에 자리 잡은 추모 공간에 안치된다. 평온함을 가장한 그곳은 아직 살아 있는 이들에게는 서서히 잊힐 수밖에 없는 지정학적, 심리적 거리를 반드시 유지해야만 한다.

아닐 테다. 이매지널 세포의 활성화로 인한 '이마고'를 소설이라는 구조로 끌어들여와 본다면, 이는 작품으로써 '한 인간에 대한 이상적 이미지'를 독자들에게 선보이는 것과 같다고 하겠다. 그것의 아름다움은 독자들에게 일종의 '감응'으로써 다가온다. 감응은 본래 인간만의 전유물이 아니다. 그것은 인간을 비롯해 "식물이든 동물이든 유한한 생명들에게 다른 신체와의 마주침"[3]을 의미하며 곧 "존재의 조건"이다.

2. 가시화된 죽음으로써 던져진 존재적 질문들

김경의 작품들 가운데에서 무엇보다 지금 우리와 가장 근접한 문제라 할 수 있는 코로나19를 소재로 한「2020년, 그해 4월」을 먼저 살펴보자. 2019년에 중국 우한에서부터 발병하여 국내를 비롯해 전 세계적으로 맹위를 떨치고 있는 코로나19는 지금도 계속되고 있다. 연이은 확진자와 사망자의 수치가 기복이 있을 때는 잠시나마 희망을 가져볼 수도 있었으나, 이제는 '오미크론'의 등장으로 다시 가파른 상승 중에 있다. 이러한 전염병의 대유행은 어느 지역에만 한정된 문제가 아니기에 '인류'라는 보편적인 것으로써 사유되어야 하며, 미시적으로는 개

---

3) 최유미,「공생의 생물학과 감응의 생태학」, 최진석 외 엮음,『감응의 유물론과 예술』, 도서출판b, 2020, 98쪽.

개인의 삶 자체에 불가피한 변화를 가져올 수밖에 없을 것이다. 이미 아감벤이 지적했던 것처럼, 시간이 흐르면 사람들은 이전에 자신이 살았던 방식이 옳았는지 자문해 봐야 할 것이고[4] 또 지젝의 주장처럼 우리는 사회적 삶 전체를 새로운 형태로 발명해야만 하는 과업을 피해서는 안 된다.[5]

이미 작년부터 국내의 작가들도 코로나19가 일상을 어떻게 변모시켜 나갔는지를 작품으로써 형상화하고 있었다. 사회적 거리 두기, 급속한 전파력, 국가가 주도하는 방역 시스템, 마스크를 쓴 이웃들의 얼굴 등처럼 코로나19가 바꾸어 놓은 일상의 모습들은 문학적 상상력을 자극시켰고, 그렇게 작품으로써 우리들이 잊고 있던 삶의 가치들을 다시금 상기시켜 왔다. 결국, 이렇게 나온 작품들은 장르나 세부적인 색채 여하를 떠나 '질문'이 되어 독자들에게 당도한다. 그 질문들 중에는 무엇보다 '죽음'이 있다. "바이러스는 우리 사회의 거울이다. 바이러스는 우리가 어떤 사회에서 살고 있는지를 드러낸다. (…) 바이러스는 고통이 억제된 안락영역으로 침투하여 이 영역을 삶이 생존으로 완전히 얼어붙는 격리 공간으로 바꾼다. (…) 팬데믹은 우리가 꼼꼼히 억압하고 밀어낸 죽음을 다시 가시화한다."[6]

4) 조르조 아감벤, 박문정 역, 『얼굴 없는 인간』, 효형출판, 2021, 51쪽.

5) 슬라보예 지젝, 강우성 역, 『잃어버린 시간의 연대기』, 북하우스, 2021, 167쪽.

6) 한병철, 이재영 역, 『고통 없는 사회』, 김영사, 2021, 27쪽.

어제, 나는 아버지와 참담한 영결식을 치렀습니다. 유례없는 장례식이었지요. 조문객 한 사람 없는 빈소에서 아버지는 두꺼운 비닐에 감싸이고, 나는 방호복에 파묻혔지요. 나는 방호복 탓에 손가락 하나 까딱할 수 없었습니다. 차갑게 굳어버린 아버지의 시신처럼 내 온몸이 마비되어 가는 듯한 그 순간에도 속닥거리는 말이 있었지요. 그때만큼은 분명히 흔들리는 내 의식을 깨워주는 말이었습니다. 삶을 내던지지 말라고. 아, 아버지. 행여 아버지의 소리였을까요?

—「2020년, 그해 4월」 부분

「2020년, 그해 4월」은 작중 주인공이자 화자인 '나'에게 던져진 누군가의 질문(아버지가 한 질문으로 보인다)으로부터 시작된다. "어때? 사는 게 좀 그렇지? 흔들려? 무미건조해? 딱 멈추면 어떨까?"라는 질문은 일상 속에서 무뎌진 의식을 깨운다. 삶을 내던지지 말고, 멈추지 말아야 한다는 목소리는 그동안 '나'의 삶을 다시금 돌아보게 만든다. "악착같이 멧돼지처럼 내 앞만 보고 돌진"하며 살았던 저급한 삶은 오로지 생존을 위해서 최적화된 방식이었다. '나'는 아버지와는 다른 삶을 살겠다며 큰소리를 쳤지만, 가만 보면 아버지보다 더 위태로운 상황에 처해 있었다. 이런 '나'에게 아버지의 죽음은 가히 '브레이크'와도 같았다. "겨우 일흔넷에 음압 병실에서 삶을 마감"한 아버지의 생애는 앞으로 살아가야할 '나'에게 지울 수 없는 심리적 내상으로 남을 것이다.

그렇다고 하여 절망만 할 수는 없다. "인생은 B(Birth)와 D(Death) 사이의 C(Choice)다." 사르트르의 말을 인용했다는 점에서 이는 자연스레 냉철한 실존적 의식을 떠올리게 한다. 탄생과 죽음 사이에 놓인 선택. 이것은 우연적인 탄생과 절대적인 죽음이라는 극단적 한계 사이에서 인간이 유일하게 스스로 행할 수 있는 행위이다. 그렇기에 삶은 결국 무엇인가를 계속해서 '선택'해 나가면서 앞으로 나아가는 것이며, 우리는 조금이라도 더 나은 선택을 위해 끊임없이 질문을 곱씹어 봐야 한다. 「2020년, 그해 4월」은 표면적으로는 코로나19로 인해 혈육을 잃은 자의 슬픔과 생존의 위협(주인공의 직업이 여행 가이드라는 점에서) 등을 표현하고 있지만, 이는 앞으로 '살아남은 자'로서 마주해야 할 무수히 많은 질문들을 생각한다면 아주 잠깐의 독백에 불과할지도 모른다.

코로나로 인한 죽음만이 전부는 아닐 것이다. 배경은 조금 다르지만, 앞서 「2020년, 그해 4월」과 마찬가지로 누군가의 죽음이 서사의 주축이라 할 「슬리퍼」가 있다. "나"(하연)를 작중화자로 하여 이웃의 죽음("이영은")은 소설 전면에 제시된다. 고작 "마흔한 살"에 심근경색으로 생을 마감해야만 했던 '영은'의 안타까운 죽음은 그녀의 남겨진 가족들(남편과 쌍둥이 아들들)에

의해서 더욱 무게감 있게 다가온다. 이러한 이웃의 시련은 '나'와 전혀 무관한 것이 아니다. '나'는 전남편 "무정"과의 연애 시절을 떠올리며, 그때는 서로가 "존재의 본질"가 무엇인지를 알아가기 시작했었다고 여겼으나, 사실 그 존재적 문제는 '나'에게 있어 결코 간단명료한 것으로 드러나는 게 아니었다.

'나'에게 주어진 묵직한 존재적 질문들은 여러 가지가 있었다. 자신이 임신을 하지 못해 결국 '무정'이 다른 여자와 관계를 맺어 낳은 딸("은아")을 떠맡아야 하는 상황이고, 죽은 "영은"의 남겨진 자녀들도 눈에 밟힌다. 「슬리퍼」에서 눈여겨봐야 하는 것은 '아이'에 관한 작가의 애틋한 시선이다. 어른들의 이해관계를 떠나 아이들의 표정과 몸짓은 훨씬 더 자유롭게 보인다. 물론, 다른 작품에 등장하는 인물들처럼 이 아이들도 부모의 부재(물론 이 작품에서는 '어머니'의 부재만이 있다)를 언젠가 느낄 것은 분명하지만, 그럼에도 불구하고 남겨진 이들에게 '아이'의 존재는 앞으로 남은 삶을 이겨나가게 하는 동력인 셈이다. 그리고 이 작품에서는 칼릴 지브란의 말이 인용되어 있는데, 이는 "그대의 아이는 그대의 아이가 아니다. 그들은 그대를 거쳐서 왔을 뿐 그대로부터 온 것이 아니다."라는 것이다. '혈육'이라는 문제의식을 전면에 세우진 않았더라도, 이 작품은 이웃과의 연대 또는 '새로운 가족'이라는 키워드로도 읽어볼 수가 있겠다.

3. 뿌리 찾기의 과정과 새로운 가족의 출현 가능성

존재의 조건을 의식하고 끊임없이 질문에 대해 마주하기. 이것은 자신의 정체성과도 관련이 있다. '탄생'이라는 절대적 사건에 의해 일어나는 삶으로의 기투는 존재적 불안을 극복함으로써 앞으로 나아간다. 「푸른바다거북」은 아버지, 남편, 자기 자신의 이름으로 써 내려가는 존재적 모험기이다. 전처인 "지희"의 가출로 인해 아들 "민"을 홀로 키우며 카센터에서 일하는 "이한별"의 삶은 희망과 불안의 연속이다. 그에게 아들의 "환한 웃음소리"는 그 어떤 것보다 훌륭한 "명약"이지만, 또 한편으로는 밥벌이를 통해 긍지와 자부심을 갖게 될 날이 언제인지 고민하면서 앞으로 살아가는 데에 관한 불안도 감지된다.

미래에 대한 불안은 누구에게나 있다고 말하기는 쉬우나, "한별"의 입장에서는 더 절박한 문제로 다가온다. 왜냐하면 그가 보육원 출신이고, 부모님(특히 어머니)의 부재에서 자라났다는 점 때문이다(이는 전처인 "지희"도 같으나, 이에 대한 상실감은 그녀가 더 크다). 이러한 부모의 부재는 자신이 살아갈 미래를 구상하는 데에 있어 상당한 걸림돌이 됨과 동시에 남들보다 더 강렬한 희망의 씨앗이 되기도 한다. 상실에 대한 보상 심리로써 작동되는 "따뜻한 가정"의 이미지는 그의 이십 대 인생에서 가장 큰 구심점이었으며, 그만큼 원했기에 놓쳐버린 것도 있었다(전처의 가출). 현재에 둔감한 어리석은 미래형 인간의 고독한 여정은 독자들에게 연민을 불러오기에 충분하지만, 또 한편으로는 마치 유충에서 성충으로 나아가기 위한 일종의 과도기처럼도 보인다.

　그도 한때는 어딘지도 모르는 고향에 연연했다. 이유는 단한 가지, 고향과 어머니는 늘 하나로 존재했기 때문이다. 고향에 가면 어머니가 꼭 그를 기다리고 있으리라는 확신이 들었다. 하지만 그 길은 녹록치 않았다. 발버둥을 치면 칠수록 고향가는 길은 묘연했다. 이제는 오로지 새별에게만 의지하고 있는 형편이다. 어머니와 그를 연결해주는 한 가닥 징표로 남은 새별의 존재. 새별을 절대로 잃어버리면 안 되었다. 그는 민을 키우면서 비로소 어머니에 대한 연민에 고개 숙였다. 얼마나 힘에 부쳤으면 그런 선택을 했겠는가.

　어머니의 인생처럼 그의 삶도 태풍에 휩쓸리는 나뭇가지였다. 발도 떼지 못하는 민을 안고 몇 번이나 보육원 문 앞에서 서성거렸던가. 잠든 민을 유모차 안에 두고 돌아서서 허전허전 걷기도 했다. 정신이 번쩍 들면, 유모차를 향해 단거리 선수가 되어 내달렸다. 민은 세상모르고 배시시 웃으며 자고 있었다. 민을 덥석 껴안는데, 까마득히 잊고 있었던 부모님이 생각났다. 불끈 용기가 샘솟았다. 부모님도 그를 찾기 위해 달려오고 있을는지 몰랐다. 다음날 그는 경찰서 실종자 가족지원센터를 찾아갔다. 물론 머리칼 대여섯 개와 칫솔이 들어 있는 봉투를 챙겨 들었다. 유전자 등록을 마치고, 내친김에 새별을 손에 꼭 쥐고서 파이낸셜 뉴스팀을 만나 사진도 촬영했다. 부모님의 신상명세서 역할을 새별이 톡톡히 하리라 기대했다. (중략)

그는 등을 바닥에 대고 천장을 쳐다보며 반듯하게 눕는다. 두 발을 가슴으로 끌어당겨 손으로 발바닥을 문지른다. 잠들기 전부터 발이 시렸는데, 시나브로 온기가 느껴진다. 온기는 차츰차츰 온몸으로 퍼진다. 슬며시 눈을 감는다. 그는 한 마리 푸른바다거북이 되어 망망대해를 헤엄치기 시작한다. 새별을 흉내 내기라도 하는 것처럼 새끼 거북을 등에 단단히 업었다. 푸른바다거북은 알까. 미래를 위한 과거 찾기를, 자기 몸 안에 내재된 모험심을. 새끼 거북에게도 전달되는 푸른바다거북의 도전은 진행형이다.

― 「푸른바다거북」 부분

위 내용은 「푸른바다거북」에서 가장 중요한 장면 중 하나일 것이다. 존재의 절대적 조건이라 할 탄생과 연루된 최초의 만남, 그러니까 그에게 어머니는 자신의 뿌리를 찾기 위해 먼 여정을 준비 중인 "미래형 인간"이 되기 위한 동력원인 셈이다. 그가 지금까지 그린 자신의 삶이 아무리 서툴고 조악할지언정 어머니는 그 어떤 것보다도 가장 강렬한 원색을 품었다. 이러한 뿌리 찾기의 열망을 보증하는 "징표"는 보육원 시절, 그가 아홉 살 때 원장님이 건네준 "회백색 돌로 만들어진 작은 거북"이다. 무생물이라 할지라도 이것은 그에게 동물적 본능을 불러일으킨다. 서서히 바다로 향하는 거북의 모습처럼 그 또한 이제 곧 해변에 당도할 것이다. 뭍의 끝이자, 물의 시작인 그곳에서 "한별"은 자신이 살아왔던 "과거"(알)와 또 앞으로 살아가야 할 "미래"(푸른바다거북)가 그렇게 서로 맞닿아 있다는 점을 알게 된다. 과거 또한 자신의 일부이며, 아무리 시간이 지나도 이는 불변의 진리라 여기면서 말이다.

일탈의 늪에 빠져 허우적대는 나를 네게 맡긴 거였다. 너는 내 형이고 나는 네 동생이니까. 너는 침착하게 붓을 쥐고서 나를 내려다보는데, 나는 그만 급격히 자신감이 떨어지고 만다. 내가 하는 짓이 영 이상야릇하고 어색하다. 나는 역시 옹졸하다. 네가 제아무리 타끈해도 너와 한 몸처럼 거리를 좁히고 싶다. 너와 아버지의 관계처럼, 그냥 네게 예속되고 싶다. 네가 알다시피 죽음에 포박된 나는 그 마지막 순간, 촌각을 다투고 있다. 사지에 냉기가 흐르기 시작하지만 아직은 살아 있다. 내 생애 마지막 말로 네게 물어보련다.

내 마지막 순간이 어때? 아름답긴 해?

우린 한 형제잖아?

너는 내 물음에 뜬금없는 소리로 일갈한다. 좀 전에 분명 들었던 말인데, 그 말이 또 다시 내 귀를 때린다.

—「너에게」부분

「너에게」는 불의의 사고로 인해 생사의 경계에 선 "나"(영민)의 시점으로 서술된다. 1인칭으로 진술되는 전개를 따라 가다 보면, 결국 단순한 혈육 관계를 넘어 진정한 형제애를 느낄 수가 있다. 형인 "너"(정민)는 '나'의 친형이 아니다. '너'는 입양으로 들어온 자식이다. 그러니까 "나는 진짜 자식이고, 너는 가짜 자식"인 것이다. 세 살 터울인 이들 형제는 함께 한 삶 대부분을 대립하면서 지낸 듯하지만, 이는 부모로부터 애정을 받지 못한 동생의 날선 질투보다는 형을 향한 애증에 더 가깝다. "희귀성 망막색소변성증"을 앓아 시력을 상실하여 결국엔 그림을 포기하고 안마사로 일하는 형을 향한 '나'의 안타까움은, 돌아가신 아버지의 유지(遺旨)를 이어 받고자 하는 자식으로서 당연한 감응이다.

문득, 2013년에 개봉한 일본영화 〈그렇게 아버지가 된다〉가 떠올랐다. 두 가족의 아들이 출산 후 병원에서 뒤바뀌고, 그것이 6년 후에 밝혀진다는 것으로 시작되는 이야기다. 이 영화는 부모와 자식 사이의 관계를 '피'로 볼 것인지, 아니면 '시간'으로 볼 것인지를 관객에게 묻는다. 김경의 소설에서 등장하는 가족의 관계를 볼 때, 어쩌면 작가 또한 가족의 진정한 의미에 대해 고민해 봤을 것이라는 추측을 해본다. '피'를 중시하는 가족 관계는 여전히 유효한가.「푸른바다거북」에서 '한별'이 꿈꾸는 새로운 가족, 그리고 피로 맺은 형제가 아닌 이들의 이야기인「너에게」와, 또 자신이 낳지 않은 딸을 키워야 하는「슬리퍼」의 '하연'까지. 이렇게 작품들마다 인물들에게 주어진 문제들은 결국 '피'냐 아니면 '시간'이냐, 라는 질문과 관련이 있는 것이다.

4. 내면의 상처를 딛고 일어서는 예술적 혼

"고통과 상처가 없다면 동일한 것, 친숙한 것, 익숙한 것이 계속된다."[7] 따라서 모든 예술은 일종의 저항이자 충격이다. 예술은 고통과 상처를 드러내고, 또 그것들을 독자나 관객에게 전달하면서 익숙했던 것들을 파괴시킨다. 저항과 충격으로써의 예술에 의해 폐허가 된 '동일한 것, 친숙한 것, 익숙한 것'들 사이에서 희미하게 건질 수 있는 '또 다른 의미'는 결국 삶 자체란 무엇인지를 성찰하게 만든다. 앞서 존재적 조건에 관한 여러 질문들 또한 어찌 보면 이와 같은 맥락이라 볼 수 있다. 김경의 작품 내에서 제시된 질문들은 대부분 우리 주변의 일상에서 비롯되었다. 물론, 이것이 김경만의 특색이라고 말하

---

7) 한병철, 이재영 역,『아름다움의 구원』, 문학과지성사, 2016, 55쪽.

기는 어렵다. 하지만 '죽음'을 비롯해 무게감 있는 질문들이 지속적으로 제시된다는 점에서 어쩌면 김경에게 예술은 고통과 상처로 포장된 질문이고, 우리는 그 질문에 대해 나름의 답을 찾는 것인지도 모른다.

「청미, 돌아오다」에서 주인공 "나"(박영주)는 제자였던 "청미"(장청미)를 통해 소설가로의 삶을 새롭게 발견한다. 평온한 일상의 공기를 섬뜩하게 찢어놓은 "인디언 흉상"은 바로 '청미'가 주인공에 선물했던 것이었다. 평범하게 보였을 호의는 갑작스러운 상황을 연출함으로써 "여태 보지 못했던 어떤 결이 눈에" 잡히는 계기가 된다. 흉상에 드러난 생경한 힘줄을 바라보면서 느낀 공포는, 분명 '청미'가 지닌 영험한 능력을 미리 보여주기 위한 작가의 의도가 담겼을 테다. 또한, 힘줄을 통해 드러나는 일종의 생명력도 감지된다. 작품 말미에 "청미의 얼굴이 흉상에 겹치며 클로즈업"되는 장면을 봐도 그러하다. 합리적인 이성이나 과학적인 근거와는 거리가 먼, '청미'의 이미지는 '나'의 내면적 상처('아이'를 낳지 못하는 슬픔)와 함께 '나'가 감춰왔던 창작 욕구를 자극한다.

나는 느릿느릿 일상으로 되돌아왔다. 그런데 어쭙잖은 욕심이 꿈틀거렸다. 시 쓰는 일이 삶의 나침반이지. 동인시집을 건네주며 K가 했던 말이 내 삶의 나침반이 된 것이다. 당연히 문학소녀는 대학에서 영문학을 전공하고 등단은 하지 못했지만, 문학에 대한 열망은 아직 식지 않았다. 학교에 출근하면서 닥치는 대로 읽고 쓰기 시작했다. 책은 장르를 가리지 않았으나 소설가가 되고 싶었다. 투고는 번번이 낙선이었다.

학교를 등지면 안 돼. 글쟁이 운은 애초에 없어.

청미의 눈동자가 번득였다. 상대방을 제압하는 당찬 어투에 나도 모르게 주눅이 들어갔다. 청미가 만신이라면 나는 만신의 점괘에 따라 흔들리는 일개 문복(問卜)하는 사람일 뿐이었다. 수치심과 야릇한 쾌감이 온몸을 휘감았다. 지난날에 연연할 필요가 없었다. 불투명한 미래의 내 모습이 불안하면서도 기대되었다. 과연 내 아이가 존재하게 될까? *(중략)*

선생님이 제 얘길 써주세요. 제가 좀 남다르긴 하잖아요? 선생님은 분명 좋은 글을 쓸 수 있을 거예요. 그 작품이 자식이 돼 효도도 받을 거고요.

나는 한 손으로 무릎을 친다. 청미는 그때, 새로운 점괘를 찾았는지도 모를 일이다. 취미로나 써보라던 지난날의 점괘를 파기하고 글을 본업으로 하라는 듬직한 점괘. 차마 점괘라고 말하지 못한 구원의 손길을 내가 지나쳐버렸는지도 몰랐다. 그렇다면 궁극적으로 내게 한 발짝 다가온 청미의 제스처를 내가 무시한 셈이었다. 글을 쓰려면 널 속속들이 알아야 하잖아? 이 참에 홀딱 벗어볼 거야? 나는 이런 식으로나마 청미의 말을 받아내야 했다. 머릿속이 옹송망송하다. 여태까지 단 한 번도 담담하게 청미를 대하지 못했다. 우리 사이에 도로의 중앙선 같은 샛노란 줄을 그어놓고 멀찍이 서 있었다. 신과 동거하는 청미의 삶, 그 혼의 세계에 도사린 삶의 외경이 버거웠던 것인가. 송곳 같은 눈빛은 눈빛대로, 푸석푸석한 얼굴에서 발산되는 으스스한 기운과 침침한 빛은 빛대로, 나는 모든 게 다 두려웠는지도 몰랐다.

—「청미, 돌아오다」 부분

자신의 이야기를 소설로 써 달라는 '청미'의 말(그녀도 가정사의 시련으로 인해 내면의 상처가 있었다)을 반갑게 화답하는 '나'의 모습은 처음 받았던 점괘('소설가가 되기 어렵다')가 전복되었기 때문이다. "불투명한 미래"는 조금 더 뚜렷하게 드러나기 시작했다. 비록 그때는 불안하기도 하고, 좌절감도 맛보았겠지만 그렇다고 하여 주인공이 품은 창작 욕구의 불씨가 완전히 꺼진 것은 아니었을 테다. "왜? 다시 한번 지껄이지 그래? 지금 이 순간, 내 점괘는 뭐야? 시든 소설이든 다 쓸 수 있겠니?" 라며 '청미'에게 따지고 싶은 마음도 그 증거다. '나'는 '청미'의 영험한 힘이 마치 '날 것'처럼 느껴지기도 했으나, 창작을 향한 주인공의 욕망 또한 '날 것'에 가깝고 쉼 없이 꿈틀거린다.

한국에 들어온, 그녀의 남자 친구 "호"는 주인공을 만나 '청미'의 수첩을 건넸다. 주인공은 "청미가 차마 표출하지 못한 진정한 내면의 소리가 차곡차곡 기록"된 '청미'의 수첩을 읽는다. 그리고 가장 마지막 페이지에 "크고 작은 여러 개의 원이 산만하게 흩어져" 있는 그림을 보게 된다. 그녀의 춤을 표현한 그림이었다. 직접 춤을 추는 것을 본 것이 아니라, 그림으로 표현되어 있다는 점도 그렇고 그것을 보면서 마치 '청미'가 눈앞에서 춤을 추고 있는 것 같은 착각을 불러오는 것이 흥미로운 대목이다. 이렇듯 작품의 말미를 가만히 읽다보면 '청미'의 모든 능력이 주인공에게 계승되는 것이 아닌가, 라는 생각을 하게 된다. "글을 쓰고 싶다. 청미의 이야기를 쓰고 싶은 욕구가 인다." 라며 주인공은 다시금 눈을 뜨게 된 것이 아닐까.

수는 점점 표정이 굳어져 간다. 크게 부각되던 나나의 웃음이 그저 단순한 웃음이 아니었다. 일종의 본심을 포장한 위장술이었다. 수는 왠지 나나의 지난 시간을 들추어보면서 나나와 교감하고 싶은 열망에 휩싸인다. 나나의 과거를 통해 진정한 나나의 모습과 만나고 싶다. 나나는 기억하기 싫은 과거일 지라도. 그렇다. 나나는 한때 지극히 연약한 소녀였다. 소녀의 삶은 송두리째 고통이었다. 수치심, 불안감, 두려움, 공포심 따위를 떨치고 버텨내야만 하는 삶이었다. 앞이 보이지 않은 캄캄한 어둠의 터널이었다. 서른셋인 수도 굴욕과 수치를 참아내야 하는 고통의 시기를 지나왔다. 베르그송은 고통이 감정의 기원이라고 했다. 모를 일이다. 수는 생각한다. 인간의 성숙이 곧 감정의 성숙이고, 그 감정이 제아무리 고통에서 출발한다 해도 고통은 싫다. 고통은 두 번 다시 겪고 싶지 않은 최악의 경험이다.

—「사랑해요, 나나」부분

위 작품은 주인공 "수"의 성장기다. 더 구체적으로 말하자면, 예술(작품에서 '타투')을 하는 자가 되기 위한 일련의 과정들이라 하겠다. 그리고 그녀 스스로 트라우마를 극복해나가려는 과정도 함께 전개되어 있다. '수'는 과거에 학교 선생으로부터 성폭력을 당했다. 이것은 그녀를 계속해서 괴롭히는 지독한 상처다. 이러한 상처를 회복하는 과정에서 예술('타투')은 일종의 치료제와 같다. 그녀에게 타투는 멀쩡한 몸을 은닉하려는 게 아닌, 당당하게 몸을 일으켜 세우려는 예술작업인 것이다. 친구인 "주리"의 권유로 타투에 입문한 '수'는 "사부"의 예술적 감수성과 그 천재적인 능력을 흠모하게 된다. 그리고 이러한 내적 동기는 그녀를 상처로부터 일으켜 세우고 예술인으로서의 새로운 삶을 모색하게 만든다. 물론 이러한 과정에서 "나나"는 위대할 정도로 아름다운 형상으로 비춰진다.

5. 보지 못한 길 위에서 펼쳐지는 '이마고'의 몸짓

「청미, 돌아오다」의 주인공은, 실제로 교사 출신이면서 작가로 활동하는 김경 본인을 모델로 한 것으로 보인다. 만약 그렇다고 한다면, 이는 단순하게 자신의 창작적 동기를 소재로 한 것보다는 오히려 잠재된 욕구를 해방시켜 자신의 정체성을 실현시키고자 한 사람의 이야기라고 봐야 할지도 모르겠다. 그리고 이러한 능동적 힘은 다른 사람에게도 영향을 준다. 아픈 가정사가 있고, 신을 받아들여야 했던 청미의 이야기가 소설로 나온다면, 그 소설을 읽을 독자들에게도 어떤 감응을 불러일으킬 것이다. 앞서, 이매지널 세포의 작용에 따른 '이마고'가 '한 인간에 대한 이상적 이미지'를 독자들에게 선보이는 것이라고 말했었다. 그렇게 독자들에게 전달되는 아름다움은 삶의 진정한 결을 선보인다. 어쩌면 이것은 어둡기만 한 밤하늘에 희미하게 뜬 별을 올려다보는 행위와도 다르지 않을 것이다.

작품 말미에 "별은 지상에서도 얼마든지 반짝일 수 있다."라며 세상에 대한 이상적 이미지를 밝힌「밤길」은, 고단한 삶을 살아가며 서로 간의 희망을 재확인하는 이들의 희망을 다룬 이야기이다. 시간강사인 "사내"(강수호)와 유치원 교사인 "그녀"(오빛나)는 5년째 동거 중이다. 불안한 미래 때문에 결혼식도 올리지 못했다. 특히, 오빛나의 경우에는 어릴 때부터 엄마의 부재가 마음의 큰 상처로 남아 있기도 하다. 이 둘은 인도 여행을 계기로 사랑을 싹틔웠고, 아직까지는 동거 상태지만 열심히 살아왔다. 이들의 불안은 어디든지 안착하고야 말겠다는 절망으로 바뀌는 듯 보이지만, 그럼에도 희망은 있다. 작중에서 인용된 아프리카의 속담에서도 그런 희망의 의미가 담겨 있었다. "길을 잃는다는 것은 곧 길을 알게 된다는 것이다." 그리고 그 길이 어떤 곳으로 향할지는 걸어가 봐야만 아는 것이다.

어느 작품이든 길이 나있다. 그리고 그 길은 작품을 보는 이들마다 각기 다를 것이다. 이 길만이 정답이다, 라는 오만과 독선은 결코 허용될 수가 없다. 문학이든, 예술이든, 인생이든 다 마찬가지일 것이다. 김경의 작품들은 그것을 보여주고 있다. 그러면서도 누군가의 고통과 슬픔, 고독에 대해 외면하지 않고 연민의 시선을 보냄과 동시에 늘 희망을 꿈꾸라고 말하는 듯하다. 등장인물들 저마다의 삶에서 드리운 빛과 어둠을 아름답게 보여주고, 그들의 더 나은 미래를 짐작하게 하는 작품들. 앞서 말한 것처럼 등장인물들의 성장 과정은 곧 독자들에게도 긍정적인 이미지를 전달하고, 감응시킨다. 언젠가 또 다른 길이 있을 것이다. 그리고 누군가가 그 길목에 접어들었을 때, 김경의 작품은 내가 본 몸짓과는 또 다른 몸짓을 선보일 것이다. 아직, 우리는 서로 할 얘기가 많다.

오늘 하루도 시간은 정직하고 자유로이 흘러간다. 같은 속도와 크기로 다가왔다가 멀어진다. 나는 문득 시간의 수축과 팽창, 팽창과 수축을 본다. 시간도 이렇듯 변화하는가. 과연 그런가. 시간은 여전한데 나의 움직임이나 생각 때문에 빚어지는 느낌이 아닐까. 내가 움직이지 않고 생각하지 않으면 시간은 정지할는지도 모른다.

나는 가끔 슬프고 두렵다. 또 가끔 기쁘고 안온하다. 그리고 나는 게으르다. 게으른 중에도 소홀히 하지 않는 일이 있다. 상상하는 것과 스스로를 들여다보는 일이다.

사위가 고요하다. 나는 이제 혼자만의 시간 속에서 스스로를 찾아 길을 나선다. 현실을 상상으로, 상상을 현실로 꾸려가는 한때다. 나는 이 순간을 사랑한다.

청미, 호, 민준, 수호, 빛나, 정민, 영민, 주리, 수, 민우, 영은, 무정, 하연, 지희, 한별 등등……. 참 정겨운 이름들이다. 한 시절을 나와 동고동락한, 여기『푸른바다거북』에 살아 숨 쉬던 인물들이다. 때로는 친구처럼, 연인처럼, 때로는 가족처럼, 우리는 함께 걸으며 참 좋았다. 비록 오해와 갈등으로 등지고 돌아설 때도 있었으나 다시 제자리로 돌아오곤 했다. 관계를 맺는다는 것은 숨 쉬는 것만큼 소중한 일이다.

하루가 저물어가는 정경을 물끄러미 바라보면서 나는 상상한다.

바닷물이 찰랑거린다. 사람들이 작은 섬을 뒤로하고 바닷물에 몸을 담근 채 모여 있다. 물론 나도 그들과 함께 저 멀리 아슴푸레 보이는 뭍을 향해 나아갈 참이다. 출발 시간은 점점 가까워 오는데, 나는 도통 자신이 없다. 엉겁결에 나는 사람들에 휩쓸려 몸을 날린다. 수면에 납작 엎드려 팔을 뻗는다. 생각과 달리 몸이 가볍다. 함께하는 그들이 있어서 얼마나 다행인가.

나는 오늘도 나와 만나기 위해 끊임없이 상상한다. 내 작은 마음이 투영된 그들이 있어 내 삶은 여전히 진행형이다.

다섯 번째 책이다. 출간할 때마다 늘 아쉬움이 남는다. 더 깊고 더 넓게 톺아보아야 했는데……. 하지만 이 자리를 떠나는 것도 그다지 섭섭하지는 않다. 기대할 수 있는 다음이 있기 때문이다.

실천문학사와 정재훈 선생님께 깊은 고마움을 전한다. 졸고를 마다하지 않고 읽어준 데에 고개 숙인다. 덕분에 독자들과 만나게 되어 기쁘다. 여기에 코로나 바이러스가 하루 빨리 사라지기를 바라는 간절한 마음을 더한다.

2022년 8월

실천문학 소설

푸른바다거북

2022년 8월 20일 1판 1쇄 찍음
2022년 8월 20일 1판 1쇄 펴냄

지은이   김경
펴낸이   윤한룡
편집   신한선
디자인   윤려하
관리·영업   이소연
펴낸곳   (주)실천문학
등록   10-1221호(1995.10.26)
주소   남양주시 퇴계원읍 퇴계원로 52 405호
전화   02-322-2161~3
팩스   02-322-2166
홈페이지   www.silcheon.com

ⓒ 김경, 2022

ISBN 978-89-392-3114-6 03810